L'Analphabète

Née à Londres en 1930, Ruth Rendell est d'abord journaliste puis publie son premier roman, *Un amour importun*, en 1964. De l'Edgar pour *Ces choses-là ne se font pas*au prix du Roman d'Aventures pour *Le Maître de la Lande*, en passant par le Golden Dagger Award qu'elle décroche par deux fois, les plus hautes récompenses littéraires du monde entier l'ont distinguée comme l'un des plus grands auteurs de romans policiers de tous les temps, à mi-chemin entre Agatha Christie et Patricia Highsmith.

DU MÊME AUTEUR DANS LE MASQUE :

Qui a tué Charlie Hatton ?
Fantasmes
Le Pasteur détective
L'Analphabète
L'Enveloppe mauve
Ces choses-là ne se font pas
Étrange créature
Le Petit Été de la Saint-Luc
Reviens-moi
La Banque ferme à midi
Un amour importun
Le Lac des ténèbres
L'Inspecteur Wexford
Le Maître de la lande
Prix du Roman d'aventures 1982
La fille qui venait de loin
La Fièvre dans le sang
Son âme au diable
Morts croisés
Une fille dans un caveau
Et tout ça en famille...
Les Corbeaux entre eux
Une amie qui vous veut du bien
La Police conduit le deuil
La Maison de la mort
La Danse de Salomé
Qui ne tuerait pas le mandarin ?
Meurtre indexé
Le Jeune homme et la mort
Les Désarrois du Pr. Sanders

DANS LES INTÉGRALES DU MASQUE :

Tome 1 - Les Wexford
Tome 2 - Les années 1965-1979
Tome 3 - Les Wexford II

EN GRAND FORMAT

Amour en sept lettres
L'Analphabète

Collection de romans d'aventures
créée par Albert Pigasse

www.lemasque.com

Ruth Rendell

L'Analphabète

Traduit de l'anglais par Jean-Michel Alamagny

ÉDITIONS DU MASQUE
17, rue Jacob, 75006 PARIS

Titre de l'édition originale :

A JUDGEMENT IN STONE

publié par Kingsmarkham Enterprises Ltd.

1

C'est parce qu'elle ne savait ni lire ni écrire qu'Eunice Parchman tua les Coverdale.

Sans véritable mobile et sans préméditation : ce n'était ni pour l'argent ni pour se défendre. Le résultat de ce crime fut de révéler son handicap non seulement à une famille ou à une poignée de villageois, mais au pays tout entier. Un crime inutile, un désastre pour elle. Depuis le début, quelque part au fond de son étrange esprit, elle savait qu'elle ne réussirait jamais rien. Pourtant, bien que sa compagne et complice fût folle, Eunice, elle, ne l'était pas. Elle avait le redoutable pragmatisme du singe de nos origines déguisé en femme du XXe siècle.

Savoir lire et écrire est l'une des pierres angulaires de la civilisation, l'analphabétisme, une tare. Et les sarcasmes dont l'infirme faisait autrefois l'objet peuvent aujourd'hui, de façon peut-être moins injuste, s'abattre sur l'ignorant. S'il — ou elle — parvient à mener prudemment sa vie dans un cercle de gens peu éduqués, il aura une chance, car du royaume des borgnes l'aveugle n'est pas rejeté. Le malheur, pour Eunice Parchman et pour les Coverdale, fut que ces gens, qui l'employèrent et l'hébergèrent pendant neuf mois, étaient particulièrement lettrés. Une famille de philistins aurait peut-être continué à vivre, et Eunice à jouir de son étrange liberté dans cet univers obscur fait de sensations et d'instincts d'où toute écriture était bannie.

Ils appartenaient à la bourgeoisie aisée, et vivaient une vie normale de bourgeois aisés dans un manoir. George Coverdale était diplômé de philosophie, mais depuis l'âge de 30 ans, il avait dirigé la société de son défunt père, la Tin Box Coverdale Company, une ferblanterie de Stantwich, dans le Suffolk. Avec sa femme et ses trois enfants, Peter, Paula et Melinda, il avait occupé une vaste maison des années 30 dans les faubourgs de Stantwich jusqu'à ce que sa femme décède d'un cancer, alors que Melinda avait douze ans.

Deux années plus tard, au mariage de Paula avec Brian Caswall, George rencontra Jacqueline Mont, âgée de trente-sept ans. Elle aussi avait été mariée, puis avait divorcé pour abandon du domicile conjugal par son mari et s'était retrouvée seule avec un fils sur les bras. Pour Jacqueline et George, ce fut presque instantanément le coup de foudre et ils convolèrent trois mois plus tard. George acheta un manoir à une quinzaine de kilomètres de Stantwich et s'y installa avec sa nouvelle épouse, Melinda et Giles Mont. Peter Coverdale était alors marié depuis trois ans.

Lorsque Eunice Parchman fut engagée par eux comme domestique, George avait cinquante-sept ans, Jacqueline quarante-deux. Ils prenaient une part active dans la vie locale et avaient fini, insensiblement, par jouer le rôle du châtelain et de la châtelaine. Leur mariage était idyllique, Jacqueline très aimée de ses beaux-enfants : Peter, maître-assistant en économie politique dans une université du Nord, Paula, maintenant elle-même mère de famille à Londres, et Melinda qui, à vingt ans, faisait ses études d'anglais à l'Université du Norfolk de Galwich. Le propre fils de Jacqueline, Giles, dix-sept ans, était encore au collège.

Ce sont quatre membres de cette famille, George, Jacqueline, Melinda Coverdale et Giles Mont, qui moururent en l'espace d'un quart d'heure le dimanche 14 février, jour de la Saint-Valentin. Eunice Parchman et la prosaïquement nommée Joan Smith les abattirent le soir, alors qu'ils suivaient un opéra à la télévision. Deux semaines plus tard, Eunice était arrêtée pour ce crime. Tout cela parce qu'elle ne savait pas lire.

Mais ce ne fut pas aussi simple.

2

Les jardins de Lowfield Hall sont laissés à l'abandon, à présent, et les mauvaises herbes envahissent même le gravier de la grande allée. Le carreau d'une des fenêtres du salon, cassé par un des gamins du village, est bouché par une planche, et la glycine, grillée par le soleil d'été, pend devant la porte d'entrée comme un vieux filet tout sec, vestige d'une nef de verdure où résonnaient jadis les chœurs des oiseaux.

Sinistre maison vraiment, où ne pouvaient plus nicher que ceux que Dickens avait appelés Poussière, Cendres, Détritus, Dénuement, Ruine, Désespoir, Folie, Mort, après avoir eu nom Espoir, Joie, Jeunesse, Paix, Repos, Vie.

Avant qu'Eunice n'y eût semé la désolation, le manoir de Lowfield Hall avait une autre allure : aussi bien entretenu que ses distants voisins, aussi confortable, accueillant et élégant, il paraissait autant qu'eux un refuge. A l'abri de ses murs, ses occupants étaient en sécurité et promis à un long bonheur paisible.

Mais un jour d'avril, ils y invitèrent Eunice.

Un petit vent soufflait par rafales et les jonquilles ondoyaient comme des vagues sur une mer dorée. Les nuages s'ouvraient et se ressoudaient, faisant alterner dans le jardin ombres hivernales et clartés d'un été incertain. Dans ces sombres intervalles, on aurait pu croire que c'était de la neige qui blanchissait la haie et non les fleurs des prunelliers.

L'hiver s'arrêtait aux fenêtres. Les clins d'œil estivaux du soleil se mariaient agréablement à la douceur ambiante, et il faisait suffisamment chaud à l'intérieur pour que Jacqueline Coverdale s'installât devant son petit déjeuner en robe à manches courtes.

Elle tenait une lettre dans sa main gauche, à laquelle brillaient son alliance en platine et la bague sertie de diamants que George lui avait offerte pour leurs fiançailles.

— Je ne suis pas emballée, dit-elle.

— Encore un peu de café, s'il te plaît, chérie, fit George.

Il adorait la regarder s'affairer pour lui, du moment que cela ne la surchargeait pas. Il la contemplait, sa Jacqueline, si jolie, si blonde, si mince — une sorte de Lizzie Siddal en plus mûre. Six années de mariage, et il ne cessait de s'émerveiller devant ce miracle, celui de l'avoir rencontrée.

— Excuse-moi, poursuivit-il : tu n'es pas emballée, mais c'est la seule réponse qu'on ait eue. Les candidates ne se bousculent pas pour travailler chez nous, tu sais.

Elle secoua vivement la tête en un geste gracieux, avec ses cheveux tout blonds, courts et luisants.

— Faisons encore une tentative. Je sais que tu vas me trouver bête, George, mais j'avais l'espoir absurde de dénicher quelqu'un — dans notre genre, disons. Une personne raisonnablement éduquée qui désirerait accomplir des tâches ménagères pour le plaisir de vivre dans une belle maison.

— La perle rare, quoi.

Elle eut un sourire quelque peu dépité.

— Eva Baalham aurait écrit une meilleure lettre

que celle-là. E. Parchman, tout court : en voilà, une façon de signer, pour une femme !

— C'était l'usage, à l'époque victorienne.

— Nous ne sommes plus à l'époque victorienne, hélas, et c'est bien dommage : imagine un peu, une domestique stylée en train de nous servir maintenant pendant que la cuisinière s'activerait devant ses fourneaux. (Et Giles, songea-t-elle tout bas, obligé de se tenir comme il faut et de ne pas lire à table. Avait-il au moins écouté ce qu'on disait ? S'intéressait-il un tant soit peu à la conversation ?) Pas d'impôts sur le revenu, reprit-elle, plus aucune de ces horribles maisons neuves qui envahissent le paysage.

— Pas d'électricité non plus, repartit George en tâtant le radiateur derrière lui. Pas de robinet d'eau chaude, Paula peut-être morte en couches.

— Oui, bien sûr, fit-elle avant de revenir à son propos de départ. Mais cette lettre, chéri, et son manque de manières quand elle a téléphoné ! Je suis sûre que c'est une créature vulgaire, une gourde qui cassera la vaisselle et cachera la poussière sous les tapis.

— Tu n'en sais rien, on ne peut pas juger quelqu'un sur une simple lettre. C'est une bonne, que tu cherches, pas une secrétaire. Tu as fixé rendez-vous et Paula t'attend : ce serait trop bête de laisser passer une chance. Si elle te fait mauvaise impression, tu n'as qu'à dire non, on essaiera une nouvelle fois.

L'horloge du salon sonna 8 heures et quart. George se leva.

— Allons-y, Giles, je crois que cette horloge retarde de quelques minutes.

Il donna un baiser à sa femme. Giles replia son exemplaire de la *Baghavad Gita* qu'il avait appuyé contre le pot de marmelade. Avec une indicible léthargie, il déplia sa grande carcasse maigre, marmonna quelques mots que sa mère ne comprit pas plus que du grec ou du sanscrit et lui tendit sa joue boutonneuse.

— Embrasse bien Paula de ma part, recommanda George.

Ils partirent tous deux dans la Mercedes blanche, le père pour rejoindre la ferblanterie Coverdale et le fils son école, la Fondation Magnus Whyten. Le silence s'installa entre eux dans la voiture après que George, qui essayait comme toujours d'engager la conversation, eut fait remarquer qu'il y avait beaucoup de vent. Comme toujours, Giles répondit par « Mmmm » et se replongea dans sa lecture. Pourvu que cette femme convienne, pensa George : je ne peux pas laisser Jackie continuer à s'occuper toute seule de cette immense maison, ce serait trop lourd. Sinon, il faudra qu'on déménage dans un pavillon, quelque chose comme ça, et Dieu sait que ça ne m'enchante guère. Alors pourvu que cette E. Parchman fasse l'affaire.

Il y a six chambres à Lowfield Hall, un salon, un petit salon, une salle à manger, trois salles de bains, une cuisine et ce qu'il est convenu d'appeler les communs. Lesquels consistaient, en l'occurrence, en une arrière-cuisine et une salle d'armes. Par cette matinée d'avril, la maison n'était pas vraiment sale, mais pas vraiment propre non plus. Il y avait un film bleuâtre sur les vitres des trente-huit fenêtres, un film constellé d'empreintes digitales et de traces de doigts : ceux d'Eva Baalham et aussi, sans doute, bien qu'elle fût partie depuis deux mois, ceux de la dernière et de la plus lamentable des filles au pair. Jacqueline avait fait le calcul, un jour : près de deux mille mètres carrés de moquette recouvraient les sols. Mais là, pas de problème de propreté : la vieille Eva adorait raconter ses histoires de famille pendant qu'elle maniait l'aspirateur. Elle passait le chiffon à poussière, aussi, jusqu'à hauteur des yeux. Dommage que les siens ne se soient trouvés qu'à un mètre cinquante du sol.

Jacqueline mit les couverts du petit déjeuner au lave-vaisselle, rangea le lait et le beurre dans le réfrigérateur. Il n'avait pas été dégivré depuis six semaines. Et le four, avait-il jamais été nettoyé, lui ? Elle monta à l'étage. Quelle honte ! sa main était grise de poussière lorsqu'elle la retira de la rampe. La petite salle de bains, dite « des enfants », était dans un affreux désordre. Le dernier remède de Giles contre l'acné, une sorte de pâte verte, formait une croûte dans tout le lavabo. Elle n'avait pas fait les lits. Elle se hâta de tirer le drap rose, puis les couvertures et enfin le couvre-lit en soie par-dessus le matelas double qu'elle partageait avec George. Celui de Giles pouvait rester tel quel : il ne ferait sans doute pas la différence, même si ses draps avaient viré au violet et s'il trouvait une bassinoire dedans à la place de sa couverture électrique.

Pour sa toilette, par contre, elle ne ménageait pas ses efforts. Dommage, regrettait-elle souvent, qu'elle ne fût pas aussi soigneuse de sa maison que de sa petite personne, mais c'était ainsi — *elle* était ainsi. Un bain. Ses cheveux. Ses mains. Ses ongles. Une robe plus chaude. Des collants fins. Ses nouvelles chaussures vert foncé. Une touche de maquillage naturel. Elle mit le vison que George lui avait offert pour Noël et descendit au verger cueillir une brassée de jonquilles pour Paula. Elle s'occupait bien du jardin, en tout cas : pas une seule mauvaise herbe en vue. Il n'y en aurait pas même au cœur de l'été.

Des vagues sur une mer dorée. Des perce-neige pelotonnés sous la haie blanche. Deux fois déjà, en ce printemps sec, elle avait tondu le tapis verdoyant des pelouses. Je suis une femme de plein air, songeat-elle, le visage au vent, humant le parfum subtil de fleurs printanières qui la ravissaient. Je resterais ici des heures, à contempler la rivière, les peupliers dans les noues, les collines de Greeving ocellées par toutes ces ombres de nuages qui courent, qui courent... Mais il y a cette bonne femme à aller voir, cette E. Parchman. Il est temps de partir. Si seulement elle aimait les travaux ménagers autant que j'aime le jardinage...

Elle rentra à la maison. Était-ce une idée, ou y avait-il vraiment une mauvaise odeur dans la cuisine ? Elle sortit par la salle d'armes, verrouilla la porte et laissa la poussière s'accumuler un peu plus à Lowfield Hall, l'air sentir un peu plus le renfermé.

Jacqueline déposa les jonquilles sur la banquette arrière de la Ford et se mit en route pour couvrir la centaine de kilomètres qui la séparait de Londres.

George Coverdale était remarquablement bel homme, avec ses traits d'une régularité classique et la même silhouette de sportif que lorsqu'il ramait pour son université en 1939. Un seul de ses trois enfants avait hérité de son allure, et ce n'était pas Paula Caswall. Son expression de gentillesse et la douceur de son regard rehaussaient certes son physique quelconque, mais d'être enceinte ne l'embellissait pas : elle était au huitième mois de sa seconde grossesse. Avec un infatigable petit garnement sur les bras et une grande maison à tenir, à Kensington, sa lassitude devenait, autant que sa corpulence, lourde à porter. Et puis elle avait peur. Peur, car la naissance de Patrick avait été un cauchemar de douleur, et elle attendait l'accouchement à venir avec angoisse. Elle aurait préféré ne voir personne et que personne ne la voie, mais elle comprenait bien que sa maison était l'endroit le plus commode pour une entrevue, puisque cette éventuelle domestique était basée à Londres. Avec la courtoisie naturelle des Coverdale, elle réserva un accueil affectueux à sa belle-mère, s'extasia devant les jonquilles et la complimenta pour sa robe. Pendant le déjeuner, Paula écouta d'une oreille compréhensive les doutes et appréhensions de Jacqueline sur ce qui allait se passer à 2 heures.

Elle était décidée à ne pas prendre part à l'entretien, pourtant. Patrick faisait la sieste. Lorsque la sonnette retentit à 2 heures moins 2, Paula se contenta d'aller ouvrir et d'introduire cette femme en imperméable bleu marine dans le salon auprès de Jacqueline, après quoi elle monta s'étendre. Mais ces quelques secondes suffirent à déclencher en elle une violente antipathie pour Eunice Parchman. Elle ressentit immédiatement un malaise, comme tant d'autres au contact de cette femme : il en émanait une froideur qui faisait passer un souffle glacé partout où elle se trouvait, même dans l'air le plus chaud. Paula devait se rappeler cette première impression, plus tard, et se reprocher amèrement de n'avoir pas prévenu son père, de ne pas s'être ouverte à lui de cet horrible pressentiment qui devait s'avérer ô combien justifié. Mais elle n'en fit rien. Elle monta dans sa chambre et sombra dans un sommeil lourd et agité.

Tout autre fut la réaction de Jacqueline. D'abord violemment opposée à l'engagement de cette femme tant qu'elle ne l'avait pas vue, elle opéra un revirement complet en deux minutes. Deux facteurs la décidèrent — ou plutôt, ses deux grands défauts décidèrent pour elle : sa vanité et son snobisme.

Elle alla à sa rencontre dès qu'elle entra dans le salon et lui tendit la main.

— Bonjour. Vous êtes très ponctuelle.

— Mes respects, Madame.

À l'exception de quelques vendeurs dans des magasins ancien style de Stantwich, Jacqueline ne s'était pas entendu présenter des respects depuis des lustres. Elle était aux anges. Elle sourit.

— Mrs ou miss Parchman ?

— Miss. Eunice Parchman.

— Vous ne vous asseyez pas ?

Jacqueline ne fut parcourue d'aucun frisson — d'aucune « vibration », aurait dit Melinda — répulsif. Elle fut la dernière de la famille à le ressentir, peut être parce qu'elle s'y refusait, parce que, dès ce premier instant ou presque, elle était déterminée à engager Eunice Parchman et, pendant les mois qui suivirent, à la garder. Elle vit une personne placide avec une tête trop petite, des traits fermes dans un visage un peu pâle, des cheveux châtains striés de gris, de petits yeux bleus au regard direct, un corps massif qui paraissait informe, de grandes mains bien dessinées, très propres et aux ongles courts, des jambes vigoureuses galbées par d'épais bas nylon marron, de grands pieds dans des escarpins noirs déformés. Dès qu'Eunice Parchman se fut assise, elle défit le bouton supérieur de son imperméable et découvrit le col roulé d'un pull côtelé bleu clair. Puis elle attendit calmement, les yeux baissés, les mains croisées sur ses genoux.

Sans oser se l'avouer, Jacqueline Coverdale aimait que les hommes soient beaux et les femmes pas trop. Elle s'entendait bien avec Melinda, mais pas autant qu'avec Paula, moins favorisée par la nature, ou Audrey, la *jolie laide* épouse de Peter. Elle souffrait de ce qu'on pouvait appeler un Complexe de Gwendolen, car, comme miss Fairfax, le personnage d'Oscar Wilde, elle préférait qu'une femme ait « la quarantaine bien tassée et soit plus que normalement ordinaire pour son âge ». Eunice Parchman était au moins aussi âgée qu'elle sinon plus, bien qu'il fût difficile d'être sûr. Aucun doute sur l'ordinaire de son physique, par contre. Si elles avaient appartenu à la même classe sociale, Jacqueline se serait demandé pourquoi elle ne portait aucun maquillage, ne se mettait pas au régime, ne se faisait pas teindre ces cheveux de chat de gouttière. Mais pour une domestique, tout cela était normal.

Devant ce silence respectueux et ce physique saisissant, Jacqueline oublia les questions qu'elle avait prévu de lui poser. Au lieu d'examiner sa candidature, au lieu de chercher à savoir si cette femme était digne d'entrer à son service et si elle conviendrait aux Coverdale, elle s'attacha à lui démontrer que les Coverdale lui conviendraient.

— La maison est grande, mais nous ne sommes que trois, sauf quand ma belle-fille vient passer le week-end. Une femme de ménage vient trois jours par semaine, et bien sûr, je prépare les repas moi-même.

— Je sais faire la cuisine, Madame.

— Ce ne sera vraiment pas nécessaire. Il y a un lave-vaisselle et un congélateur. Mon mari et moi faisons toutes les courses. (Jacqueline était impressionnée par cette voix atone, la voix d'une femme sans instruction, certes, mais dépourvue de toute trace d'accent cockney.) C'est vrai que nous recevons beaucoup, avoua-t-elle presque craintivement.

Eunice ramena ses pieds l'un contre l'autre. Elle inclina lentement la tête.

— J'ai l'habitude, Madame. Le travail ne me fait pas peur.

À ce moment précis, Jacqueline aurait dû demander à Eunice pourquoi elle quittait son emploi présent. Ou au moins lui en parler. Peut-être n'en avait-elle pas, d'ailleurs. Mais elle ne le fit pas, surprise et grisée par ces « Madame » qui contrastaient tant avec la manière d'Eva Baalham ou avec celle, récemment, de cette effrontée de trop jolie fille au pair. Elle ne s'attendait vraiment pas à tout cela.

— Quand pourriez-vous commencer ? pressa-t-elle.

Le visage de marbre d'Eunice montra, non sans raison, une certaine surprise.

— Madame veut sans doute voir mes références.

— Euh, oui, se rappela soudain Jacqueline. Bien sûr !

Eunice sortit de son sac noir une carte sur laquelle se trouvait inscrit, de la même écriture qui avait, au début, tant consterné Jacqueline : Mrs Chichester, 24 Willow Vale, Londres SW 18, puis un numéro de téléphone. L'adresse était la même que celle qui figurait sur l'en-tête de la lettre d'Eunice.

— C'est du côté de Wimbledon, je crois ?

Eunice, que cette erreur devait bien arranger, confirma de la tête. Elles discutèrent gages, date de prise de service, problème du transport jusqu'à Stantwich. À condition, bien sûr, se hâta d'ajouter Jacqueline, que les références soient satisfaisantes.

— Je suis sûre que nous nous entendrons merveilleusement bien.

Eunice sourit enfin. Ses yeux restèrent froids et immobiles, mais ses lèvres bougèrent : c'était certainement un sourire.

— Mrs Chichester a demandé si vous pouviez l'appeler ce soir avant 9 heures. C'est une dame âgée, elle se couche tôt.

Cet affectueux souci de respecter les petites habitudes d'un employeur ne pouvait que plaider en sa faveur.

— Je le ferai sans faute, promit Jacqueline.

Il était 2 heures 20 et l'entrevue était terminée.

— Je vous remercie, Madame. Ne vous dérangez pas, je retrouverai la sortie toute seule.

Ce qui montrait, sembla-t-il à Jacqueline, qu'elle savait se tenir à sa place. Elle quitta la pièce d'un pas ferme, sans se retourner.

Si Jacqueline avait mieux connu la banlieue londonienne, elle se serait aperçue qu'Eunice Parchman avait déjà menti ou du moins, l'avait confortée dans une méprise. En effet, le code postal du secteur de Wimbledon est SW 19, et non SW 18, qui correspond à une zone beaucoup moins résidentielle de la commune de Wandsworth. Mais elle ne le remarqua pas plus qu'elle ne le vérifia, et lorsqu'elle rejoignit Lowfield Hall à 6 heures, cinq minutes après le retour de George à la maison, elle ne lui montra même pas la carte.

— Je suis sûre qu'elle sera parfaite, chéri, s'enthousiasma-t-elle. C'est exactement le genre de domestique de la vieille école dont on pensait la race éteinte. Tu n'as pas idée comme elle s'est montrée posée, polie, discrète. J'aurais même plutôt peur qu'elle soit un peu trop déférente. Mais je suis sûre qu'elle sera travailleuse.

George enlaça sa femme et l'embrassa. Il ne fit aucun commentaire sur sa volte-face, ne lui infligea pas le moindre « je te l'avais bien dit ». Il était habitué aux préjugés de sa femme, souvent suivis de revirements enthousiastes. Il aimait en elle ce caractère impulsif dans lequel il voyait fraîcheur et féminité.

— Peu importe pour moi qu'elle soit discrète ou déférente, se borna-t-il à répondre. Ce qui compte, c'est qu'elle te décharge d'une partie du boulot.

Avant même de passer son coup de téléphone, Jacqueline, qui ne manquait pas d'imagination, s'était déjà fait une représentation mentale du genre de maison où Eunice Parchman travaillait ainsi que de la personne qui l'employait. Willow Vale, pensa-t-elle, devait être une rue bien tranquille et bordée d'arbres proche du parc de Wimbledon, le 24, une grande maison victorienne et Mrs Chichester, une dame d'âge respectable, aux principes moraux sévères, exigeante mais juste, autoritaire, quittée par sa domestique parce qu'elle ne voulait plus — ou ne pouvait plus en ces temps d'inflation — lui offrir des gages suffisants.

À 8 heures, elle composa le numéro. Ce fut Eunice Parchman qui répondit, confirma le numéro d'une voix claire et précise et lui demanda, « s'il vous plaît, Madame », de bien vouloir patienter pendant qu'elle allait chercher Mrs Chichester. Jacqueline l'imagina en train de traverser quelque vestibule sombre surchargé de meubles, entrer dans un grand salon glacial où une vieille dame assise écoutait de la musique classique ou lisait la rubrique nécrologique dans un très respectable journal, puis s'arrêter sur le seuil et annoncer, avec sa déférence habituelle :

— Mrs Coverdale vous demande au téléphone, Madame.

La réalité était tout autre.

Le téléphone en question pendait au mur du palier du premier étage d'une maison de rapport d'Earsfield. Eunice Parchman avait attendu à côté depuis 5 heures pour éviter qu'un autre locataire ne décroche avant elle s'il sonnait. Mrs Chichester, en fait, travaillait en usine, s'appelait Annie Cole, avait la cinquantaine et rendait parfois ce genre de menus services en échange de la promesse d'Eunice de ne pas révéler à l'administration des Postes qu'elle avait continué à percevoir la pension de sa mère pendant un an après la mort de celle-ci. C'est Annie qui avait écrit la lettre et la carte, et c'est dans son garni, chambre 6,24 Willow Vale, SW 18, qu'Eunice allait à présent la chercher pour qu'elle réponde au téléphone.

— Je suis vraiment désespérée de devoir me séparer de miss Parchman, Madame Coverdale. Je n'ai eu qu'à me louer de ses services pendant sept ans. C'est une travailleuse remarquable, excellente cuisinière et tellement attachée à son intérieur ! Vraiment, si elle a un défaut, c'est bien d'être trop consciencieuse.

Même Jacqueline trouva que c'était passer un peu trop de pommade. La voix sonnait particulièrement enthousiaste — Annie Cole n'avait que trop hâte de se débarrasser d'Eunice — avec des inflexions tout le contraire de raffinées. Elle eut la présence d'esprit de demander pourquoi cette perle rare la quittait.

— Parce que je pars moi-même. (La réponse vint sans la moindre hésitation.) Je vais rejoindre mon fils en Nouvelle-Zélande. Le coût de la vie devient impossible, ici, n'est-ce pas ? Miss Parchman pourrait venir avec moi, j'en serais ravie, mais elle n'aime pas les grands changements et préfère rester ici. Je serais vraiment ravie de savoir qu'elle va s'installer dans une bonne famille comme la vôtre.

Jacqueline fut satisfaite.

— As-tu confirmé son engagement à miss Parchman ? demanda George.

— Oh, chéri, j'ai oublié. Il va falloir que je lui écrive.

— Tu n'as qu'à la rappeler.

Pourquoi ne pas la rappeler, Jacqueline ? Si vous refaisiez ce numéro tout de suite, un jeune homme, passant par le palier pour regagner sa chambre, à côté de celle d'Annie Cole, décrocherait et vous répondrait qu'il n'a jamais entendu parler de miss Parchman. Pas plus que de Mrs Chichester, d'ailleurs : il existe bien un Mr Chichester, c'est le propriétaire de l'immeuble et le téléphone est à son nom, mais il habite Croydon. N'attendez pas, Jacqueline...

— Je crois que c'est mieux de confirmer par lettre.

— Comme tu voudras, chérie.

Le moment était passé, la chance aussi. George décrocha, mais ce fut pour appeler Paula : les nouvelles que sa femme lui avait données sur la santé de leur fille l'inquiétaient. Pendant qu'il lui parlait, Jacqueline écrivit sa lettre.

Et les autres personnes que le hasard, le destin, ou leurs propres faits et gestes amenèrent à se trouver rassemblées pour périr le 14 février ? Joan Smith portait la parole de Dieu de porte en porte. Melinda Coverdale, dans sa chambre à Galwich, essayait de trouver un sens à sire Gauvain et le Chevalier vert. Giles Mont récitait des mantras pour entrer en méditation.

Mais ils étaient en fait déjà rassemblés. Au moment précis où Jacqueline décidait de ne pas rappeler au téléphone, un fil invisible les attrapait comme au lasso et les ligotait l'un à l'autre par un lien encore plus serré que celui du sang.

3

Jacqueline et George, qui étaient gens discrets, ne firent pas tapage de leur bonne fortune. Mais Jacqueline en parla à son amie Lady Royston, qui en parla à Mrs Cairne lorsque fut abordé l'éternel problème de la difficulté à trouver quelqu'un pour faire le ménage. La nouvelle filtra alors chez les Higgs, les Meadows, les Baalham, les Newstead, au point de devenir, au *Blue Boar*, le principal sujet de conversation, et de détrôner celui des dernières frasques de Joan Smith.

Eva Baalham s'empressa, de façon détournée, de montrer à Jacqueline qu'elle savait.

— Vous allez lui installer la télé ?

— Installer à qui, la, euh... télévision ? fit Jacqueline en rougissant.

— À celle-là qui vient de Londres. Parce que moi, je peux vous en faire avoir une pas cher par mon cousin Meadows, celui qu'a le magasin d'électricité à Gosbury. Un poste qu'est tombé tout seul du camion, comme on dit : ni vu ni connu.

— Merci beaucoup, fit Jacqueline, vexée. Mais nous allons acheter la haute définition, miss Parchman pourra donc disposer de l'ancien poste.

— Parchman, répéta Eva en crachant sur une vitre qu'elle essuya ensuite vigoureusement avec son tablier. C'est un nom de Londres, ça ?

— Je n'en sais vraiment rien, Mrs Baalham. Bon, quand vous aurez fini ce que vous faites à cette fenêtre, auriez-vous l'amabilité de monter avec moi commencer à préparer sa chambre ?

— D'aaaccord, lâcha-t-elle avec son fort accent traînant d'East Anglia.

Il ne lui serait jamais venu à l'esprit d'appeler Jacqueline « Madame ». À ses yeux, il n'y avait qu'une différence entre elle et les Coverdale : l'argent. Elle les valait bien, autrement, ces nouveaux riches qui n'étaient même pas du coin et qui avaient fait fortune dans le commerce, alors qu'elle était issue d'une famille de propriétaires terriens établie à Greeving depuis cinq siècles. D'ailleurs, elle ne l'enviait pas, leur fric : ce qu'elle avait lui suffisait, et elle préférait son petit HLM à ce hangar de Lowfield Hall qui devait coûter les yeux de la tête à chauffer. Elle n'aimait pas Jacqueline, qui s'habillait comme une minette et se donnait de grands airs alors qu'elle n'était que la femme d'un propriétaire de ferblanterie. Toutes ces manières, « Auriez-vous la bonté », « Mais je vous en prie », je t'en ficherais ! Je me demande comment elle va s'entendre avec la Parchman. Moi aussi, au fait. Après tout, je pourrai toujours rendre mon tablier : il y a Mrs Jameson-Kerr qui me supplie à deux genoux de venir, et elle paie soixante pence de l'heure.

— Je souhaite bien du plaisir à ses jambes, fit Eva en gravissant les marches.

En haut de la maison, un enchevêtrement de minuscules pièces mansardées avait depuis longtemps été transformé en deux grandes chambres et une salle de bains. De leurs fenêtres, on découvrait un des plus beaux paysages champêtres d'East Anglia. Constable, bien sûr, avait installé son chevalet sur les rives de la Beal pour le peindre en n'hésitant pas, selon sa bonne habitude, à déplacer çà et là quelques clochers sur la toile pour les besoins de sa composition. Le panorama était pourtant suffisamment beau avec les clochers à leur vraie place : il offrait une large vue paisible sur les prés et les petits bois dans cette délicieuse palette de verts du début mai.

— C'est là qu'elle va dormir, alors ? fit Eva en inspectant la plus grande et la plus ensoleillée des chambres.

— Non, s'empressa de répondre Jacqueline qui la voyait déjà s'ériger en représentante du syndicat des domestiques opprimés. Je veux garder cette pièce pour les petits-enfants de mon mari, quand ils seront de passage.

— Il faudra bien l'installer si vous voulez qu'elle reste. (Eva ouvrit une des fenêtres.) Quelle belle journée ! L'été s'annonce chaud. Le Bon Dieu est avec nous, comme dit mon cousin, celui qui a la ferme. Tiens, voilà le jeune Giles qui part avec votre voiture. Il vous a pas demandé la permission, j'imagine.

Jacqueline était furieuse. Elle trouvait qu'Eva aurait pu dire « Mr Mont », ou « votre fils », au moins. Mais elle était contente de voir que Giles, qui était en congé trimestriel, sortait enfin de son incarcération volontaire pour aller prendre un peu l'air.

— Si vous voulez bien, Mrs Baalham, nous allons commencer à déplacer les meubles.

Giles descendit l'avenue bordée de marronniers et tourna dans Greeving Lane, simple route vicinale tout juste assez large pour permettre à deux voitures de se croiser en allant au pas. Le prunellier avait fait place à l'aubépine, et les haies étaient nappées de ses fleurs au parfum sucré. Bleu limpide du ciel. Vert tendre du jeune blé. Un coucou appelait — en mai, il chante toute la journée. Les oiseaux exultants gazouillaient leur joie dans tous les arbres.

Sourd à cet appel, refusant, au mépris de son propre credo, d'être à l'unisson de la nature, Giles franchit le pont. Il voulait respirer aussi peu de cet air frais que le permettait le fait d'être dehors. Il détestait la campagne. Elle l'ennuyait, la campagne. Il n'y avait rien à y faire. Les gens, quand on leur disait ça, étaient choqués, sans doute parce qu'ils ne comprenaient pas qu'un individu sain d'esprit ne pouvait passer plus d'une heure par jour le nez dans les étoiles, à marcher dans les champs ou à rester assis au bord de la rivière. Et puis ras-le-bol, du froid et de la boue. Il n'aimait ni la chasse, ni la pêche, ni monter à cheval. George, qui avait tenté de l'y intéresser, avait peut-être enfin compris l'inutilité de ses efforts. Giles n'allait jamais, au grand *jamais*, faire la moindre promenade. Quand il était obligé de rentrer à pied depuis l'arrêt de l'autobus scolaire jusqu'à Lowfield Hall, à quelques centaines de mètres de là, il marchait les yeux fixés au sol. Il avait même essayé de les fermer, une fois, mais il était rentré dans un arbre.

Londres, par contre, il adorait. En y réfléchissant, il pensait y avoir été heureux. Il avait voulu être pensionnaire dans une grande ville, mais sa mère s'y était opposée parce qu'un psychologue avait décrété qu'il était perturbé et qu'il avait besoin de l'ambiance sécurisante du cadre familial. Qu'on le trouve perturbé, ça lui était bien égal, il entretenait volontiers son image de jeune intellectuel distrait, farfelu et absorbé. Son cerveau fonctionnait normalement, fort bien, même : l'année précédente, il avait remporté tant de prix scolaires qu'un article était paru sur lui dans un quotidien national. Les portes d'Oxford s'ouvraient toutes grandes devant lui. Il savait autant de latin et probablement plus de grec que son professeur, à la Magnus Wythen.

Il n'avait pas d'amis, à l'école, et méprisait les gars

du village qui ne s'intéressaient qu'à leurs motos, aux bouquins pornos, et traînaient au *Blue Boar*. Ian et Christopher Cairne, et d'autres du même genre, avaient été déclarés fréquentables par décret parental, mais il ne les voyait presque jamais, car ils étaient en internat. Personne ne lui cherchait noise, au village ou à l'école : il dépassait le mètre quatre-vingts et grandissait encore. Son visage était ravagé par l'acné et ses cheveux dégoulinaient de gras le lendemain de chaque shampooing.

Il se rendait présentement à Sudbury pour acheter un paquet de teinture orange : il voulait teindre tous ses jeans et ses tee-shirts dans cette couleur pour se conformer aux règles de sa religion qui était, en gros, le bouddhisme. Il comptait, quand ses économies le lui permettraient, aller aux Indes en bus et, à part Melinda, ne plus revoir personne de sa famille. Sa mère peut-être, à la rigueur, mais ni son père, ni ce vieux collet monté de George, ni ce petit saint de Peter ni toute cette bande de ploucs. À moins qu'il ne se convertisse au catholicisme entre-temps : il venait de terminer la lecture de *Retour à Brideshead*, d'Evelyn Waugh, et commençait à se demander si être catholique à Oxford et brûler de l'encens dans son escalier ne serait pas mieux que de partir aux Indes. Mais il voulait quand même teindre les jeans et les tee-shirts, on ne sait jamais.

Il s'arrêta au garage Meadows pour prendre de l'essence.

— Alors, quand est-ce qu'elle vient, la dame de Londres ? demanda Jim Meadows.

— Mmm ?

Jim aurait bien voulu savoir pour transmettre la nouvelle au pub, ce soir. Il fit une nouvelle tentative. Giles réfléchit à contrecœur.

— Quel jour on est ?

— Mercredi. Toute la journée, même, ajouta Jim, finaud.

— Ils ont parlé de samedi, répondit enfin Giles. Il me semble.

C'est vrai ou ça l'est pas, songea Jim : on ne sait jamais, avec lui. Il aurait besoin de se faire resserrer les boulons. Elle a pas peur, sa mère, de le laisser partir au volant d'une belle bagnole comme ça.

— Melinda sera à la maison pour la voir, j'imagine.

— Mmm.

Giles redémarra sans prendre ses points bonus.

Melinda serait à la maison. Il ne savait pas s'il devait s'en réjouir ou s'en inquiéter. Extérieurement, il entretenait avec elle des relations indifférentes, sinon distantes. Mais au fond de son cœur, où Giles se voyait souvent comme un Poe ou un Byron, bouillonnait un feu incestueux. Sentiment qui lui était venu — ou qu'il s'était mis dans la tête — six mois auparavant. Jusque-là, il l'avait considérée comme sa sœur. Il savait, bien sûr, que puisqu'elle ne l'était pas, ni même sa demi-sœur, rien ne leur interdisait de tomber amoureux et de se marier. À part leurs trois ans de différence d'âge, qui plus tard n'auraient aucune importance, nul ne pourrait élever la moindre objection. Sa mère y serait même plutôt favorable, et le vieux George finirait par céder. Mais ce n'était pas ce que Giles voulait. Dans ses fantasmes, il se voyait en Byron, Melinda en Augusta Leigh, et tous deux s'avouaient leur passion sur les collines de Greeving, par un temps digne des Hauts de Hurlevent — expédition pédestre à laquelle rien n'aurait pu le décider dans la réalité. De réalité, il y avait d'ailleurs fort peu dans tout cela. Dans ses rêves, même Melinda paraissait différente, plus pâle, diaphane, presque phtisique, comme si elle venait d'un autre monde. L'un en face de l'autre, retenant leur souffle dans l'obscurité balayée par le vent, ils se juraient le secret de leur amour, amour qui, bien sûr, ne devait jamais être consommé. Et même s'ils se mariaient à d'autres, leur passion perdurerait en un murmure profond et indéfinissable.

Il acheta deux paquets de cette teinture appelée Flamme de Capucine, ainsi que la reproduction d'un tableau préraphaélite montrant une fille au visage verdâtre et aux cheveux roux penchée par-dessus un balcon, alanguie sans doute par la perte ou l'infidélité d'un amant. À son attitude et à la pâleur maladive de sa peau, on eût plutôt dit une touriste dans un hôtel italien s'apprêtant à rendre les pâtes qui lui étaient restées sur l'estomac. Giles l'acheta parce qu'elle évoquait pour lui Melinda au dernier stade de la consomption.

De retour à sa voiture, il trouva sur le pare-brise une contravention pour stationnement interdit. Il ne se garait jamais dans le parking, il aurait fallu faire une centaine de mètres à pied. Lorsqu'il revint à la maison, Eva était partie. Sa mère aussi, qui lui avait laissé un message sur la table de la cuisine. Il commençait par « Mon chéri », finissait par « Je t'embrasse. Maman », et donnait des informations parfaitement inutiles entre les deux : il trouverait un déjeuner froid dans le frigo, elle avait dû se rendre à une réunion de l'Institut Féminin. C'était sidérant : il savait quand même où trouver un déjeuner froid, à quoi bon laisser un message pour dire ça ? Comme à tous les véritables excentriques, c'est les autres qui semblaient bizarres.

Il descendit tous ses vêtements et les mit à bouillir avec la teinture dans deux grandes bassines que sa mère utilisait pour faire les confitures. Après quoi, il s'installa à la table de la cuisine devant une assiette de salade de poulet et se plongea dans les mémoires d'un mystique qui avait vécu dans un ashram de Poona pendant trente ans sans dire un mot.

Le vendredi après-midi, Melinda Coverdale revint à la maison. Elle avait pris le train de Galwich à Stantwich, puis le bus jusqu'au lieu-dit Gallows Corner, à trois kilomètres de Lowfield Hall. Une fois descendue, elle attendit de se faire prendre en voiture : à cette heure-là, il y avait toujours quelqu'un qui rentrait à Greeving. Melinda se hissa donc sur le muret du jardin de Mrs Cotleigh et s'assit au soleil.

Elle portait un jean trop long retroussé jusqu'aux genoux, des santiags rouges tout éraflées, une chemise en coton indien et un bonnet jaune d'automobiliste version 1920. Mais en dépit de tout cela, on ne pouvait voir plus belle plante sur aucun des murets de jardin entre Stantwich et Kings Lynn. Melinda était celle des enfants qui avait hérité la beauté de son père : même nez droit, même front haut, même bouche délicate, mêmes yeux d'un bleu lumineux. De sa défunte mère, elle avait cette crinière de cheveux dorés qui se confondaient avec les giroflées jaunes de Mrs Cotleigh.

Une énergie que rien ne semblait pouvoir décourager, sauf peut-être la poésie anglaise du Moyen Âge, la tenait constamment en mouvement. Elle tira sa musette fourre-tout à côté d'elle sur le mur, en sortit un collier, le mit, adressa une grimace aux livres que l'espoir de travailler plutôt que l'envie lui avait fait apporter, puis jeta le sac dans l'herbe et sauta après lui. Assise jambes croisées sur le talus tandis que le bus repassait inutilement dans la direction opposée, elle se mit à cueillir des coquelicots, les coquelicots sauvages écarlates du Suffolk qui abondaient en ce lieu où se dressait jadis un gibet.

Cinq minutes plus tard, la fourgonnette de la

ferme avicole passa et Geoff Baalham, cousin au second degré d'Eva, appela :

— Salut, Melinda. Je peux t'amener quelque part ?

Elle grimpa d'un bond, avec chapeau, sac et coquelicots.

— Ça doit bien faire une demi-heure que je suis là, affirma-t-elle alors qu'il n'y avait que dix minutes.

— J'adore ton chapeau.

— C'est vrai, Geoff ? T'es super sympa. Je l'ai acheté chez Oxfam — tu sais, la friperie de charité.

Melinda connaissait tout le monde, au village, et elle appelait tout le monde, même les vieux et les vieilles, par leur prénom. Elle conduisait les tracteurs, aidait à la cueillette des fruits, assistait au vêlage des vaches. Devant son père, elle parlait plus ou moins correctement aux Jameson-Kerr, aux Archer, aux Cairne et à sir Robert Royston, mais elle les trouvait affreusement réac. Une fois, elle était arrivée au rendez-vous des chasseurs pour une battue au renard à Greeving Green en déployant une bannière contre les sports de sang. Toute jeune, elle avait été avec les garçons du village pêcher et regarder les lièvres sortir de leurs terriers à la nuit tombante. Adolescente, elle avait « guinché » avec eux aux bals de Cattingham, s'était laissé embrasser derrière la salle des fêtes. Aussi cancanière que leurs mères et comme elles à l'affût du moindre ragot.

— Quoi de neuf à Greeving depuis que je suis partie ? (Elle n'était pas revenue à la maison depuis trois semaines.) Raconte-moi tout. Je sais que Mrs Archer s'est tirée avec Mr Smith.

Geoff Baalham eut un large sourire.

— Pauvre bougre, il a dû en voir, avec sa bobonne. Attends un peu, que je réfléchisse... Susan Meadows — ex-Susan Higgs — a eu son bébé. C'est une fille, ils vont l'appeler Lalage.

— Tu parles d'un nom !

— Je savais que ça te ferait un choc. À part ça, ta maman est entrée au conseil de paroisse — mais tu dois déjà le savoir. Et puis tiens-toi bien : ton père a acheté une télé à haute définition.

— Je l'ai pourtant eu au téléphone, hier soir : il ne m'a rien dit.

— Non, en fait, il l'a eue qu'aujourd'hui. C'est ma tante Eva qui me l'a dit il y a une heure à peine. (On n'est pas regardant sur les liens de parenté, à Greeving. Ainsi, une belle-mère est une maman au même titre que la mère naturelle, et une cousine au second degré, à partir d'un certain âge, devient forcément une tatie.) Ils veulent refiler le vieux poste à la domestique qui vient de Londres.

— Quel radin ! C'est vraiment un sale facho, papa. On n'a jamais rien entendu de plus réac, tu ne trouves pas, Geoff ?

— Le monde est ainsi fait, ma petite Melinda. Il l'a toujours été et le sera toujours. Et puis tu ne devrais pas parler comme ça de ton père. Je te ficherais une bonne fessée, si j'étais à sa place.

— Geoffrey ! On ne dirait pas que tu n'as qu'un an de plus que moi, à t'entendre !

— Peut-être, mais je suis marié, maintenant : ça donne le sens des responsabilités. Et voici Lowfield Hall, ma petite madame, je vais prendre congé. Au fait, dis à ta mère que je lui ferai porter des œufs par tante Eva lundi matin à la première heure.

— D'accord. Merci de m'avoir ramenée, Geoff : tu es vraiment super sympa.

— Allez, salut, Melinda.

Geoffrey repartit vers sa ferme et vers sa femme, Barbara Carter, qu'il avait épousée en janvier, mais en pensant à Melinda Coverdale — quelle jolie fille ! Ah, ce chapeau ! — et aux baisers innocents échangés quelques années plus tôt au bord de la Beal, sous le chuintement de la roue du moulin.

Melinda remonta vivement l'allée de marronniers couverts de leurs chandelles ivoire, fit le tour de la maison et entra par la porte de la salle d'armes. Giles était assis à la table de la cuisine, plongé dans le dernier chapitre du livre sur Poona.

— Salut, frangin.

— Bonjour.

Il n'aimait plus ces noms de « frangin » et « frangine » qu'ils utilisaient l'un pour l'autre auparavant. Ils faisaient incongru dans ses fantasmes byroniens, bien que ces derniers fondissent littéralement dès qu'elle apparaissait en chair et en os. De la chair qu'elle avait juste comme il fallait et harmonieusement répartie. Avec ses joues rouges, elle était presque insolente de bonne santé. Elle piaffait toujours d'impatience, aussi. Giles poussa un soupir, gratta ses boutons et se vit aux Indes en train de tendre sa sébile de mendiant.

— Comment as-tu fait pour mettre toute cette encre rouge sur ton jean ?

— C'est pas de l'encre. J'ai voulu le teindre, mais la teinture a mal pris.

— Complètement taré.

Elle sortit à la recherche de son père et de sa mère et les trouva à l'étage, en train de mettre la touche finale à la préparation de la chambre de miss Parchman.

— Bonjour, parents chéris !

Elle leur donna un baiser à chacun, mais George eut le sien en premier.

— Tu as bronzé, papa. Si j'avais su que tu rentrais aussi tôt, je t'aurais appelé au bureau depuis la gare. C'est Geoff Baalham qui m'a ramenée. Il a dit que sa tante Eva apporterait des œufs lundi matin à la première heure, et que vous donniez la vieille télé à la nouvelle domestique. J'ai répondu que j'avais jamais rien entendu d'aussi facho. Vous allez peut-être l'obliger à prendre ses repas toute seule à la cuisine, pendant que vous y êtes ?

George et Jacqueline se regardèrent.

— Évidemment, pardi.

— C'est vraiment dégueulasse. Pas étonnant que la révolution arrive. Les aristocrates à la lanterne. Comment t'aimes mon chapeau, Jackie ? Cinquante balles chez Oxfam. Bon sang, j'ai une de ces dalles ! On n'a pas d'emmerdeurs qui viennent, ce soir, j'espère ? Pas de pique-assiette comme les jolis-Kerr, les urti-Cairne et les Roy-s'étonne ?

— Maintenant, ça suffit, Melinda. (George prononça ces mots de réprimande avec tendresse. Il était incapable de se fâcher contre sa préférée.) Nous respectons tes amis, alors respecte aussi les nôtres. Oui, les Royston viennent dîner ce soir.

Melinda poussa un grognement et lui sauta au cou avant qu'il pût protester.

— Bon, je vais téléphoner à Stephen, Charles ou un autre pour me sortir. Mais t'en fais pas, Jackie, je serai rentrée pour t'aider à ranger. Tu te rends compte, demain, ce sera la dernière fois que tu auras à faire ça : après, il y a la face de Parchemin qui arrive.

— Melinda... commença George.

Jacqueline ne put s'empêcher de rire.

— C'est pourtant vrai qu'elle avait le visage parcheminé, fit-elle.

Melinda alla donc au cinéma à Nunchester avec Stephen Crutchly, le fils du docteur. Les Royston vinrent dîner à Lowfield Hall.

— Attendez un peu, dit Jacqueline, vous allez voir, demain. Vous n'êtes pas jalouse, Jessica ? Je me demande quand même si elle sera à la hauteur de nos mirobolantes espérances.

George aussi se posait des questions : mon Dieu, faites qu'elle soit la perle rare que Jackie voit en elle. Une pointe de *schadenfreude*, petite joie malveillante, fit secrètement espérer à sir Robert et lady Royston que non, qu'elle serait du même acabit que leur Anneliese, leur Birgit, ou ce couple espagnol qu'ils s'étaient hâtés d'oublier.

On verrait avec le temps. On verrait demain.

4

Les Coverdale s'étaient posé bien des questions sur les capacités de travail d'Eunice Parchman, et sur son attitude, respectueuse ou non, envers eux. Ils lui avaient attribué une salle de bains personnelle, un poste de télévision, des sièges confortables et un lit bien rembourré, un peu comme on donne une bonne litière et une bonne mangeoire à un cheval de labour. Ils voulaient qu'elle soit le mieux possible, parce qu'ainsi, elle resterait. Mais ils ne la considéraient pas comme un être humain à part entière. Il ne leur vint pas à l'esprit de se demander, lorsqu'ils se levèrent en ce samedi 9 mai, le jour E comme Eunice, quel avait été son passé, si elle appréhendait de venir, si elle était habitée des mêmes espoirs et des mêmes craintes qu'eux. À ce stade, Eunice n'était qu'une machine, une machine qui fonctionnerait bien à deux conditions : être correctement huilée et ne pas craindre les escaliers.

Mais Eunice Parchman était un être humain. Pour de vrai, aurait pu dire Melinda.

C'était même l'être humain le plus étrange qu'ils devaient jamais rencontrer. S'ils avaient connu son passé, ils auraient barricadé leurs portes et l'auraient fuie comme la peste. Quant à son avenir, il était désormais inextricablement lié au leur.

Son passé, il se trouvait dans la maison qu'elle s'apprêtait à quitter, une vieille demeure prise dans un long alignement de Rainbow Street, à Tooting, et dont la porte ouvrait de plain-pied sur le trottoir. Eunice, fille unique d'un chef de train de la Southern Railway, y était née quarante-sept ans plus tôt.

Dès le début, son univers fut limité. Elle semblait faire partie de ces gens qui sont destinés à vivre dans le cadre restreint de quelques rues. Son école, la Primaire de Rainbow Street, se trouvait à deux pas, et les seuls membres de sa famille à qui elle rendît visite habitaient à un jet de pierre. Son destin fut momentanément perturbé par la Seconde Guerre mondiale : comme des milliers d'élèves londoniens, elle fut expédiée à la campagne avant même d'avoir appris à lire. Mais ses parents, bien que gens obtus, ignorants et qui ne voyaient pas plus loin que le bout de leur nez, furent bouleversés d'apprendre que sa mère d'accueil la négligeait, et ils la firent rapatrier dans la ville bombardée et ravagée par la guerre.

Après quoi, Eunice ne retourna à l'école que par intermittence. Trimbalée d'un établissement à l'autre, où elle restait quelques semaines, parfois quelques mois de suite, les autres élèves étaient toujours très en avance sur elle à chaque fois qu'on la mettait dans une nouvelle classe. Elle était dépassée et aucune maîtresse ne prit jamais la peine de chercher d'où venaient ces immenses lacunes dans ses connaissances, et encore moins d'y remédier. Ahurie, alanguie, apathique, elle restait assise au fond de la classe, fixant d'un œil vide le message incompréhensible d'une page ou du tableau. Ou alors, elle faisait l'école buissonnière, avec la bénédiction de sa mère. C'est ainsi que lorsqu'elle quitta définitivement l'école, un mois avant son quatorzième anniversaire, elle savait juste signer son nom et lire des phrases comme « Le chat est assis sur le tapis » et « Jules est en pull, Gaston en veston », c'était à peu près tout. L'école lui avait enseigné une chose : masquer, par tous les subterfuges et les stratagèmes possibles, le fait qu'elle ne savait ni lire ni écrire.

Elle trouva un emploi dans un magasin de friandises où elle apprit à distinguer une barre de Mars d'une autre de Crunchie à la couleur du papier d'emballage. Quand elle eut dix-sept ans, la maladie qui menaçait sa mère depuis des années commença à la handicaper : la sclérose en plaques, que le médecin de famille mit bien du temps à diagnostiquer. Mrs Parchman, à cinquante ans, se retrouva clouée dans un fauteuil roulant, et Eunice dut quitter son travail pour s'occuper d'elle et de la maison. Sa vie se trouva dès lors confinée dans un monde étroit et obscur, tant il est vrai que l'analphabétisme est une forme de cécité. Les Coverdale, s'ils avaient su cela, n'auraient pas cru qu'on pût vivre ainsi. Pourquoi n'a-t-elle pas appris toute seule ? se seraient-ils étonnés. Pourquoi ne s'est-elle pas inscrite aux cours du soir, n'a-t-elle pas cherché un travail, employé quelqu'un pour s'occuper de sa mère, rejoint un club, rencontré des gens ? On se demande ! Entre les Coverdale et les Parchman, il y a un gouffre, disait souvent George lui-même sans vraiment réaliser tout ce que cela impliquait. Pour lui, une jeune fille ne pouvait être qu'une sorte de Paula ou de Melinda, adulée, admirée, bien éduquée, aimée, habituée à se voir dans les dix pour cent de l'élite. Rien de tel avec Eunice Parchman : grand escogriffe de fille au physique ingrat, avec son regard mauvais et maussade, elle n'avait jamais entendu le moindre morceau de musique à part les cantiques et les airs de Gilbert et Sullivan que son père sifflait en se rasant, jamais vu le moindre tableau connu à part la reproduction de Mona Lisa dans le hall de l'école. Elle était d'une ignorance tellement crasse que si on lui avait demandé qui était Napoléon et où se trouvait le Danemark, elle aurait ouvert de grands yeux tout ronds d'hébétude.

Il y avait des choses qu'Eunice savait faire, pourtant. Très adroite de ses mains, excellente ménagère, elle savait faire les courses, la cuisine, coudre et pousser sa mère jusqu'au terrain communal dans son fauteuil. Était-il donc si surprenant qu'elle préférât se cantonner dans ces activités qui l'apaisaient et la sécurisaient parce qu'elle se sentait capable de les mener à bien ? Qu'y avait-il d'étrange à la voir prendre plaisir à cancaner avec les voisines d'un certain âge, et éviter la compagnie de leurs enfants qui savaient lire et écrire, eux, avaient des boulots et parlaient de choses qui dépassaient son entendement ? Elle avait ses petits plaisirs, comme de manger son chocolat préféré — qui la faisait grossir —, repasser, faire l'argenterie et les cuivres, augmenter les rentrées de la famille en tricotant pour les voisines. C'est ainsi qu'à trente ans, elle n'avait encore jamais mis les pieds dans un pub, un théâtre, un restaurant qui eût dépassé la taille d'un salon de thé, quitté le pays ni eu de petit ami, porté de maquillage ou été chez le coiffeur. Deux fois, elle était allée au cinéma avec Mrs Samson, qui habitait à côté et l'avait invitée à voir le mariage et le couronnement de la Reine à la télévision. Entre sept et douze ans, elle avait pris quatre fois le train pour sortir du comté.

Une existence vertueuse aurait pu être le corollaire naturel d'un tel isolement. Elle n'avait que peu d'occasions de commettre des méfaits, mais elle les trouvait ou les créait.

— S'il y a une chose que j'ai apprise à Eunice, disait sa mère, c'est de distinguer le bien du mal.

Cliché débité de façon aussi automatique que pour une poule de caqueter, et avec encore moins de sens :

on ne réfléchissait guère avant de parler, chez les Parchman. Et même, on ne réfléchissait pas du tout.

Tout ce qui parvenait à secouer Eunice de son apathie, c'étaient ses impulsions. Des impulsions soudaines, impératives. Laisser tomber d'un coup ce qu'elle faisait et aller marcher, par exemple. Nettoyer une pièce à fond. Défaire complètement une robe et la recoudre avec des modifications de détail. Elle ne pouvait pas résister. Son manteau râpé boutonné jusqu'au menton, un foulard noué autour de son épaisse chevelure brune qui n'avait rien perdu de son lustre, elle couvrait des kilomètres, traversait parfois la Tamise, poussait jusque dans le West End. Ces longues marches constituaient son éducation. Elle y voyait des choses qu'on n'apprend pas à l'école, même quand on sait lire. Et ses instincts, alors débarrassés du carcan de la lettre écrite, lui expliquaient la signification ou la portée de tout cela. Dans le West End, elle vit des prostituées, des gens qui faisaient l'amour au fond du parc, des homosexuels qui attendaient furtivement dans l'ombre, sur les Communaux, pour chercher fortune. Une nuit, elle vit un homme de Rainbow Street qu'elle connaissait emmener un jeune garçon derrière un buisson. Eunice n'avait jamais entendu le mot de « chantage ». Elle ignorait que tenter de soutirer de l'argent par la menace était un délit notoire puni par la loi. Mais sans doute Caïn ignorait-il aussi le terme de « meurtre » avant de tuer son frère : il existe en l'homme des pulsions ancestrales auxquelles il n'est pas besoin d'instruction pour laisser libre cours. Nul doute qu'Eunice s'imagina faire quelque chose d'original : elle attendit que le jeune garçon fût parti et menaça le voisin de tout raconter à sa femme s'il ne lui donnait pas dix shillings par semaine pour prix de son silence. Terrifié, il s'exécuta et lui donna les dix shillings chaque semaine pendant des années.

Son père avait été très religieux, quand il était jeune. Il donna à sa fille le nom d'un personnage du Nouveau Testament et il lui arrivait, pour s'amuser, d'y faire référence et de prononcer ce nom à la grecque :

— Que m'as-tu fait à manger ce soir, Eunikê, mère de Timothée ?

Cela exaspérait Eunice, la mettait hors d'elle — presque —, à cause du sentiment diffus qu'elle ne serait jamais mère de personne, peut-être. Les pensées des illettrés s'expriment par des images et des mots simples. Le vocabulaire d'Eunice était limité. Elle ne parlait que par clichés et phrases toutes faites empruntées à sa mère ou à Mrs Samson. Éprouva-t-elle de la jalousie lors du mariage de son cousin ? Fut-ce l'amertume, en même temps que la cupidité, qui la poussèrent à demander encore dix shillings par semaine à une femme mariée qui avait une liaison avec un représentant de commerce ? Elle ne confiait à personne ses émotions ou ses vues sur la vie.

Mrs Parchman mourut lorsque Eunice avait trente-sept ans, et son mari veuf prit aussitôt sa place comme invalide permanent : sans doute trouvait-il les services de sa fille trop bons pour être perdus. Il avait toujours eu les reins fragiles, et maintenant, il arguait de son asthme pour garder le lit.

— Je me demande bien où je serais sans toi, Eunikê, mère de Timothée.

Encore en vie, probablement, et à Tooting.

Les impulsions d'Eunice lui firent une fois prendre le car et passer la journée à Brighton, une autre fois sortir tous les meubles du salon et peindre les murs en rose. Puis son père commença à effectuer des séjours à l'hôpital.

— Surtout pour vous soulager un peu, Mademoiselle Parchman, expliqua le docteur. Il peut passer à n'importe quel moment, comme durer des années.

Il ne semblait pas du tout être sur le point de passer. Eunice lui achetait de beaux morceaux de poisson et lui faisait du pudding aux rognons. Elle entretenait le feu de sa chambre et lui apportait de l'eau chaude pour se raser tandis qu'il sifflait « Le Dieu d'amour est mon berger » ou des extraits du *Mikado* de Gilbert et Sullivan.

Par un beau matin de printemps, il se redressa dans son lit, l'air gaillard et la joue rose, pour s'écrier, d'une voix claire qui n'avait rien d'asthmatique :

— Couvre-moi bien, installe-moi dans le fauteuil de maman et emmène-moi dans le parc, Eunikê, mère de Timothée.

Eunice ne répondit pas. Elle prit un des oreillers derrière la tête de son père et le lui plaqua sur le visage. Il se débattit et gesticula quelques instants, mais pas longtemps. Ses poumons n'étaient pas si costauds, après tout. Eunice n'avait pas le téléphone : elle partit à pied chez le médecin et le ramena à la maison. Il signa le certificat de décès sans poser de questions.

Libre !

Elle avait quarante ans et ne savait que faire de sa liberté, maintenant qu'elle l'avait. Surmontez cette ridicule histoire d'analphabétisme, aurait suggéré George Coverdale. Apprenez un métier, cherchez des colocataires, sortez, voyez du monde. Mais Eunice ne fit rien de tout cela. Elle resta dans la maison de Rainbow Street, où elle payait un loyer insignifiant et encaissait le fruit de ses chantages qui atteignait à présent deux livres par semaine. Et comme si ces vingt-trois années, ces meilleures années de sa jeunesse, n'avaient jamais existé, étaient passées en un clin d'œil, elle retourna au magasin de friandises et y travailla trois jours par semaine.

C'est au cours d'une de ses promenades qu'elle vit Annie Cole entrer dans un bureau de poste de Merton, son livret de pension à la main. Eunice savait reconnaître un tel livret car son père lui avait montré comment signer le sien par procuration. Elle reconnaissait Annie Cole également pour l'avoir remarquée à la sortie du crématorium juste avant que le cortège funèbre de Mr Parchman n'arrive. Mrs Cole était morte, et voilà qu'Annie venait chercher sa pension en racontant à l'employé comment sa pauvre mère se portait ce jour-là. Les analphabètes ont l'avantage de jouir d'une excellente mémoire visuelle : ils se souviennent pratiquement de tout.

C'est ainsi qu'Annie devint la victime et le porte-plume d'Eunice : elle lui versait le tiers de ladite pension et effectuait pour elle des travaux d'écriture indispensables. Comme elle était dépourvue de malice, un tel comportement ne la choqua pas dans ce monde impitoyable, et ce fut même elle qui se rapprocha le plus d'Eunice dans la voie de l'amitié, jusqu'à ce que cette dernière rencontre Joan Smith. Or, vint le moment où Annie prit peur et voulut faire officiellement mourir sa mère. Eunice, qui refusait de perdre sa part du gâteau, s'y opposa. Il devenait donc urgent de s'en débarrasser et ce fut Annie qui, après avoir flatté son maître chanteur sur ses talents ménagers, lui montra comme par hasard l'annonce des Coverdale.

— Vous pourriez gagner trente-cinq livres par semaine, logée, nourrie, blanchie. J'ai toujours dit que vous perdiez votre temps, dans ce magasin.

— Je sais pas, fit Eunice — c'était sa réponse favorite — en croquant un carreau fourré de Cadbury.

— Cette baraque où vous habitez, elle tombe en ruines. On parle de démolir la rangée tout entière, d'ailleurs, ce qui ne serait sûrement pas une grosse perte. (Annie examina le *Times* qu'elle avait négligemment ramassé dans une poubelle.) Ça paraît super. On devrait écrire, rien que pour voir. Ça ne vous engage à rien, après tout.

— Écrivez vous-même si vous voulez.

Comme tous ceux qui la côtoyaient de près, Annie soupçonnait Eunice d'être illettrée, ou presque. Mais personne ne pouvait être vraiment sûr. Elle semblait parfois lire des magazines, signait des papiers. Bien des gens ne lisent ou n'écrivent jamais alors qu'ils savent le faire, après tout. Annie rédigea donc la lettre à Jacqueline, et lorsque vint le temps de l'entrevue, elle poussa à la roue pour qu'Eunice s'y rendît.

— N'oubliez pas de dire « Madame », hein, Eun. Ne parlez pas avant d'y être invitée. Maman était domestique, dans sa jeunesse, alors, elle savait bien. Je pourrai vous donner des tas de tuyaux.

Pauvre Annie. Elle avait adoré sa mère, et la fraude du livret de pension était autant un moyen de se donner l'illusion qu'elle était encore en vie que d'arrondir ses fins de mois.

— Je peux même vous prêter ses belles chaussures : elles doivent être à peu près de votre pointure.

Et cela réussit. Avant même qu'elle eût le temps de bien réfléchir, Eunice était engagée chez les Coverdale, et bien que ses gages fussent de vingt-cinq et non de trente-cinq livres par semaine, ils lui paraissaient une fortune. Mais qu'est-ce qui avait pu si facilement la convaincre, elle qui était aussi attachée à sa tanière qu'une bête sauvage ?

La recherche de nouveaux paysages ? L'attrait de l'aventure ou de quelconques avantages financiers ? Le désir de se montrer sous le seul aspect qui lui fût favorable ? Rien de tout cela : elle accepta en grande partie pour échapper aux responsabilités.

De son vivant, son père, même si les choses n'étaient pas roses avec lui dans bien des domaines, présentait un immense avantage : celui de s'occuper du loyer, des impôts locaux, des factures, de lire et de remplir les papiers administratifs.

Maintenant, Eunice allait directement au guichet et en liquide régler les différents organismes, mais elle ne pouvait ni louer ni acheter à crédit de télévision parce qu'il y aurait eu des formulaires à remplir. Lettres et circulaires lui étaient parfois adressées, elle ne savait les lire. Lowfield Hall serait la solution à tous ces problèmes : on l'y recevrait, on s'occuperait d'elle, c'était là uniquement ce qui l'intéressait.

Son propriétaire fut à la fois ébahi et ravi de son départ. Mrs Samson s'occupa de la vente de ses meubles. Eunice assista à l'estimation de ses objets familiers, le visage impénétrable. Elle empaqueta toutes ses affaires dans deux valises empruntées à Mrs Samson. Toute de bleu vêtue, avec sa jupe, son pull tricoté à la main et son imper marine, elle fit à cette si bonne voisine — presque une seconde mère, qui d'ailleurs l'avait vue naître — des adieux bien à sa manière :

— Bon, j'y vais.

Mrs Samson l'embrassa sur la joue mais ne lui demanda pas de lui écrire : elle était la seule personne à être véritablement au courant.

À la gare de Liverpool Street, Eunice ouvrit de grands yeux. Elle voyait des trains — des vrais, pas le métro — pour la première fois depuis trente-cinq ans. Mais comment savoir dans lequel monter ? Sur le tableau des départs, n'apparaissaient que d'incompréhensibles hiéroglyphes blancs sur fond noir.

Elle avait horreur de poser des questions, mais elle dut s'y résoudre.

— Quel quai, pour Stantwich ?

— C'est marqué au tableau.

Elle essaya auprès de quelqu'un d'autre.

— C'est écrit là-haut : le treize. Vous ne savez pas lire ?

Non, elle ne savait pas, mais elle n'osait l'avouer. Enfin, elle était dans le train. Ce devait être le bon : onze personnes le lui avaient confirmé. En revoyant la campagne, elle remonta le temps jusqu'à sa jeunesse. Elle était redevenue la petite fille qu'on évacuait avec son école loin des bombes, elle avait l'avenir devant elle. Et maintenant comme à cette époque, les gares défilaient, sans nom, inconnues.

Mais elle ne pourrait pas manquer Stantwich : c'était le terminus. Pour son avenir aussi.

5

Elle courait à l'échec. Elle n'avait ni formation ni expérience. Les Coverdale ne ressemblaient en rien aux gens qu'elle avait connus, et sa raideur d'esprit lui ôtait toute possibilité d'adaptation. Elle n'avait jamais vu — encore moins organisé — de soirée, elle ne s'était jamais occupée d'une autre maison que celle de Rainbow Street. Il n'y avait aucune tradition de domesticité dans sa famille, et elle ne connaissait personne qui eût jamais engagé de serviteur, pas même une femme de ménage.

Elle réussit au-delà de ses froides espérances, et des rêves de Jacqueline.

Bien sûr, ce n'était pas vraiment d'une femme de charge dont cette dernière avait besoin. Pas de quelqu'un qui organise et dirige, mais d'une bonne à tout faire soumise. Eunice était habituée à obéir et à travailler dur. Elle était exactement ce que cherchaient les Coverdale : sans personnalité visible, apparemment peu soucieuse de ses droits, dépourvue de cette curiosité qui pousse un employé à fureter partout, tranquille et respectable, sans autre bizarrerie qu'une seule — bien particulière —, n'éprouvant aucun désir de se hisser au même niveau social que ses patrons. Son sens esthétique ne s'exerçait que dans une seule direction : les objets ménagers. Pour Eunice, un réfrigérateur était beau alors qu'une fleur n'était qu'une fleur. Le tissu d'un rideau pouvait être ravissant alors qu'un oiseau ou un animal serait, au mieux, « gentil ». Elle était incapable de faire la différence, en termes de valeur esthétique, entre une porcelaine de Chine *famille* rose et une poêle en Téflon. Tous deux étaient « jolis » et recevraient d'elle les mêmes soins et la même attention.

Telles étaient les raisons de son succès. Elle fit immédiatement bonne impression. Après avoir mangé la dernière barre de Bounty qu'elle avait achetée à la gare de Liverpool Street, elle descendit du train, détendue maintenant qu'il n'y avait plus aucun panneau à déchiffrer. « Sortie », elle comprenait, ce n'était pas un problème. Jacqueline ne lui avait pas dit comment reconnaître son mari, mais George n'eut aucun mal à la repérer grâce à la peu flatteuse description que sa femme lui en avait faite. Melinda était avec lui, ce qui déconcerta Eunice qui cherchait un homme seul.

— Très heureuse, fit-elle en leur serrant la main sans un sourire, plus intéressée par la grosse voiture blanche que par eux.

George la fit asseoir devant.

— Ainsi, vous profiterez mieux de notre beau paysage, miss Parchman, dit-il.

La fille ne cessa de jacasser tout au long du chemin et bombarda Eunice de questions. Aimez-vous la campagne, miss Parchman ? Êtes-vous jamais allée dans la région des Fens ? Vous n'avez pas trop chaud dans votre manteau ? J'espère que vous aimez les feuilles de vigne farcies : ma belle-mère en fait pour ce soir. Ahurie, Eunice ne répondait que par oui ou par non. Les feuilles de vigne farcies, elle ne savait pas si ça se mangeait, si ça se regardait ou si on s'asseyait dessus. Mais elle gardait son calme et lui adressait parfois un petit sourire poli.

Tout en elle plaisait à George : sa respectueuse discrétion, sa façon de s'asseoir mains croisées sur ses genoux serrés, jusqu'à ses vêtements qu'un observateur plus neutre eût pu comparer à ceux d'une gardienne de prison. Ni Melinda ni lui ne ressentirent le moindre frisson de répulsion.

— Fais le grand tour par Greeving, papa. Comme ça, on pourra montrer le village à miss Parchman.

C'est ainsi qu'Eunice vit la maison de sa future complice avant même celle de ses victimes : Bureau de Poste et Épicerie N. Smith, propriétaire. Joan n'était pas là, cependant, occupée à distribuer des prospectus des Adorateurs de l'Épiphanie.

Eunice ne l'aurait pas remarquée, de toute façon, les gens ne l'intéressaient pas. Non plus que le paysage ou que cette visite d'un des plus beaux villages du Suffolk : Greeving n'était qu'un tas de vieilles bicoques pour elle, avec leur toit de chaume, leur plâtre sur les murs et tous ces arbres qui devaient empêcher la lumière d'entrer. Elle se demandait par contre comment on faisait pour y trouver du bon poisson ou, comme cela lui arrivait souvent, une boîte de chocolat pour satisfaire un caprice soudain.

Lowfield Hall. Pour Eunice, on aurait pu l'appeler Buckingham Palace. Elle ne savait pas que des gens normaux pouvaient vivre dans des maisons pareilles, réservées, dans son esprit, à la Reine ou à des stars de cinéma. Jacqueline, qui s'habillait pour la moindre occasion, apparut en pantalon de velours vert émeraude, corsage de soie rouge et foulard Gucci pour accueillir sa nouvelle domestique. Même Giles était là : comme il passait juste à ce moment, vaguement à la recherche de son manuel d'initiation au hindi, sa mère l'avait harponné et obligé à rester pour des présentations officielles.

— Bonjour, miss Parchman. Vous avez fait bon voyage ? Voici mon fils Giles.

Lequel lui accorda un signe de tête distrait et s'en fut à l'étage sans autre forme de procès. Eunice le remarqua à peine, bien plus intéressée par la maison et ce qu'elle contenait. C'était presque trop pour elle, impressionnée comme la reine de Saba en face du roi Salomon. Mais elle ne laissa rien paraître de son ébahissement sur son visage ou dans son attitude. Figée sur l'épaisse moquette, au milieu des meubles anciens et des bouquets de fleurs, elle regarda d'abord la grande horloge paysanne, puis son propre reflet dans un immense miroir entouré d'un cadre aux volutes dorées. Elle restait immobile, éberluée. Les Coverdale lui trouvèrent belle prestance ainsi, voyant dans ce silence la retenue qui sied à tout parfait domestique.

— Je vais vous montrer votre chambre, dit Jacqueline. Vous n'aurez rien à faire ce soir. Laissez ici vos bagages, quelqu'un vous les montera tout à l'heure.

Eunice découvrit une pièce vaste et coquette, au sol recouvert d'une moquette en Wilton gris foncé et aux murs tapissés de papier jaune pâle à rayures blanches verticales. Le mobilier se composait de deux fauteuils d'un jaune plus soutenu, d'un canapé recouvert de cretonne, d'un lit avec dessus assorti et d'un long placard encastré. Les fenêtres ouvraient sur une vue splendide, la plus belle de toute la maison.

— J'espère que tout cela est à votre goût.

Une bibliothèque vide — destinée à le rester —, un vase de lilas blanc sur un guéridon, deux lampes avec abat-jour brun orangé, deux reproductions encadrées de Constable, « Le cottage de Willy Lott » et « Le cheval bondissant », complétaient le décor. Les accessoires sanitaires de la salle de bains étaient vert clair et des serviettes vert olive pendaient sur une barre chauffante.

— Votre dîner sera servi dans la cuisine dans une demi-heure. La porte est au fond du couloir, derrière l'escalier. J'imagine que vous désirez vous reposer un peu, maintenant. Ah, voici mon fils avec vos bagages.

Giles s'était fait coincer par George et laissé amadouer pour monter les deux valises. Il les posa lourdement à terre et s'en alla. Eunice ne lui prêta pas plus attention qu'à sa mère. Elle fixait d'un regard avide le seul objet qui l'intéressait vraiment : la télévision. Télévision qu'elle avait toujours désirée mais n'avait jamais pu louer ou acheter. Dès que la porte se fut refermée derrière Jacqueline, elle s'approcha du poste, le jaugea du regard puis, comme quelqu'un qui se décide par nécessité à manipuler un engin dangereux en dépit des risques d'explosion ou de décharge électrique, elle se précipita dessus et appuya sur le bouton.

Un homme armé d'un pistolet apparut sur l'écran. Il menaçait une femme qui se réfugia derrière une chaise. Un coup de feu claqua, la femme s'enfuit en hurlant dans un couloir. C'est ainsi que les premières images qu'Eunice vît jamais sur une télévision à elle montraient une scène de violence avec des armes à feu. Ces images, comme tant d'autres qui suivirent, stimulèrent-elles ses propres pulsions latentes, déclenchèrent-elles des ondes d'agressivité ? Ces fictions plongèrent-elles dans ce cerveau inculte des racines qui donnèrent un terrible fruit ?

Peut-être. Mais si la télévision joua un rôle dans le meurtre des Coverdale, ce n'est certainement pas sous son influence qu'Eunice avait étouffé son père : à l'époque de sa mort, les seules émissions qu'elle avait suivies au petit écran étaient un mariage royal et un couronnement.

Cela devint une véritable drogue pour elle, cependant. Elle restait des heures enfermée dans sa chambre, rideaux tirés contre la lumière des soirs d'été. Cette première fois, pourtant, elle ne la regarda que dix minutes. Elle dîna du bout des lèvres, car elle n'avait jamais mangé rien de pareil auparavant, après quoi, Jacqueline lui fit faire le tour de la maison et lui donna ses instructions de service. Eunice prit dès le début plaisir à sa tâche et ne commit que quelques petites erreurs bien naturelles. Elle mit correctement la table, Annie Cole le lui avait appris. Mais le premier matin, elle fit du thé au lieu de café. Elle n'en avait jamais fait de sa vie, sauf de l'instantané, et n'avait pas demandé comment s'y prendre : elle ne posait que très rarement des questions. Jacqueline crut qu'elle était habituée à utiliser un percolateur — Eunice ne la détrompa pas — alors qu'eux utilisaient des filtres : elle lui en montra le maniement. Eunice regarda attentivement. Il lui fallait plusieurs démonstrations de ce genre pour être capable de se débrouiller seule.

— J'ai compris, Madame.

Jacqueline faisait la cuisine et se partageait les courses avec George. Dans les premiers temps, Eunice profitait de ses absences pour fureter à loisir dans Lowfield Hall. La maison était mal entretenue, à ses yeux, aussi éprouva-t-elle un plaisir intense à la soumettre à un grand nettoyage de printemps. Qu'ils étaient beaux, ces tapis ! Et ces tentures, ces coussins, ces meubles en bois de rose, en noyer, en chêne ! Et ces cristaux, cette argenterie, cette porcelaine ! Mais le summum, c'était la cuisine, avec ses murs et ses éléments en pin, son évier métallique à double bac, sa machine à laver, son séchoir, son lave-vaisselle. Quant à la porcelaine du salon, Eunice trouvait insuffisant de l'épousseter : il fallait la laver.

— Ce ne sera pas nécessaire, miss Parchman.

— Ça me plaît, vous savez, répondit-elle.

C'est plus par peur de la casse que par philanthropie que Jacqueline avait voulu l'arrêter. Mais Eunice ne cassait jamais rien, et elle remettait toujours scrupuleusement les objets à la place où elle les avait trouvés. Sa mémoire visuelle semblait fidèlement tout enregistrer dans une section de son cerveau.

Les seules choses qui ne l'intéressaient pas, à Lowfield Hall, et qu'elle évitait de manipuler ou d'inspecter, étaient le contenu du bureau du petit salon, puis les livres et les lettres de George dans la coiffeuse de Jacqueline. Cela et, du moins pour l'instant, les deux fusils.

Ses patrons étaient comblés.

— Elle est parfaite, commenta Jacqueline qui, faisant un ballot des chemises de George pour les porter à la blanchisserie, se les était vu ôter des mains par Eunice. (Celle-ci les avait gentiment lavées et repassées entre le dégivrage du réfrigérateur et le changement des draps de lit.) Tu sais quoi, chéri ? Elle a pris les affaires avec ce petit air doux qu'elle a et m'a dit : « Donnez-les-moi. Un petit coup de repassage ne me fera pas de mal. »

Douce ? Eunice Parchman ?

— C'est vrai qu'elle abat du travail, dit George. Et je suis ravi de te voir aussi heureuse et détendue.

— Bien sûr, je n'ai plus rien à faire ! À part la fois où elle a mis les draps verts à notre lit sans tenir compte d'une note que je lui avais laissée, je n'ai pas une seule faute à lui reprocher. Faute serait un bien grand mot d'ailleurs, après ce qu'on a connu avec la vieille Eva et cette horreur d'Ingrid.

— Comment s'entend-elle avec Eva ?

— Elle l'ignore tout simplement, je crois. J'aimerais bien pouvoir faire pareil. Tu sais, miss Parchman sait coudre, aussi : j'essayais de relever l'ourlet de ma jupe, l'autre fois : elle l'a prise et l'a fait à la perfection.

— On a vraiment eu de la veine, conclut George.

Le mois de mai passa. Les fleurs de printemps fanèrent, les arbres se couvrirent de feuilles. Les faisans peuplèrent les champs pour picorer le blé en herbe, le chant du rossignol s'éleva dans les vergers. Mais pas pour Eunice. Sous les haies, des lièvres folâtraient comme du vif-argent, et le soir, la lune s'élevait lentement derrière les collines de Greeving, rouge et étrange comme un autre soleil. Mais pas pour Eunice. Elle tirait les rideaux, allumait les lampes, puis la télévision. Ses soirées étaient libres, et elle appréciait de pouvoir faire ce que bon lui semblait. Elle tricota, au début. Mais peu à peu, feuilletons, événements sportifs, flics et truands prirent le dessus, et le tricot retomba de plus en plus souvent sur ses genoux tandis que, penchée en avant, elle restait sous le charme, captivée comme une enfant.

Elle était heureuse. Si elle avait été capable d'analyser ses pensées, ses sentiments, de comprendre ses mobiles, elle aurait dit que cette façon d'exister par personne interposée était la meilleure qu'elle ait connue. Mais si elle en avait été capable, elle ne se serait sans doute pas satisfaite d'une façon aussi spécieuse de passer ses loisirs. Cette intoxication télévisuelle soulève une question : un organisme social quelconque n'aurait-il pas rendu un immense service à la société — et sauvé la vie des Coverdale — en déclarant pathologique la boulimie d'images, innocente en apparence, d'Eunice Parchman ? Installée dans une chambre, avec une pension et une télévision, elle aurait pu passer le restant de sa vie en adoration devant le petit écran. Mais aucune assistante sociale ne prit contact avec elle avant qu'il fût trop tard. Aucun psychiatre ne la vit jamais. Encore ne serait-il parvenu à trouver l'origine de sa névrose que si elle lui avait laissé découvrir son analphabétisme. Or, elle était maître en l'art de masquer cette tare depuis l'époque où il eût été temps de s'en débarrasser. Son père, qui savait parfaitement bien lire, qui avait absorbé la Bible du début à la fin dans sa jeunesse, avait été son principal allié pour l'aider à cacher cette déficience. Que ne l'avait-il encouragée à s'instruire, au lieu de l'entraîner dans les difficultés bien plus douloureuses encore auxquelles l'exposait l'illettrisme ?

Quand un voisin entrait avec un journal et le tendait à Eunice, il s'interposait :

— Passez-le-moi, disait-il en regardant l'impression minuscule : je ne veux pas qu'elle abîme ses jeunes yeux.

À tel point que l'on crut, dans le cercle restreint de leurs relations, qu'Eunice souffrait d'une mauvaise vue, excuse souvent invoquée par les ignorants pour expliquer leur incapacité à lire.

— Tu n'arrives pas à lire — tu veux dire que tu n'y vois pas ?

Enfant, elle n'avait jamais voulu s'y mettre. Devenue grande, elle aurait bien aimé apprendre, mais avec qui ? Pour trouver — ou même simplement chercher — un professeur, il lui aurait fallu avouer son analphabétisme. Elle avait commencé à fuir les gens qui, croyait-elle, n'avaient de cesse que de lui arracher son secret. Au bout de quelque temps, cette fuite, cet isolement volontaire, devinrent automatiques, bien que la cause profonde de sa misanthropie fût à demi oubliée.

Elle n'avait rien à redouter des choses — les meubles, les objets décoratifs, la télévision : elle s'en rapprochait donc, et c'est auprès d'elles qu'Eunice trouvait ce qui ressemblait le plus à une émotion. Mais les gens, comme les Coverdale, elle les rejetait.

Non qu'ils eussent davantage que d'autres à souffrir de sa froideur : elle se comportait avec eux comme elle l'avait fait avec tout le monde.

De tous les Coverdale, George était le plus sensible. Il fut donc le premier à le ressentir. Le premier à déceler une imperfection dans toute cette excellence.

6

Ils étaient à la messe, le dimanche matin, et Mr Archer commença son sermon. Il avait choisi de commenter ce passage : « C'est bien, bon et fidèle serviteur. Tu as été fidèle pour peu, sur beaucoup je t'établirai. Entre dans la joie de ton maître. » Jacqueline toucha le bras de son mari en souriant. George lui rendit son sourire d'un air satisfait.

Le lendemain, il se souvint de cet échange de sourires et trouva qu'il avait exprimé un contentement peut-être un peu trop béat.

— Paula est entrée à l'hôpital, annonça Jacqueline dès qu'il rentra à la maison. C'est quand même horrible, cette façon qu'ils ont de fixer le jour de la naissance de votre bébé, maintenant. Vous arrivez, ils vous font une piqûre, et hop ! Coucou, le voilà !

— Des bébés instantanés, fit George. Est-ce que Brian a téléphoné ?

— Pas depuis 2 heures.

— Je vais l'appeler, alors.

Ils allaient dîner, comme souvent lorsqu'ils étaient seuls, dans le petit salon. Eunice entra pour mettre la table. George composa le numéro, mais n'obtint pas de réponse. Il avait à peine reposé le combiné que l'appareil se mit à sonner. Après avoir répondu au mari de Paula par monosyllabes et demandé à être tenu au courant, il s'approcha de Jacqueline et lui prit la main.

— Ça ne va pas très bien. Ils n'ont pas encore pris de décision, mais elle est dans un tel état de fatigue qu'il va sans doute falloir pratiquer d'urgence une césarienne.

— Mon Dieu, chéri, quelle angoisse ! (Elle n'essaya pas de masquer son inquiétude et il lui en sut gré.) Pourquoi n'appelles-tu pas le Dr Crutchley ? Il te rassurerait peut-être, lui.

— Je vais le faire tout de suite.

Eunice quitta la pièce. George apprécia son silence plein de tact. Le docteur, au bout du fil, lui répondit qu'il ne pouvait guère discuter d'un cas qu'il ne connaissait pas. Le seul réconfort qu'il apporta à George fut de lui dire qu'en général, les femmes ne mouraient plus en couches de nos jours.

Ils mangèrent. Ou plutôt Giles mangea, Jacqueline chipota sur son repas et George laissa le sien pratiquement intact. Seule concession de Giles au sérieux de la situation et à l'anxiété ambiante : il condescendit à lever les yeux de son livre — pour les laisser se perdre aussitôt dans le vide. Plus tard, lorsque toute incertitude fut balayée, Jacqueline dit en riant à son mari qu'un tel geste de la part de Giles était aussi parlant qu'un discours dans la bouche de quelqu'un d'autre.

L'incertitude ne dura d'ailleurs pas longtemps. Brian rappela deux fois et, une demi-heure plus tard, annonçait qu'un garçon de sept livres avait été mis au monde par césarienne et que Paula allait bien.

Eunice était en train de desservir la table. Elle avait dû tout entendre : le « Dieu soit loué ! » de George, le « C'est merveilleux, mon cher, je suis tellement heureuse pour vous deux ! » de Jacqueline, le « Super » lâché par Giles avant de remonter dans sa chambre. Elle avait dû assister au soulagement et au bonheur de chacun. Sans laisser paraître la moindre émotion, elle quitta la pièce et referma la porte.

Jacqueline entoura George de ses bras et le tint contre elle. Il ne songeait pas à Eunice, alors. Ce ne fut que lorsqu'il alla se coucher et qu'il entendit, au-dessus de lui, les bruits de voix de sa télévision qu'il commença à réfléchir à l'étrange froideur de son attitude. Pas une fois elle n'avait montré de souci pendant les moments d'angoisse, ni de joie lorsque tout danger avait été écarté. Non qu'il eût consciemment attendu qu'elle le fît, qu'elle vînt lui dire « Je suis ravie que votre fille aille bien, Monsieur », mais à présent, cette omission l'intriguait, elle le troublait. Pareille indifférence à l'égard d'une autre femme ou des gens chez lesquels elle vivait n'était pas naturelle pour une femme normale. « C'est bien, bon et fidèle serviteur... » Cela, non, ce n'était pas bien.

George n'aurait pour rien au monde fait part de son malaise à Jacqueline, si heureuse et satisfaite de sa domestique. D'ailleurs, George n'aurait pas aimé non plus qu'elle soit trop bavarde, qu'elle s'immisce dans leurs affaires de famille, qu'elle devienne trop familière. Il résolut donc de chasser ces pensées de son esprit.

Ce qu'il fit avec succès jusqu'au baptême du nouveau-né, un mois plus tard.

Patrick avait été baptisé à Greeving. Le révérend Archer était un ami des Coverdale, et l'été, ce genre de cérémonie est plus agréable à la campagne qu'en ville. Paula, Brian et leurs deux enfants arrivèrent à Lowfield Hall un samedi de la fin juin pour rester jusqu'au dimanche. On donna une grande réception le samedi après-midi. Les parents et la sœur de Brian étaient là, de même que les Royston, les Jameson-Kerr, une tante de Jacqueline venant de Bury et des cousins de George de Newmarket. Le buffet, dressé par Eunice sous les directives de Jacqueline, était parfait. La maison n'avait jamais été aussi belle, les flûtes à champagne aussi nettes. Jacqueline ne savait même pas qu'elle possédait autant de serviettes de table en tissu — du moins ne les avait-elle jamais vues ensemble, et ainsi repassées de frais. Plusieurs fois dans le passé, elle avait été obligée d'en acheter en papier.

Avant le départ pour l'église, Melinda entra dans le salon pour montrer le bébé à Eunice. Il allait s'appeler Giles, et Giles Mont, consterné par cette idée maintenant, s'était laissé embobiner pour être parrain avant de s'apercevoir de ce qui se tramait. Elle le portait dans la robe de baptême brodée qu'elle-même, son frère, sa sœur et, bien sûr, George lui-même, avaient jadis portée. C'était un beau bébé, vigoureux, aux joues bien roses et rebondies. Sur la table, à côté du gâteau, se trouvait le livre de baptême des Coverdale dans lequel était consigné le nom de tous ceux qui avaient porté la robe, avec leurs date et lieu de baptême. Il était ouvert, prêt à recevoir sa nouvelle inscription.

— Il est pas mignon, dites, miss Parchman ?

Eunice resta de marbre. George sentit un grand froid émaner d'elle, comme si le soleil s'était soudain caché. Elle n'esquissa pas le moindre sourire, ne se pencha pas sur l'enfant, ne fit pas mine de l'effleurer du bout des doigts. Elle lui lança juste un regard, un regard beaucoup moins attendri que celui avec lequel George lui avait vu disposer les petites cuillers en argent sur les soucoupes.

— C'est pas le tout, fit-elle. J'ai des choses à faire.

De tout l'après-midi, tandis qu'elle entrait et sortait avec des plateaux, elle ne prononça pas le moindre mot de compliment sur le bébé, ni sur la chance qu'il fît si beau, ni sur le bonheur des jeunes parents. Une froideur pareille, songea-t-il, ce n'est pas naturel. À moins qu'elle ne souffre d'une timidité maladive ?

Eunice n'était pas timide. Et ce n'était pas la peur du livre de baptême qui l'avait détournée du bébé. Pas de façon directe. Il ne l'intéressait pas, tout simplement. Il serait pourtant juste de dire que si les bébés ne l'intéressaient pas, c'est parce qu'il y avait des livres dans le monde.

Le mot écrit était pour elle une hantise, une menace sur sa personne. Il fallait s'en garder, l'éviter par tous les moyens possibles, éviter tous les gens susceptibles de lui en montrer. L'habitude de se dérober s'était ancrée en elle au point de devenir inconsciente, au point de tarir tout élan de chaleur humaine, d'affection ou même d'enthousiasme. Elle ne se rendait pas compte que cet isolement volontaire, automatique maintenant, trouvait sa source dans sa fuite devant tout ce qui était lecture ou écriture.

L'analphabétisme lui avait desséché le cœur et atrophié l'imagination. Le cœur, l'imagination, et ce que les psychologues nomment *affect* — la capacité à se préoccuper du sentiment des autres — n'avaient pas place dans son schéma mental.

Le général Gordon, pour essayer de remonter le moral aux assiégés de Khartoum, racontait qu'il était arrivé en retard lorsque Dieu distribuait la peur aux humains, et qu'il n'en restait plus. Voilà pourquoi il ignorait ce sentiment. Cette exquise petite parabole pouvait être paraphrasée pour Eunice : quand elle parut devant Dieu, les réserves d'imagination et *d'affect* étaient épuisées.

Les Coverdale se mêlaient toujours de tout. Avec les meilleures intentions, certes, celles de se rendre utiles. Si ce n'était la pire excuse à trouver à quelqu'un — pour citer l'un des auteurs favoris de

Giles Mont —, on pourrait dire qu'ils croyaient bien faire. Ils avaient peur de se montrer égoïstes, car ils n'avaient jamais compris ce que Giles savait instinctivement, que l'égoïsme n'est pas de vivre comme on a envie mais d'y contraindre les autres.

— La vieille Parchemin, elle m'inquiète, dit Melinda au cours d'une de ses rares visites dans la chambre de Giles. (La voir assise sur son lit l'enchantait et le paniquait à la fois.) Elle a dû en baver, dans sa vie, hein ?

— Sais pas. J'ai rien remarqué.

— Oh, toi, tu ne remarques jamais rien. Mais j'en suis sûre. Elle n'a pas mis une seule fois le nez dehors, depuis qu'elle est ici. Tout ce qu'elle fait, c'est de rester collée devant sa télé. Tiens, écoute, elle marche encore en ce moment. (Elle s'interrompit et leva un regard mélodramatique vers le plafond, cependant que Giles se remettait à ce qu'il faisait lorsqu'elle était arrivée : fixer des photos sur les carreaux de liège dont il avait couvert une moitié de mur.) Elle doit se sentir terriblement seule. Ses amis doivent lui manquer. (Elle attrapa Giles par le bras et le fit pivoter sur lui-même.) Ça ne te fait *rien*, à toi ?

Le contact de sa main lui causa un choc. Il rougit.

— T'inquiète, elle va très bien.

— Non, elle ne va pas bien. J'en suis sûre.

— Y a des gens qui préfèrent être seuls. (Jetant un regard mou autour de lui, il vit le tas de vêtements orange, les empilages de bouquins, de dictionnaires et de dissertations inachevées sur des sujets qui n'étaient même pas au programme de l'école. Il l'adorait, sa chambre. Il s'y sentait mieux que n'importe où ailleurs, sauf peut-être à la Bibliothèque de Londres où il avait été emmené une fois par un parent érudit. Mais on ne peut pas louer de chambre à la Bibliothèque de Londres, sinon, Giles aurait été le premier sur la liste.) Comme moi, par exemple.

— Si c'est une invite pour que je m'en aille...

— Non, non, pas du tout, se hâta-t-il de dire. (Résolu à se déclarer, il commença d'une voix rauque, poignante :) Melinda...

— Hein ? Où as-tu dégoté cet horrible poster ? C'est exprès qu'elle a le visage vert, cette fille ?

Giles soupira. Le moment était passé.

— Lis ma citation du mois.

Elle était inscrite à l'encre verte sur un bandeau de papier épinglé sur le liège du mur. Melinda lut tout haut.

— « Pourquoi les générations doivent-elles toujours se chevaucher ? Pourquoi ne sommes-nous pas déposés en terre comme des œufs dans de belles petites cellules, enveloppés chacun de dix ou vingt livres en billets de banque, pour nous éveiller comme le sphex, cette guêpe qui s'aperçoit non seulement que papa et maman guêpes ont laissé amples provisions, mais qu'ils ont été gobés par les moineaux quelques semaines auparavant ? »

— C'est bon, hein ? C'est de Samuel Butler.

— Garde pas ça au mur, frangin. Papa ou Jackie vont complètement flipper, s'ils le voient. Et puis je croyais que tu faisais du latin et du grec ?

— Peut-être que je vais plus rien faire du tout, répondit-il. Il se pourrait que je parte aux Indes. (Il prit son courage à deux mains.) Tu ne viendrais pas avec moi, bien sûr ?

Melinda fit une grimace.

— Tu parles ! Tu n'iras pas, tu le sais bien. Tu essaies seulement de détourner la conversation : j'étais montée te demander de venir avec moi pour décider papa à faire quelque chose pour elle. Mais je parie que tu vas dire non.

Giles passa ses doigts dans ses cheveux. Il aurait

aimé lui faire plaisir — c'était la seule personne au monde à qui il avait envie de faire plaisir — mais il y avait des limites. Même pour elle, il refuserait de transiger avec ses principes et de bafouer sa nature.

— Non, répondit-il d'un air lugubre, affichant une expression consternée, presque désespérée. Je ne peux pas faire ça.

— Complètement taré, fit Melinda en claquant la porte.

Son père et Jacqueline étaient dans le jardin et profitaient du crépuscule estival pour admirer le travail accompli par elle ce jour-là. Un parfum douceâtre émanait des premières fleurs de tabac.

— Je me disais, parents chéris : on devrait vraiment faire quelque chose pour la vieille Parchemin. La sortir, lui proposer des trucs intéressants.

— Tout le monde n'a pas forcément autant la bougeotte que toi, répondit sa belle-mère avec un petit sourire entendu.

Elle tenait parfois fort bien le rôle de guêpe que son fils lui avait attribué.

— Et puis arrête de l'appeler comme ça, grogna George. Tu n'as plus l'âge des plaisanteries de potache.

— Tu es en train d'éluder la question.

— Pas du tout. Jackie et moi, on en a parlé, justement. Nous savons très bien que miss Parchman n'est pas sortie, mais elle ne sait peut-être pas où aller. Ce n'est pas commode, sans voiture.

— Prête-lui-en une, alors ! On en a deux.

— Nous allons le faire. Elle n'osera pas demander. C'est une timide, cette femme.

— Opprimée par la classe dirigeante, dit Melinda.

Ce fut Jacqueline qui fit la proposition.

— Je ne sais pas conduire, répondit Eunice. (Cela, elle n'avait pas honte de le dire, ça ne faisait pas partie des deux choses qu'elle refusait d'admettre. Pratiquement personne ne conduisait, dans son petit monde, et à Rainbow Street, on aurait même trouvé ça bizarre, pour une femme.) J'ai jamais appris.

— Quel dommage ! Je venais justement vous dire que vous pouviez emprunter ma voiture. Vous allez avoir du mal à circuler, sans moyen de transport.

— Je prendrai le bus.

Eunice s'imaginait vaguement qu'une ligne de bus rouges à impériale desservait les routes de campagne avec la fréquence du 88 de Tooting.

— Hélas non, justement : l'arrêt le plus proche se trouve à trois kilomètres et il n'y a que trois bus par jour.

Tout comme George avait détecté une imperfection dans sa domestique, Eunice voyait maintenant un petit nuage venir obscurcir sa paisible existence. C'était le premier signe d'intrusion des Coverdale dans sa vie privée. Elle attendit le suivant avec un certain malaise. Il ne tarda pas à venir.

Géniteur des Coverdale, George était aussi le plus dirigiste de tous. À la ferblanterie, les employés convoqués à son bureau y recevaient des conseils d'ordre matrimonial, financier et pédagogique pour l'éducation de leurs enfants. Chez les Meadows, les Higgs, les Carter, il n'était pas rare que la maîtresse de maison le voie débarquer pour s'entendre dire qu'il était temps de faire traiter les boiseries de leur cottage. Et pourquoi ne pas planter quelques légumes sur cette parcelle de terrain ? Il est bien gentil, Mr Coverdale, disait-on, mais on n'a rien à faire de ce qu'il dit. Sûr qu'à l'époque de mon grand-père, le châtelain, c'était le châtelain. Seulement les temps ont changé, Dieu merci. George continuait à mettre son nez partout. Pour le bien des autres.

Il alla affronter le lion dans son antre. Un lion apparemment tout doux, occupé à une tâche bien féminine : le repassage d'une de ses chemises de soirée.

— Oui, Monsieur ?

Les cheveux châtains d'Eunice étaient soigneusement peignés. Elle portait une robe de coton à carreaux bleus et blancs.

Toute sa vie, il y avait eu des femmes pour s'occuper de George. Mais aucune n'avait entrepris la tâche formidable de laver, amidonner et repasser une chemise « bouillie ». George imaginait que tout un rituel était attaché à ces opérations, et qu'on ne pouvait les effectuer qu'en blanchisserie avec des machines adaptées.

— Ah, je vois que j'interromps une experte dans une manœuvre délicate, fit-il avec un sourire approbateur. Vous faites cela vraiment très bien, miss Parchman.

— J'aime repasser.

— J'en suis heureux, mais je suppose que vous ne voulez pas rester tout le temps confinée à Lowfield Hall, n'est-ce pas ? C'est de cela que je suis venu vous parler. Ma femme me dit que vous n'avez jamais trouvé le temps, dans votre vie de labeur, d'apprendre à conduire. Est-ce exact ?

— Oui.

— Ah. Eh bien, nous avons décidé de remédier à cela. Aimeriez-vous prendre des leçons ? Je serais heureux de vous les offrir. Nous n'avons qu'à nous louer de vos services, et nous aimerions faire quelque chose en retour pour vous.

— Impossible, fit-elle après un moment d'intense réflexion. (Elle avança son excuse favorite.) J'ai trop mauvaise vue.

— Tiens, vous ne portez pas de lunettes.

— Je devrais. J'attends ma nouvelle paire.

Un interrogatoire plus approfondi fit apparaître qu'Eunice avait effectivement besoin de lunettes, qu'elle aurait dû en changer en venant à Greeving mais qu'elle avait « laissé tomber », et qu'elle ne pourrait pas, même avec des verres, lire une plaque minéralogique ou un panneau indicateur. Il fallait tout de suite qu'elle se fasse examiner les yeux, protesta George : il allait s'en occuper personnellement et il la conduirait à Stantwich.

— Je m'en veux vraiment, dit-il à Jacqueline, de ne pas m'être aperçu plus tôt que cette pauvre femme était myope comme une taupe. Je peux te l'avouer, maintenant qu'on en connaît la raison : elle commençait à m'énerver, avec son air de toujours faire la tête.

— Oh George, se récria-t-elle avec une pointe d'inquiétude dans le regard, ne dis pas ça ! Son arrivée a transformé ma vie.

— Je ne dis plus rien, ma chérie. Je comprends tout à fait que si elle est myope à ce point, elle ait été gênée de le dire.

— Les petites gens font des complexes ridicules sur des choses de ce genre, pontifia Jacqueline qui aurait préféré souffrir le martyre avec des verres de contact ou se cogner dans les murs plutôt que porter des lunettes.

La découverte de George leur fut un grand soulagement. Il ne leur vint pas à l'idée qu'une femme à la vue si basse ne serait jamais parvenue à donner cette transparence de cristal aux carreaux des fenêtres, ni à regarder la télévision trois heures d'affilée tous les soirs.

7

À quarante-sept ans, Eunice y voyait plus clair que Giles Mont à dix-sept. Assise à côté de George dans la voiture, elle se demandait ce qu'elle ferait s'il insistait pour l'accompagner chez l'opticien. Elle n'arrivait pas à trouver d'excuse pour l'en empêcher, et son manque d'expérience ne lui permettait pas de savoir que les riches propriétaires conservateurs n'accompagnaient généralement pas leurs domestiques femmes dans ce qui était presque un cabinet de médecin. Un sombre ressentiment commença à sourdre en elle. Le dernier homme à lui avoir rendu la vie impossible avait perdu la sienne sous l'oreiller.

Elle retrouva un peu le moral quand elle revit enfin des boutiques, ces merveilleuses maisons pleines de trésors qui avaient fait partie de son univers et qu'elle croyait perdues à jamais. Plus encore lorsque George ne manifesta pas la moindre intention de l'accompagner chez l'opticien. Il la déposa en lui promettant d'être de retour dans une demi-heure. Toute facture devait lui être envoyée.

Dès que la voiture eut disparu, Eunice tourna dans la rue où elle avait repéré un magasin de sucreries. Elle acheta deux Kit-Kat, une barre de Mars, un sachet de guimauve, puis elle entra dans un salon de thé. Le pain aux raisins et l'éclair au chocolat qu'elle prit avec sa tasse de thé la changèrent agréablement des cassoulets, feuilles de vigne farcies et autres plats cuisinés qu'on lui servait à Lowfield Hall. En ce samedi matin, assise bien droite à sa table, avec son tailleur en dacron bleu marine, ses bas nylon, les chaussures de ville de la mère d'Annie Cole et un filet « invisible » sur les cheveux, Eunice était l'image de la respectabilité. Nul n'aurait pu imaginer qu'elle cherchait désespérément un stratagème pour se tirer de là. Sûr qu'on trouve plus vite, quand on sait lire et écrire et qu'on a un QI de 120. Elle eut une idée, enfin. Elle traversa la rue, entra chez *Boot's* et acheta deux paires de lunettes de soleil pas trop foncées, juste légèrement teintées, l'une à monture en plastique bleu transparent, l'autre en imitation écaille. Elle les mit dans son sac. Ne pas les sortir avant une semaine.

Les Coverdale semblèrent étonnés d'apprendre qu'elles seraient prêtes aussi rapidement. Ce fut Jacqueline qui la ramena à Stantwich. Elle non plus, heureusement, ne l'accompagna pas chez l'opticien, car il était interdit de se garer sur les bandes jaunes et elle avait déjà assez à payer avec les contraventions de Giles. Eunice s'acheta encore du chocolat et des gâteaux. Elle montra les lunettes à Jacqueline et s'aventura jusqu'à essayer les bleues. Elle se sentait ridicule avec ça sur le nez. Allait-elle devoir les porter tout le temps, désormais, elle qui aurait pu compter les plumes d'un oiseau du verger à cent mètres de distance ? Et allait-on s'attendre à la voir *lire* ?

Personne ne vit réellement dans le présent. Eunice, si, plus que quiconque. Pour elle, cinq minutes de retard au dîner avaient sur le moment plus d'importance qu'un grand chagrin vieux de dix ans. Quant au futur, elle n'y avait jamais tellement réfléchi. Mais maintenant, avec ces lunettes en sa possession — et même à l'occasion sur son nez — elle prenait conscience du monde imprimé qui l'entourait, un monde auquel on allait désormais peut-être attendre qu'elle réagît.

Lowfield Hall était plein de livres. Eunice avait l'impression d'en voir là autant qu'à la Bibliothèque Municipale de Tooting où une fois — et une fois seulement — elle était allée pour rapporter un roman que Mrs Samson avait oublié de rendre. Ils lui apparaissaient comme des boîtes aplaties, remplies de mystères et de menaces. Un mur entier du petit salon était couvert d'étagères. Dans le grand, d'immenses bibliothèques vitrées se dressaient de part et d'autre de la cheminée, et d'autres rayons garnissaient les deux alcôves. Il y avait des livres sur les tables de chevet, des magazines et des journaux dans les porte-revues. Les Coverdale lisaient toute la sainte journée. Ils lisaient pour la provoquer, pas possible, car personne, même un maître d'école, n'aurait pu lire autant pour son plaisir. Giles n'était jamais sans un livre à la main. Il apportait même sa lecture dans sa cuisine à elle et s'asseyait, complètement absorbé, les deux coudes appuyés sur la table. Jacqueline ingurgitait tous les nouveaux romans à la mode, et elle se replongeait avec George dans les romans victoriens. Ils se sentaient d'autant plus proches qu'ils lisaient souvent en même temps des œuvres de Dickens, Thackeray ou George Eliot, ce qui leur permettait de discuter certains personnages ou passages ensemble. Bizarrement, c'était l'étudiante en littérature anglaise qui lisait le moins. Mais même ainsi, on trouvait souvent Melinda dans le jardin, ou affalée par terre dans le petit salon avec un de ses livres de philologie. Non par goût personnel, mais à cause d'une menace de son professeur : « Si vous voulez votre licence, il faudra bien venir à bout de ces satanés pronoms anglo-saxons avant la fin du trimestre prochain, n'est-ce pas ? » Mais qu'est-ce qu'Eunice pouvait savoir de tout cela ?

Elle avait été heureuse, mais voilà qu'une paire de lunettes avait tout flanqué par terre. Elle était bien dans cette maison, au milieu de toutes ces jolies choses. Quant aux Coverdale, c'est presque comme s'ils n'avaient pas été là, elle leur avait si peu prêté attention ! Or voici que maintenant, elle n'avait qu'une hâte, c'était de les voir ficher le camp pour ces vacances d'été qu'ils n'arrêtaient pas d'évoquer et de préparer.

Mais avant cela — il faudrait patienter jusqu'au début août —, avant que leur départ ne lui permette d'élargir son champ d'action, d'explorer partout et de faire la connaissance de Joan Smith, trois incidents fort désagréables se produisirent.

Le premier n'était en soi qu'un incident mineur, ce furent ses conséquences qui ennuyèrent Eunice : elle laissa tomber un des œufs de Geoff Baalham par terre dans la cuisine. Jacqueline, qui était là, eut à peine le temps de s'écrier « Mon Dieu, il faut nettoyer ça » qu'Eunice l'avait déjà fait. Le lendemain matin pourtant, elle monta faire la chambre de Giles, ce qui n'était jamais une sinécure, et pour la première fois, elle se hasarda à jeter un coup d'œil sur le panneau de liège. Pourquoi ? Elle n'aurait sans doute pu le dire. De se trouver maintenant équipée pour lire l'avait peut-être, en quelque sorte, rendue vulnérable à la lecture, d'autant qu'elle venait de se rendre compte du nombre accablant de livres qu'il y avait dans la maison. Un message était épinglé au mur, à côté de cette horrible affiche. « Pourquoi », commençait-il. Elle arrivait à reconnaître ce mot sans trop de difficulté lorsqu'elle le voyait imprimé. « Terre » également, et « œufs ». Ce papier de Giles lui était de toute évidence destiné, et il lui faisait reproche d'avoir cassé cet œuf par terre. Elle s'en fichait, de ses reproches, mais à supposer qu'il rompe son silence — il ne lui parlait jamais — et lui demande pourquoi elle n'avait pas répondu à sa question ? Il pourrait alors en parler à son beau-père. Eunice était sur des charbons ardents à chaque fois que George la voyait ne pas porter ses lunettes.

Le message fut enfin retiré, mais pour être remplacé par un autre. Eunice en fut quasiment paralysée, et pendant une semaine, elle ne fit rien d'autre dans la chambre de Giles que remonter les draps du lit et ouvrir la fenêtre. Ces morceaux de papier lui causaient autant d'effroi qu'à une autre femme la vue d'un serpent.

Bien plus affolante encore — c'était le troisième désagréable incident — fut la petite note de Jacqueline laissée sur la table de la cuisine pendant qu'Eunice était tout en haut de la maison en train de faire son propre lit. Quand elle redescendit, Madame était partie à Londres voir Paula, se faire couper les cheveux et acheter des vêtements de vacances.

Jacqueline lui avait déjà laissé des notes, et elle s'était demandé pourquoi Eunice, par ailleurs si obéissante, ne respectait jamais les instructions données ainsi. À cause de sa mauvaise vue, bien sûr. Mais maintenant, elle avait des lunettes. Des lunettes inutiles, là-haut dans sa chambre, tout au fond de son sac à tricot. Elle ouvrit de grands yeux devant le morceau de papier qui lui était à peu près aussi compréhensible que du grec à Jacqueline. Exactement même, car celle-ci savait reconnaître un alpha, un oméga et un pi, tout comme Eunice quelques majuscules et un petit mot par ci par là. Mais relier les vocables entre eux, déchiffrer les plus longs et dégager un sens général dépassait ses possibilités. À Londres, elle aurait demandé à Annie Cole de l'aider. Ici, il n'y avait que Giles qui ne cherchait qu'à se faire emmener à Stantwich pour flâner dans les magasins ou s'enfermer tout l'après-midi dans une salle de cinéma, et n'adressait jamais le moindre regard à

Eunice. Alors, tout plutôt que lui demander quelque chose, à celui-là.

Ce n'était pas un des jours de passage d'Eva Baalham. Dire qu'elle avait égaré la note, alors ? Elle n'avait décidément pas l'esprit inventif. Il lui avait fallu employer toutes les — maigres — ressources de son cerveau pour expliquer à George pourquoi la facture de l'opticien ne lui était pas parvenue : c'est elle qui l'avait réglée, elle voulait rester indépendante, ne pas être « redevable ».

C'est alors que parut Melinda.

Eunice avait oublié qu'elle se trouvait dans la maison. Ces gosses en vacances d'été dès la fin juin, elle n'arrivait pas à s'y faire. Elle débarqua à midi en sautillant dans la cuisine, Melinda, si belle, si fraîche, si rebondie dans son jean trop serré et son T-shirt Mickey Mouse, avec ses cheveux blonds rassemblés en couettes et ses pieds nus. Il faisait beau, une brise agréable soufflait, les rayons de soleil dansaient dans la cuisine, et Melinda s'apprêtait à partir à la mer avec deux garçons et une autre fille à bord d'un van peint d'orange et de mauve. Elle prit le papier et le lut tout haut : « Auriez-vous la gentillesse, si vous avez le temps, de repasser mon ensemble en soie jaune, celui qui a une jupe plissée ? Je voudrais le porter ce soir. Il est dans mon armoire, en haut à droite. Merci beaucoup. J.C. »

— Ça doit être pour vous, miss Parchman. Vous croyez que vous pourriez faire ma chemise rouge en même temps ? S'il vous plaît ?

— Bien sûr, sans problème, assura Eunice avec un grand sourire de soulagement sur le visage.

— Vous êtes super sympa, fit Melinda.

Le mois d'août amena la canicule et Mr Meadows, le fermier dont la terre jouxtait la propriété de George, commença à couper son blé. La nouvelle moissonneuse-batteuse rejetait des meules de paille comme des tranches de gâteau roulé. Melinda fit la cueillette avec les femmes du village dans les cerisaies, Giles afficha une nouvelle citation du mois, toujours de Samuel Butler, Jacqueline enleva le chiendent du jardin et trouva une pomme épineuse, vénéneuse mais si jolie qui arborait son unique fleur en trompette blanche parmi les zinnias. Le 7 août, jour du départ, arriva enfin.

— Je vous promets de vous envoyer une carte, dit Melinda qui se rappelait de temps en temps qu'il était de son devoir de remonter le moral de la vieille Parchemin.

— Vous trouverez tous les numéros et adresses dont vous pourriez avoir besoin dans l'annuaire, à côté du téléphone, fit Jacqueline tandis que George renchérissait :

— Vous pourrez toujours nous envoyer un télégramme, en cas d'urgence.

Recommandations ô combien inutiles, s'ils avaient su !

Eunice les regarda partir depuis le seuil de la porte. Elle portait les lunettes bleues pour éviter les remontrances. La brume légère qui flottait sur Greeving en cette heure matinale était épaissie par de la fumée : Mr Meadows brûlait l'éteule de son champ. Eunice ne resta pas pour admirer les grands dahlias mauves imprégnés de rosée, ou pour écouter les derniers appels du coucou. Elle rentra rapidement pour faire ce qu'elle avait tant attendu : prendre possession des lieux.

Son intention n'était nullement de négliger la maison. Elle vaqua à ses occupations habituelles du vendredi, avec quelques suppléments : elle défit les lits, jeta les bouquets de fleurs — à moitié fanées, du reste, ces saletés laissaient tomber des pétales partout — et cacha, autant que faire se put, livres, magazines et journaux. Elle aurait volontiers couvert les bibliothèques d'un drap, mais c'eût été un geste de folle, et Eunice n'était pas folle.

Après quoi, elle se fit à manger. Les Coverdale ne prenaient qu'un lunch léger à cette heure-là, 1 heure de l'après-midi. Ils ne pouvaient imaginer combien un gros repas bien solide manquait à leur domestique en milieu de journée. Eunice fit frire — frire, pas griller — avec des pommes de terre un grand steak sorti du congélateur, cependant qu'elle mettait à bouillir haricots d'Espagne, carottes et panais. Suivit un pudding aux pommes nappé de crème anglaise, puis du fromage sur des biscuits salés et du thé noir. Elle rinça à la main plats et casseroles, bien contente de ne pas avoir à utiliser le lave-vaisselle : elle n'avait jamais supporté l'idée de laisser mijoter toute une journée là-dedans des assiettes pleines de jus et de miettes, même quand la porte était fermée et qu'on ne pouvait les voir.

Mrs Samson avait coutume de dire qu'une femme n'a jamais fini son travail. Pourtant, même la femme d'intérieur la plus méticuleuse n'aurait guère trouvé à faire à Lowfield Hall ce jour-là. Demain, Eunice songerait à descendre les rideaux du petit salon. Mais pas aujourd'hui, pas maintenant. Maintenant, elle allait s'offrir une bonne séance de télévision. Une orgie de télévision.

Le 7 août s'avéra être le jour le plus chaud de l'année : la température atteignit les trente-cinq degrés à 2 heures et demie. À Greeving, les femmes abandonnèrent leur cuisine et leurs bassines à confiture pour prendre le soleil sur le seuil de la porte arrière de leur maison. Le barrage de la Beal devint une piscine pour les petits Higgs et les petits Baalham. Dans les fermes, les chiens tiraient la langue. Mrs Cairne, au mépris de toute bienséance, s'allongea sur son gazon en bikini. Joan Smith tint ouverte la porte de son magasin en la coinçant avec une boîte de biscuits pour chien tandis qu'elle s'éventait avec une tapette à mouches. Eunice, au contraire, monta dans sa chambre, tira les rideaux et poussa un soupir de satisfaction lorsqu'elle s'installa avec son tricot devant son écran de télévision. Il ne manquait plus à son bonheur qu'une barre de chocolat, mais elle avait depuis belle lurette épuisé celles achetées à Stantwich.

Il y eut du sport, en premier. Des gens qui nageaient, d'autres qui couraient autour d'un stade. Puis un feuilleton avec des personnages semblables à ceux qu'Eunice avait connus à Rainbow Street, une émission pour enfants, les informations, la météo. Les nouvelles ne l'avaient jamais beaucoup intéressée, et n'importe qui était capable de voir le temps qu'il faisait ou celui qu'il allait faire. Elle descendit se préparer des sandwiches au jambon et se servit une solide portion de glace au chocolat. Son émission favorite de la semaine devait commencer à 8 heures : une série policière américaine qui se déroulait à Los Angeles. Difficile à dire pourquoi Eunice l'aimait tant — de quoi confondre ces spécialistes des distractions qui prétendent que le spectateur doit pouvoir s'identifier aux personnages. Comment Eunice aurait-elle pu s'identifier avec le jeune lieutenant de police, ou avec sa blonde amie de vingt ans ? Ou encore avec les gangsters, hommes d'affaires, actrices de cinéma, call-girls, flambeurs ou pochards qui peuplaient chaque aventure ? Peut-être était-ce le rythme saccadé des reparties qui lui plaisait, ou l'inévitable poursuite de voitures, l'indispensable fusillade finale. Le nombre de fois où elle avait fulminé de manquer un épisode, les Coverdale semblant prendre un malin plaisir à choisir le vendredi pour recevoir !

Mais là, personne ne la dérangerait. Elle posa son

tricot afin de mieux se concentrer. L'histoire s'annonçait passionnante, ce soir, les premières images étaient prometteuses : un cadavre au bout de deux minutes et une poursuite au bout de cinq. La voiture du bandit percuta un réverbère, qu'elle chevaucha presque. La portière s'ouvrit, le conducteur bondit hors du véhicule, traversa la rue en tirant des coups de feu et se réfugia sous un porche pour éviter les balles d'un policier, puis il empoigna une fille morte de frayeur et la tint devant lui comme un bouclier tandis qu'il abaissait son arme pour viser de nouveau... Et voilà que le son se mit à faiblir, l'image à se brouiller, puis à rétrécir comme si elle était aspirée en un point au centre de l'écran, telle une eau noirâtre au fond d'un trou. Le point brilla avec l'intensité d'une étoile, minuscule parcelle de lumière qui mourut presque aussitôt.

Eunice éteignit l'appareil et le ralluma. Rien. Elle tourna les boutons du devant, et même ceux de derrière qu'il ne faut pas toucher. Toujours rien. Elle ouvrit la prise pour vérifier que les fils étaient bien en place, en changea le fusible avec celui de sa lampe de chevet.

En vain. L'écran restait vide. Ce n'était qu'un simple miroir qui lui renvoyait le reflet de son visage consterné, ainsi que le rayon incandescent du soleil couchant qui filtrait par un interstice entre les rideaux.

8

Il ne lui vint pas à l'esprit d'utiliser le poste du petit salon. Elle savait qu'il était là, mais il était à eux. Trait étrange de son caractère : elle ne reculait pas devant le meurtre ou le chantage, mais elle n'avait jamais volé de sa vie, ni même emprunté quoi que ce soit sans le consentement du propriétaire. Les objets, comme les milieux sociaux, lui semblaient affectés, destinés à l'avance à des gens bien précis. Et Eunice, pas plus que George, ne voulait modifier l'ordre des choses.

Pendant un moment, elle espéra que l'appareil se remettrait d'aplomb tout seul, aussi spontanément qu'il était tombé en panne. Mais à chaque fois qu'elle essayait de le rallumer, il restait vide et silencieux. Bien sûr, elle savait que quand des choses ne marchaient pas, on faisait venir quelqu'un qui les réparait. À Tooting, on allait chercher le quincaillier ou l'électricien d'à côté. Mais ici ? Avec rien d'autre qu'un téléphone, une indéchiffrable liste de noms et de numéros, plus un annuaire aussi inutile qu'incompréhensible ?

Samedi, dimanche, lundi. Le laitier passa, Geoff Baalham apporta les œufs. Leur demander à eux ? Ils auraient répondu de chercher tel ou tel nom dans l'annuaire. Elle tournait en rond, se sentait cruellement frustrée. Pas de voisine à aller voir, pas d'animation de rue, pas de bus ni de salons de thé. Elle descendit les rideaux, les lava et les repassa, lessiva les murs, shampooina les moquettes. Tout pour laisser s'écouler le flot lent, lourd et épais du temps.

Ce fut Eva Baalham qui, le mercredi, découvrit ce qui s'était passé. Par hasard, en demandant à Eunice — histoire de dire quelque chose tant il était difficile, pour dire le moins, de lui tirer une parole — si elle avait regardé le grand match de boxe de la veille.

— En panne ? fit Eva. Va falloir le réparer, alors. Mon cousin Meadows, celui qui tient un magasin d'appareils électriques à Gosbury, il pourra faire ça pour vous. Tenez, j'ai une idée : je vais lui téléphoner tout de suite, l'argenterie attendra vendredi.

Suivit un long dialogue avec un certain Rodge, au cours duquel Eva prit des nouvelles de Doris, de maman, du « garçon » et de la « fille » — un jeune couple qui avait déjà des enfants —, après quoi, elle obtint une promesse d'assistance.

— Il a dit qu'il ferait un saut après la fermeture du magasin.

— J'espère qu'il aura pas à l'emporter, dit Eunice.

— On sait jamais, avec ces vieux postes, hein ? Il faudra vous contenter du journal, en attendant.

Le savoir lire et écrire coule dans nos phrases comme le sang dans nos veines. Il est pratiquement impossible de tenir une véritable conversation — par opposition à un simple échange d'ordres donnés et d'ordres reçus — sans allusion, directe ou indirecte, à l'écriture et à la lecture.

Rodge Meadows vint. Et dut emporter le poste.

— Ça peut prendre deux jours comme ça peut prendre une semaine. Passez-moi un coup de fil si vous n'avez pas de nouvelles par tante Eva. Je suis dans l'annuaire.

Deux jours plus tard, dans la solitude, le silence et

l'ennui de Lowfield Hall, Eunice fut prise d'une impulsion soudaine. Sans savoir ni pourquoi ni pour aller où, elle se changea. Elle ôta sa robe à carreaux bleus et blancs, mit son ensemble en dacron et fit sa première tentative de sortie seule dans le monde extérieur. Elle ferma toutes les fenêtres, verrouilla la porte d'entrée ainsi que celle de la salle d'armes, et descendit l'allée. C'était le 14 août. Si sa télévision n'était pas tombée en panne, elle ne serait jamais partie ainsi. Tôt ou tard, bien sûr, une de ses impulsions, ou les efforts des Coverdale, l'auraient fait sortir de cette maison, mais c'eût été le soir, ou le samedi après-midi, lorsque le Bureau de Poste et Épicerie N. Smith était fermé. Si, si, si... Si elle avait su lire, la télévision aurait peut-être conservé tout autant de charme à ses yeux, mais elle aurait trouvé le numéro du réparateur dans l'annuaire le samedi matin, et son poste lui aurait été rendu le mardi ou le mercredi. Rodge le lui rapporta le samedi 15. Trop tard : le mal était fait.

Elle ne savait pas où elle allait. Là encore, elle faillit ne jamais arriver à Greeving, car elle bifurqua au premier chemin de traverse. Trois quarts d'heure plus tard et trois kilomètres plus loin, elle se retrouvait à Cocklefield St Jude, qui n'est guère plus qu'un hameau avec une énorme église mais pas de boutiques. Elle parvint à un carrefour. La pancarte ne lui était d'aucune utilité, mais Eunice n'avait pas peur de se perdre : à brebis tondue, Dieu mesure le vent, et par compensation peut-être à sa singulière infortune, elle possédait un sens de l'orientation presque aussi parfait que celui d'un animal. Elle sortit donc du carrefour par la voie la plus étroite qui s'étrangla de plus en plus pour ne pas excéder deux mètres cinquante de large et s'enfoncer, isolée, sous le sombre feuillage de fin d'été des frênes et des chênes. Une voiture n'aurait pu en croiser une autre sans racler contre les buissons.

Eunice n'avait jamais été dans pareil endroit auparavant. Une vache tendit sa tête, pareille à celle d'un grand fantôme blanc, par-dessus la haie, et beugla à son passage. Un faisan, de sa démarche traînante et avec un bruissement de son plumage rutilant de marron, de vert et d'or, traversa devant elle un carré de soleil qui filtrait entre les arbres. Elle continua à marcher, surprise mais déterminée, sachant qu'elle allait dans la bonne direction.

C'est ainsi qu'elle arriva enfin à Greeving, en plein cœur du village car la petite route débouchait juste en face du *Blue Boar*. Elle tourna à droite et, après avoir dépassé l'alignement de cottages où habitaient les Higgs, les Newstead et les Carter, le petit manoir de Mrs Cairne et enfin la station-service de Jim Meadows, toute discrète et sans néons, elle se retrouva dans le petit triangle de pelouse qui s'étendait devant l'épicerie du village.

C'était un magasin à double vitrine. Il occupait le rez-de-chaussée d'un assez grand et très vieux cottage avec pignon à colombage, dont le toit avait grand besoin d'être regarni en chaume. Derrière, un jardin descendait doucement vers les rives de la Beal qui, à cet endroit, émerge des prés par une grande courbe pour passer sous le pont de Greeving. L'épicerie de Greeving est maintenant fort bien tenue par Mr et Mrs Mann, mais à l'époque, les deux grandes vitrines exhibaient quelques poussiéreux paquets de céréales, des fruits en conserve et des paniers de tomates et de choux qui n'étaient plus de toute première fraîcheur. Eunice s'approcha et regarda à l'intérieur. Le magasin était désert — comme souvent, car les Smith étaient très chers et n'avaient en stock, par nécessité, qu'un nombre limité de marchandises. Les habitants de Greeving qui possédaient une voiture se servaient plutôt dans les supermarchés de Stantwich ou de Norchester et n'allaient à l'épicerie du village que pour le service postal.

Eunice entra. La partie gauche du magasin était aménagée en self-service, avec des paniers à la disposition de la clientèle. À droite, se trouvaient le comptoir typique et le guichet grillagé d'un bureau de poste secondaire, flanqué d'un présentoir de bonbons et de cigarettes. Il y avait eu, dans le temps, un timbre qui sonnait à chaque fois qu'on ouvrait la porte, mais il s'était détraqué et les Smith n'avaient jamais pris la peine de le réparer. Personne n'entendit donc Eunice entrer. Elle examina les rayons avec intérêt et reconnut certains produits qu'elle avait repérés lors de ses expéditions dans les commerces du sud de Londres. Elle ne savait pas lire ? Mais qui lit le nom d'un produit ou de son fabricant sur une boîte ? On se repère à la couleur et à la forme, qu'on soit professeur d'étymologie ou illettré.

Un mois sans croquer le moindre bonbon ! Elle avait une envie folle, à cet instant, d'une boîte de chocolats. Elle s'approcha donc du présentoir, à gauche du guichet, attendit quelques secondes et toussota. Une porte s'ouvrit au fond du magasin, et une femme, de quelques années plus âgée qu'elle, apparut.

Joan Smith, à ce moment-là, avait cinquante ans. Maigre comme un oiseau affamé, elle avait des membres comme des allumettes et une peau grenue. Ses cheveux étaient de la même couleur que ceux de Jacqueline Coverdale, chacune cherchant bien sûr à obtenir par des moyens artificiels la teinte d'or fin que Melinda possédait naturellement. Jacqueline y parvenait mieux parce qu'elle avait davantage d'argent à y consacrer. La chevelure de Joan Smith, drue et luisante comme du fil de fer, ressemblait aux cure-casserole en métal jaune exposés en vitrine et encadrait un visage au maquillage tartiné à la va-vite. Elle avait des mains rougeaudes, mal soignées, à la peau rêche. De sa voix aiguë, dont elle essayait par raffinement de masquer l'accent cockney et qui n'était pas sans rappeler celle d'Annie Cole, elle demanda à Eunice ce qu'elle désirait.

Pour la première fois, le regard des deux femmes se croisa. Deux petits yeux bleus en rencontrèrent deux autres au gris pénétrant.

— Une boîte d'une livre de Black Magic, s'il vous plaît.

Combien de milliers de gens se sont trouvés entraînés dans une aventure commune, sentimentale ou professionnelle, pour le meilleur ou pour le pire, par des mots aussi prosaïques que ceux-ci ?

Joan lui tendit les chocolats, avec cet air de petite fille espiègle et sémillante qu'elle ne pouvait s'empêcher de se donner. Impossible de passer simplement la marchandise et d'encaisser : il lui fallait faire des gestes, minauder, se trémousser, pencher effrontément la tête sur le côté. Même envers la religion, elle gardait une attitude de jovialité insouciante : le Seigneur était son ami, un ami dur avec les impénitents mais sympa avec ceux qu'il aimait bien, le genre de copain avec lequel on peut aller au cinéma et rigoler ensuite devant un pot.

— Quatre-vingt-cinq pence, annonça-t-elle en pianotant sur la caisse enregistreuse. S'il vous plaît. (Elle regarda Eunice avec un petit sourire en coin.) Alors, leurs vacances se passent bien ? Ils vous donnent des nouvelles ?

Eunice tomba des nues. Elle ignorait, et ne comprendrait sans doute jamais vraiment, combien il est difficile de garder un secret dans un village anglais. Non seulement tout le monde savait, à Greeving, où et quand les Coverdale étaient partis, pour combien de temps et ce que cela leur coûtait, mais on était déjà au courant qu'elle-même effectuait sa première visite au village cet après-midi-là. Nellie Higgs et Jim Meadows l'avaient vue passer et le téléphone arabe avait fonctionné : on discuterait ferme et on se poserait des questions sur les raisons de sa venue, ce soir, au *Blue Boar*. Mais pour Eunice, que Joan Smith la reconnaisse et sache où elle travaillait tenait de la magie divinatoire. Cela suscita en elle une sorte d'admiration émerveillée, sentiment qui devait être le lit de sa future dépendance et de sa croyance, sur un plan général, en l'absolue vérité de tout ce que disait Joan.

— J'ai pas de nouvelles, se borna-t-elle alors à répondre.

— Évidemment, c'est encore un peu tôt. Partir trois semaines, quel régal ! J'aimerais bien avoir cette chance. Une famille charmante, n'est-ce pas ? Mr Coverdale est un vrai gentleman de la vieille école, et elle une vraie dame : on ne lui donnerait pas ses quarante-huit ans. (Ainsi, Joan vieillissait de six ans la pauvre Jacqueline. Sans raison, par pure méchanceté. En fait, elle détestait les Coverdale parce qu'ils ne lui achetaient jamais rien et que George avait critiqué le fonctionnement de la poste. Mais elle n'avait aucune intention de laisser paraître ces sentiments à Eunice avant de voir, d'avoir tâté le terrain.) Vous avez de la chance de travailler pour eux mais eux ont aussi de la chance de vous avoir, à ce qu'on m'a dit.

— Je sais pas, fit Eunice.

— Allons, vous êtes trop modeste, je le vois bien. Mon petit doigt me dit que Lowfield Hall n'a jamais été aussi bien astiqué. Ça change un peu, si j'ose dire, la vieille Eva ne faisait que lui montrer le chiffon de loin. Vous ne vous y sentez pas un peu seule, malgré tout ?

— J'ai la télévision, expliqua Eunice qui commençait à devenir plus loquace. Et puis on a toujours quelque chose à faire.

— Vous avez raison. Moi, je suis toujours à courir : avec le magasin, j'ai pas une minute à moi. Vous n'allez pas à l'église, au fait ? Non, je vous aurais vue, si vous alliez à Sainte-Marie avec la famille.

— Je ne suis pas pratiquante. Pas le temps.

— Ah, vous ne savez pas ce que vous manquez, prêcha Joan en brandissant son index. Mais il n'est jamais trop tard, souvenez-vous de ça. La patience du Seigneur est infinie, Il sera toujours prêt à vous accueillir en son sein. Un temps splendide qu'il nous envoie, n'est-ce pas ? Surtout pour ceux qu'ont pas besoin de travailler comme des nègres au service des autres.

— Bon, il faut que je rentre.

— Dommage que Norm ait pris la fourgonnette, sinon je vous aurais ramenée. (Joan raccompagna Eunice à la porte et tourna la pancarte FERMÉ vers l'extérieur.) Vous avez vos chocos ? Oui, c'est bon. Alors rappelez-vous : si jamais vous avez un moment, je ne bouge pas d'ici. N'ayez pas peur de me déranger : j'ai toujours une tasse de thé et un petit mot de sympathie pour une amie.

— Non, répondit Eunice de façon ambiguë.

Joan lui fit gaiement au revoir de la main. Eunice traversa le pont et prit la route de Lowfield Hall. Elle sortit la boîte de chocolats du sac en papier qu'elle jeta par-dessus une haie et enfourna une crotte fourrée à l'orange. Elle n'était pas mécontente d'avoir pu bavarder un peu. Joan Smith était justement le genre de personne avec lequel elle s'entendait le mieux, encore que cette incitation voilée à aller à l'église fût une pointe d'immixtion dans sa vie. Mais cette conversation, fait exceptionnel, lui avait passé comme un baume : rien qui se rapportât à la lecture ou à l'écriture n'avait, de près ou de loin, été abordé.

Pourtant, Eunice, son poste de télévision revenu en parfait état de marche, ne serait pas retournée trouver Joan Smith. Ce fut Joan Smith qui vint à elle.

Ce petit bout de femme, avec son visage d'oiseau et son esprit aussi vif que la couleur de ses cheveux, était autant dévorée de curiosité envers ses semblables humains que ces derniers laissaient Eunice indifférente. Elle aussi souffrait d'une forme particulière de paranoïa : elle projetait ses propres sentiments sur Dieu. Une femme pieuse ne pouvait pas ne pas se montrer charitable, aussi ne se laissait-elle que rarement aller à médire ouvertement des gens qu'elle n'aimait pas. Ce n'était pas elle qui relevait et détestait leurs défauts, mais Dieu. Pas elle qui avait subi leurs imaginaires outrages, mais Dieu. À moi la vengeance, dit le Seigneur, et la rétribution. Joan Smith n'était que son humble mais énergique instrument.

Il y avait longtemps qu'elle voulait en savoir plus sur l'intérieur de Lowfield Hall et sur la vie de ses occupants. Plus, en tout cas, que ce qu'elle pouvait glaner en ouvrant par-ci par-là une de leurs lettres à la vapeur. Elle tenait sa chance, à présent. Elle avait rencontré Eunice. Leur première causette avait été on ne peut plus satisfaisante, et une carte postale, signée Melinda Coverdale, venait d'arriver de Crète pour miss E. Parchman. Joan ne l'avait pas mise dans le sac du facteur habituel afin de pouvoir l'apporter en personne au Hall le lundi

Eunice ne fut pas peu surprise, interloquée même, de la voir. Elle eut un recul en voyant la carte comme s'il se fût agi d'un insecte venimeux et marmonna son habituelle parade :

— J'y vois pas assez, sans mes lunettes.

— Vous voulez que je vous la lise, si ce n'est pas indiscret ? « Un endroit super. Il fait près de quarante degrés. On est allés au palais de Cnossos où Thésée a tué le Minotaure. À bientôt. Melinda. » C'est gentil. Mais qui c'est, ce Thésée ? Je me demande. J'ai dû rater ça dans les journaux : on n'arrête pas de se battre et de se trucider, dans ces pays-là, pas vrai ? Quelle jolie cuisine ! Et elle brille comme un sou neuf : on pourrait presque manger par terre.

Soulagée et flattée, Eunice parvint à proposer :

— J'allais justement mettre la bouilloire sur le feu.

— Oh non, je vous remercie, mais je n'ai pas le temps de m'arrêter : Norm est tout seul au magasin. Drôle d'idée, de signer juste « Melinda » comme ça. Je dois reconnaître qu'elle n'est pas pimbêche, encore qu'il y ait des aspects de sa vie qui affligent le Seigneur. (Ceci lancé sur un ton détaché, comme si Dieu lui avait fait part de ses impressions lors de la dernière bavette qu'ils avaient taillée ensemble. Elle jeta un coup d'œil par la porte ouverte du couloir.) C'est grand, dites donc. Je pourrais jeter un petit coup d'œil au salon ?

— Si vous voulez, fit Eunice. J'y vois pas d'inconvénient, *moi*.

— Oh, eux non plus, j'en suis sûre. On est tous amis, au village. D'ailleurs, ayant moi-même péché, je ne me permettrais pas de critiquer ceux qui n'ont pas trouvé la voie. Vous ne m'entendrez jamais dire : O Dieu ! Je te rends grâces de ce que je ne suis pas comme le reste des hommes, qui sont rapaces, malhonnêtes, adultères, ni encore comme ce publicain. Superbes, ces meubles, hein ? Vraiment de très bon goût.

C'est ainsi que Joan Smith fit une visite complète de Lowfield Hall. Eunice, impressionnée par toute cette instruction, voulut montrer de quoi elle était capable, et Joan la gratifia de fréquentes exclamations de ravissement. Elles poussèrent la visite plus loin qu'elles n'auraient dû, Eunice ouvrant l'armoire de Jacqueline pour montrer ses robes du soir. Dans la chambre de Giles, Joan ouvrit de grands yeux devant le mur en liège.

— Plutôt excentrique, commenta-t-elle.

— C'est juste un gosse, fit Eunice.

— Quel malheur, tous ces boutons qu'il a. Il en est tout défiguré. Son père est dans un centre de désintoxication pour alcooliques, vous le savez sans doute. (Eunice l'ignorait. Tout le monde l'ignorait. Y compris l'intéressé, Jeffrey Mont lui-même.) Il a divorcé de sa femme qui commettait l'adultère avec Mr Coverdale alors que celui-ci n'était veuf que depuis six mois. Ce n'est pas à moi de juger, mais je sais lire la Bible : « Quiconque épouse une femme divorcée commet l'adultère. » Tiens, qu'est-ce que c'est que ce papier, épinglé au mur ?

— Il est toujours là, dit Eunice.

Allait-elle donc enfin savoir ce que disait ce message que Giles lui avait laissé ?

Oui.

D'une voix aiguë, stupéfaite et outrée, Joan lut :

— « L'ami de Warburg dit de sa femme, qui était malade : s'il plaisait à Dieu d'emporter l'un de nous deux, j'irais volontiers m'installer à Paris. »

Cette citation de Samuel Butler n'avait évidemment aucun rapport avec la vie de Giles, mais il l'aimait et elle le faisait rire chaque fois qu'il la lisait.

— Blasphème ! se récria Joan. Je suppose que c'est quelque chose qu'il doit apprendre pour l'école. Décidément, ces professeurs n'ont aucun respect pour l'âme humaine.

C'était donc quelque chose qu'il devait apprendre pour l'école. Eunice se sentait de plus en plus d'estime pour Joan Smith : elle avait dû lui être envoyée par quelque puissance bienfaisante afin de l'éclairer et de l'apaiser.

— Vous ne refuserez pas une tasse de thé, maintenant ? proposa-t-elle lorsque la moquette, la salle de bains et la télé de sa chambre ayant été admirées — c'est pas encore assez beau pour une domestique hors pair comme vous, estima Joan, vous faites presque partie de la famille —, elles se furent de nouveau retrouvées dans la cuisine.

— Je ne devrais pas laisser Norm tout seul là-bas, mais puisque vous insistez...

Joan Smith resta encore une heure qu'elle passa à débiter d'autres mensonges sur la vie privée des Coverdale et à essayer d'obtenir de son hôtesse des détails sur la sienne. Eunice ne fut guère plus expansive que lors de leur première rencontre. Elle n'allait pas tout raconter à cette femme, même si elle lui avait rendu service, sur papa et maman, sur Rainbow Street, sur le magasin où elle avait été vendeuse. Non, pas à elle. Pas plus qu'elle n'était prête à l'accompagner à cette réunion de prière à Nunchester, le dimanche suivant. Quoi, sacrifier son feuilleton policier du soir pour chanter des cantiques avec une bande d'illuminés ?

Joan ne s'offusqua pas.

— Eh bien, il ne me reste plus qu'à vous remercier pour la visite, magique et mystérieuse, comme disaient les Beatles, et pour votre généreuse hospitalité. Je dois rentrer, maintenant, sinon Norm va croire que j'ai eu un accident.

Elle partit d'un rire gai à l'idée de son mari plongé dans l'angoisse, grimpa dans sa fourgonnette et démarra, agitant le bras en criant « Au revoir, byebye » tout au long de l'allée.

9

Les relations entre Eunice Parchman et Joan Smith ne furent jamais de nature homosexuelle. Aucune ressemblance avec les sœurs Papin qui, cuisinière et femme de chambre chez une mère et sa fille au Mans, les assassinèrent toutes deux en 1933. Eunice n'avait rien de commun avec elles, sauf d'être femme et domestique. C'était un être presque asexué, sans désirs, normaux ou anormaux, dont le vague trouble, à l'époque de « Eunikê, mère de Timothée », était retombé depuis longtemps. Joan Smith, elle, avait épuisé toutes ses capacités sexuelles. Il est probable que, comme la petite histoire le dit de la Reine Victoria, Eunice, en dépit de tous ses errements, n'ait pas su ce qu'était le saphisme. Joan Smith, si, et avait sans aucun doute essayé. Elle avait essayé tant de choses.

Durant les seize premières années de sa vie, Joan Smith — Skinner comme elle s'appelait alors — menait une existence que tout psychologue aurait jugée propice à la faire devenir un membre équilibré, honorable et responsable de la société. Elle ne fut ni frappée, ni négligée, ni abandonnée. Aimée, choyée, encouragée, au contraire. Son père, courtier en assurances, était très aisé. La famille habitait une maison qui lui appartenait dans le plus beau quartier de

Kilburn, les parents étaient heureux en ménage et Joan avait trois frères aînés qui adoraient leur petite sœur et le lui montraient bien. Mr et Mrs Skinner avaient toujours désiré une fille et se pâmèrent de joie quand elle vint au monde. Comme elle n'était que rarement livrée à elle-même, qu'on lui parlait tout le temps, qu'on la faisait jouer, elle apprit à lire à l'âge de quatre ans. Elle alla à l'école sans rechigner, et à dix ans, elle promettait d'être encore plus brillante que ses frères. Elle obtint sa bourse pour entrer au lycée où elle devait plus tard obtenir son diplôme de fin d'études secondaires, avec le rare honneur d'être dispensée d'examen d'entrée à l'université tant ses résultats étaient bons.

Pendant la guerre, comme Eunice Parchman, elle quitta Londres avec son école. Mais ses parents d'accueil furent aussi gentils et attentionnés avec elle que les siens. Un jour, pourtant, sans raison apparente et sans crier gare, elle débarqua au poste de police du village du Wiltshire et accusa son père adoptif de l'avoir violée et battue, en montrant des ecchymoses à l'appui de ses dires. On découvrit qu'elle n'était plus vierge. Le père adoptif fut accusé de viol puis acquitté sur présentation d'un alibi inattaquable. Joan fut rapatriée chez ses parents qui, naturellement, estimèrent qu'elle avait été victime d'une erreur judiciaire. Mais elle ne resta qu'une semaine avec eux, après quoi, elle fugua pour rejoindre l'auteur de ses blessures, un livreur de pain de Salisbury. Il était marié, mais il avait quitté sa femme et Joan resta cinq ans avec lui. Quand il fut envoyé en prison pour défaut de versement de pension à sa femme et à ses deux enfants, elle le quitta et retourna à Londres — pas chez ses parents, aux lettres desquels elle s'était obstinément refusée à répondre.

Deux autres années passèrent durant lesquelles

Joan travailla comme barmaid, mais elle fut renvoyée pour s'être servie directement dans la caisse. Elle dériva alors vers une sorte de prostitution de banlieue : elle s'installa avec une autre fille dans un deux-pièces à Shepherd's Bush où elles reçurent une clientèle de petits artisans qui les rétribuaient misérablement pour leurs services. Elle avait trente ans lorsque Norman Smith vint la tirer de cette triste vie.

Être faible et innocent, il rencontra Joan chez un coiffeur de Harlesden où elle se faisait faire colorations et permanentes. Les deux salons, dames et hommes, étaient séparés, mais Norman profitait souvent des allées et venues des employés pour s'arrêter et bavarder avec Joan sous le séchoir. Elle était pratiquement la première femme qu'il eût jamais regardée, certainement la première qu'il eût jamais invitée à sortir. Mais elle était si gentille et si douce qu'il ne se sentit pas intimidé. Il en tomba éperdument amoureux et lui demanda de l'épouser à leur seconde rencontre. Joan s'empressa d'accepter.

Norman ignorait tout de la façon dont elle avait gagné sa vie. Il avait cru à son histoire de travaux de dactylographie faits occasionnellement chez elle comme secrétaire indépendante. La mère de Norman vint habiter avec eux. Après un ou deux ans de furieuses querelles quotidiennes avec la vieille Mrs Smith, Joan découvrit que le meilleur moyen de la faire tenir tranquille était d'encourager son penchant, jusque-là contrôlé, pour la bouteille. Elle entraîna petit à petit Mrs Smith à laisser ses économies dans un demi-litre de whisky par jour.

— Ça tuerait Norman, s'il le savait, lâcha alors Joan.

— Lui dites surtout pas, Joanie.

— Débrouillez-vous pour être au lit chaque fois qu'il rentre. Il vous idolâtre, le pauvre garçon, il vous met sur un piédestal. Ça lui briserait le cœur s'il s'apercevait que vous passez votre temps à picoler, et sous son toit, en plus.

C'est ainsi que la vieille Mrs Smith, avec la bénédiction de Joan, se rendit grabataire. Elle passait presque toute la journée au lit avec son whisky, et Joan poussait à la roue en écrasant dans son thé trois ou quatre des tranquillisants que le docteur lui avait donnés pour ses « nerfs » à elle. Lorsque sa belle-mère fut devenue plus ou moins comateuse, Joan reprit de jour son ancienne vie et retourna à l'appartement de Shepherd's Bush. Elle n'en retira pratiquement aucun profit et ses rencontres sexuelles ne lui apportaient plus que du dégoût. Le plus extraordinaire avec Joan, c'est que, en dépit de ses relations avec des centaines d'hommes en plus de son propre mari, elle n'avait jamais fait l'amour pour le plaisir ou eu une aventure « normale », sauf avec le livreur de pain. Il est difficile de comprendre pourquoi elle continua de se prostituer. Par perversité, peut-être, ou par défi contre l'extrême respectabilité industrieuse de Norman.

Défi secret, dans ce cas, car Norman ne découvrit jamais la vérité. Ce fut elle qui finit par tout lui raconter, effrontément, comme pour parader.

Et ce fut là le résultat de sa conversion. Depuis l'âge de quatorze ans — elle en avait à présent près de quarante — elle n'avait pas eu la moindre pensée religieuse. Mais il suffit qu'un homme représentant la secte des Adorateurs de l'Épiphanie vînt sonner à sa porte pour la transformer en une frénétique brandisseuse de bible.

— Pas aujourd'hui, merci, répondit Joan.

Mais n'ayant rien de mieux à faire cet après-midi-là, elle jeta un coup d'œil sur le magazine, la brochure, plutôt, qu'il avait laissée sur le seuil de la porte. Par une de ces inévitables coïncidences, elle passa devant le temple des Adorateurs le lendemain. Coïncidence toute relative, en fait, car elle l'avait déjà vu une centaine de fois sans y prêter la moindre attention. Une réunion de prière était en cours. Par curiosité, Joan entra — et fut sauvée.

Les Adorateurs de l'Épiphanie étaient une secte fondée en Californie dans les années 20 par un entrepreneur de pompes funèbres en retraite du nom de Elroy Camps. L'Épiphanie est fêtée le 6 janvier, bien sûr, le jour où les Mages sont, d'après la tradition, censés être arrivés à Bethléem pour témoigner de la naissance du Christ et lui apporter des présents. Elroy Camps et ses disciples se voyaient comme des « sages » auxquels une révélation spéciale avait été faite : eux et eux seuls avaient été témoins de la manifestation divine, et donc eux seuls, avec un petit nombre d'élus, trouveraient le salut. Elroy Camps croyait être la réincarnation de l'un des Mages et se faisait appeler Balthazar dans la secte.

Ils observaient une stricte discipline morale. Les membres de la secte devaient aller au temple, effectuer un minimum de cent visites de prosélytisme en porte-à-porte chaque année et croire fermement à la venue prochaine d'une seconde Épiphanie au cours de laquelle eux, les nouveaux sages, seraient élus tandis que le reste du monde serait rejeté dans les ténèbres environnantes. Leurs réunions étaient pleines de vociférations théâtrales, mais joyeuses, avec thé, petits gâteaux et projections de films. Les nouveaux membres devaient confesser leurs péchés en public, après quoi le reste de la communauté se livrait à une critique spontanée et entonnait des cantiques dont la plupart avaient été écrits par Balthazar lui-même.

En voici un exemple :

Comme les Sages jadis, sur leur monture,
Vers Jésus nous chevauchons, le cœur pur,

Portant nos péchés, comme eux leurs présents,
Qui seront lavés par le Saint Enfant.

Que cela fût parvenu à séduire Joan peut paraître extraordinaire, au premier abord. Mais elle avait toujours aimé les grands effets dramatiques, surtout quand ils étaient de nature à choquer autrui. Elle entendit une femme confesser ses péchés, avouer haut et fort des fautes aussi vénielles que resquiller dans les transports londoniens, détourner de l'argent du ménage, être allée au théâtre. Elle, Joan, pourrait faire bien mieux que ça ! Elle avait quarante ans et elle voyait bien, avec ses cheveux filasse et sa peau blafarde, qu'elle avait mal vieilli. Alors maintenant ? Maintenant, ce serait soit une sinistre et obscure vie de famille à Harlesden avec la vieille Mrs Smith, soit la glorieuse publicité que les Adorateurs de l'Épiphanie pourraient lui apporter. Et qui sait, ils avaient peut-être raison, en plus ? Elle n'allait pas tarder à être totalement convaincue.

Elle fit la confession de l'année. Elle déballa tout. La congrégation fut frappée de stupeur à la révélation de ses excès, mais on lui avait promis le pardon et elle l'obtint, tout comme la femme qui avait pris le métro sans ticket.

Joan, l'épouse sans foi ni loi, ouvrit son cœur à un Norman médusé et désillusionné. Joan l'évangélisatrice passa de maison en maison à Harlesden, à Wood Lane, à Shepherd's Bush, pas seulement pour distribuer des tracts, mais pour raconter aux gens comment, jusqu'à ce que le Seigneur l'ait appelée, elle avait été une « catin », une femme honteuse.

— J'étais vêtue des habits de l'infamie, disait Joan sur le pas de la porte. Je tenais à la main un calice empli des abominations et des immondices de ma fornication. J'étais le repaire des esprits impurs, la cage où pénétraient les oiseaux les plus sales et les plus repoussants.

Il ne se passa pas longtemps avant qu'un petit malin, chez le coiffeur, ne se mît à ironiser sur les oiseaux sales et repoussants qui la pénétraient. En vain Norman demanda-t-il à sa femme d'arrêter ce petit jeu. Il avait déjà suffisamment souffert en apprenant son ancien mode de vie sans avoir à supporter cela. Toute la rue jasait et les gamins se moquaient de lui quand il allait au travail.

Mais comment jeter l'opprobre sur une femme qui s'est amendée ? Qui répond à tous les reproches par une totale approbation ?

— Je sais, Norm. Je croupissais dans la bassesse et la souillure. Je t'ai offensé, j'ai offensé le Seigneur. J'étais une âme perdue, plongée dans les abominations de ma turpitude.

— J'aimerais seulement que tu ne le cries pas sur les toits, fit Norman.

— Balthazar dit qu'il n'y a pas d'expiation solitaire.

La vieille Mrs Smith mourut. Joan étant toujours par monts et par vaux, elle restait toute la journée dans une maison sale et froide. Elle se leva de son lit, tomba et resta sept heures par terre vêtue en tout et pour tout d'une chemise de nuit légère. Cette nuit-là, peu de temps après que Norman l'eut trouvée ainsi, elle mourut à l'hôpital. Cause du décès : hypothermie. Elle était morte de froid. La rue jasa de nouveau. Mais cette fois, ce ne furent pas seulement les écoliers qui invectivèrent Norman.

Sa mère lui avait laissé la maison et un millier de livres. Norman faisait partie de ces gens — ils sont légion — dont l'ambition est de tenir un pub ou un commerce à la campagne. Il n'avait jamais vécu à la campagne ni tenu boutique, mais c'était ce qu'il voulait. Il fit un stage de formation à la poste et, à peu près à la même époque que celle où les Coverdale achetèrent Lowfield Hall, Joan et lui se retrouvèrent propriétaires de l'Épicerie de Greeving, parce que le seul autre temple des Adorateurs de l'Épiphanie se trouvait à Nunchester.

Les Smith tinrent le magasin avec une désastreuse inefficacité. Parfois, ils ouvraient à 9 heures, parfois à 11. La poste respectait, bien sûr, les horaires prescrits, mais Joan — en dépit des vertueux scrupules exprimés à Eunice — laissait Norman se débrouiller seul pendant des heures : coincé derrière la grille de son guichet, il lui était impossible d'aller servir les autres clients. Les habitués commencèrent à déserter, et les autres, à la fidélité forcée par manque de voiture, râlaient furieusement. Joan ouvrait le courrier. Il était de son devoir, prétendait-elle, de démasquer les pécheurs qui l'entouraient : elle décachetait les enveloppes à la vapeur, puis les recollait. Norman la regardait faire, consterné et impuissant, enrageant de n'avoir pas le courage de lui flanquer une raclée et espérant, contre toute probabilité et contre sa propre nature, qu'il le trouverait un jour.

Ils n'avaient pas d'enfants et Joan subissait ce qu'elle appelait « une transformation prématurée ». Vu qu'elle avait cinquante ans, sa ménopause ne paraissait pourtant ni prématurée ni tardive, mais survenir au moment normal.

— Norm et moi aurions toujours souhaité avoir des enfants, avait-elle l'habitude de dire, mais ils ne sont jamais venus. Le Seigneur en a décidé autrement, et ce n'est pas à nous de discuter Sa volonté.

Il avait sans doute eu raison, le Seigneur. Car on peut se demander ce que Joan aurait fait de ses enfants, si elle en avait eu. Elle les aurait dévorés, probablement.

10

Depuis longtemps, George Coverdale soupçonnait que quelqu'un, chez les Smith, tripotait son courrier. Une semaine seulement avant son départ en vacances, une enveloppe, qui contenait une lettre de son fils Peter, arriva avec une tache de colle sous le rabat, et un colis, envoyé par le club du livre auquel Jacqueline s'était abonnée, avait manifestement été ouvert et refermé avec une ficelle. Mais il hésita à agir, faute de preuve formelle.

Il n'avait remis les pieds ni au magasin ni au bureau de poste depuis le jour où, quelque trois ans plus tôt, devant un public ravi de femmes d'ouvriers agricoles, Joan lui avait ouvertement fait reproche de vivre avec une femme divorcée, et conseillé d'abandonner cette vie de péché pour venir à Dieu. Après cela, il avait été poster son courrier à Stantwich et n'avait plus adressé à Joan, lorsqu'il la croisait dans la rue, qu'un signe de tête distant. Il aurait été horrifié de savoir qu'elle était entrée dans sa chambre, avait palpé ses vêtements et effectué une visite complète de la maison.

Mais lorsqu'ils rentrèrent de vacances, rien ne laissait soupçonner qu'Eunice avait dérogé à ses habitudes.

— Je ne crois pas qu'elle soit sortie de la maison, chéri, fit Jacqueline.

— Eh bien si, fit Melinda, par l'intermédiaire de laquelle les cancans du village leur parvenaient toujours. C'est Geoff qui me l'a dit. Il le tient de Mrs Higgs, celle qui est toujours en vélo, la belle-sœur de sa grand-mère. Elle l'a vue se promener à Greeving.

— Très bien, dit George. Si elle préfère aller son petit train-train dans le village, je n'insisterai pas pour les leçons de conduite. Mais si tu entends dire par le téléphone arabe qu'elle a envie d'apprendre, alors sois gentille de me le faire savoir.

L'été s'acheva. L'automne suivit avec une exubérance de végétation que ni l'homme ni la nature elle-même ne semblaient en mesure de contrôler. Les fleurs poussaient n'importe où, trop hautes sur leur tige, les haies débordaient de feuilles, de baies et de vrilles de bryones, et la clématite sauvage, l'herbe aux gueux, jetait partout son manteau d'aigrettes duveteuses. Melinda alla cueillir des mûres dont Jacqueline fit de la gelée. Eunice n'avait jamais vu cuire de confiture. Sans aller jusqu'à croire qu'elle tombait toute prête du ciel, c'était seulement quelque chose qu'on trouvait dans des pots et qui se vendait en magasin. Giles ne participait pas à la cueillette, pas plus qu'il n'assistait au Festival de la Moisson à Sainte-Marie. Sur son mur en liège, il avait épinglé une phrase à lui qui lui correspondait fort bien : « On dit que l'important, c'est de bien vivre. Pour moi, c'est de bien lire. » Et il s'était replongé dans le déchiffrage de ses *Upanishad.*

La saison de la chasse au faisan commença. Eunice vit George aller dans la salle d'armes, décrocher les fusils du mur et, la porte de la cuisine étant restée ouverte, les nettoyer et les charger. Elle l'observa avec intérêt, mais en toute innocence, car elle n'imaginait pas qu'elle s'en servirait plus tard.

George nettoya et chargea les deux fusils. Non qu'il eût le moindre espoir de se faire accompagner par Giles : s'il avait acheté la deuxième arme, tout comme le matériel de pêche et le gros cheval blanc qui faisait maintenant du lard dans le pré, pour son beau-fils, trois automnes de désintérêt, puis de farouche opposition de la part de l'adolescent avaient ôté à George toute idée d'en faire un chasseur ou un pêcheur. Le second fusil fut prêté à Francis Jameson-Kerr, l'agent de change, fils du général et qui, lui, accompagnait son père.

Les faisans abondaient, et depuis la fenêtre de la cuisine, puis du potager où elle sortit couper un chou, Eunice les vit tous trois abattre quatre couples d'oiseaux et une poule faisane. Un couple pour les Jameson-Kerr, un pour Peter, un pour Paula, le reste pour Lowfield Hall. Eunice se demanda combien de temps ces paquets de plumes ensanglantés devaient rester à pendouiller dans l'arrière-cuisine avant qu'elle ait le plaisir de goûter cette viande jusque-là inconnue pour elle. Mais elle se garderait bien de poser la question, ah non alors. Une semaine plus tard, Jacqueline fit rôtir les faisans. Au moment où Eunice plantait sa fourchette dans l'épaisse tranche de blanc qu'elle avait dans son assiette, trois petits grains de plomb roulèrent dans le jus.

C'est toujours Jacqueline qui allait faire les courses. Sinon, elle téléphonait sa liste à un magasin de Stantwich et George passait prendre les marchandises plus tard. Eunice avait cette angoisse chronique d'être un jour chargée de la dicter elle-même au téléphone, et c'est exactement ce qui se produisit un mardi de la fin septembre.

Le téléphone sonna à 8 heures du matin. C'était

lady Royston qui appelait : elle était tombée, elle pensait avoir le bras cassé, Jacqueline pourrait-elle la conduire à l'hôpital de Nunchester ? Sir Robert avait pris une de leurs voitures, leur fils la seconde. Elle s'était mis en tête de commencer la cueillette des pommes tôt le matin, à 7 heures et demie, elle était montée à l'échelle et avait glissé sur un barreau brisé.

Les Coverdale étaient encore en train de prendre leur petit déjeuner.

— Cette pauvre Jessica, s'apitoya Jacqueline, elle a l'air d'avoir vraiment mal. Je file là-bas tout de suite. La liste des commissions est prête, George : si miss Parchman la téléphone quand le magasin sera ouvert, tu pourras peut-être passer plus tard ? Tu serais un ange.

George et Giles finirent leur petit déjeuner sans mot dire. Le silence ne fut rompu que par George qui, pour essayer de meubler la conversation, fit remarquer qu'une matinée aussi lumineuse ne pouvait qu'annoncer la pluie. Giles, tout pensif après avoir lu une annonce dans *Time Out* où l'on cherchait un dixième passager pour un minibus à destination de Poona, répondit par « Ah bon ? », et ajouta que, de toute façon, il ne comprenait rien à la météo. Eunice entra pour débarrasser la table.

— Ma femme a dû se précipiter au secours de quelqu'un, annonça George que la présence sinistre d'Eunice rendait pompeux. Aussi, auriez-vous l'amabilité de composer ce numéro et de commander ce qu'il y a sur la liste ?

— Oui, Monsieur, répondit-elle par automatisme.

— Départ dans cinq minutes, Giles, d'accord ? Attendez jusqu'à 9 heures et demie, s'il vous plaît, miss Parchman : les magasins n'ouvrent plus aussi tôt que dans le temps.

Eunice regarda la liste d'un air ahuri. Elle pouvait lire le numéro de téléphone, c'était à peu près tout.

George était parti sortir la Mercedes, Giles était monté dans sa chambre, Melinda passait la dernière semaine de ses vacances avec un ami à Lowestoft : un sentiment de panique commença à l'envahir. Elle pensa demander à Giles de lui lire la liste — une seule fois suffirait pour qu'elle se souvienne — en prétextant qu'elle avait oublié ses lunettes quelque part en haut de la maison, mais l'excuse était trop faible, d'autant qu'il lui restait une heure pour aller les chercher. Trop tard, d'ailleurs : Giles traversait le hall de sa démarche de somnambule. Il quitta la maison et claqua la porte derrière lui. Désespérée, elle s'assit dans la cuisine, au milieu de la vaisselle sale.

Tous ses efforts tendirent à faire jaillir une étincelle de cette faculté atrophiée qu'était son imagination. Une femme à l'esprit inventif aurait alors trouvé un moyen de sortir de l'impasse : elle aurait prétendu avoir cassé ses lunettes — quitte à les piétiner pour faire plus vrai — ou feint d'être malade, ou invoqué un appel urgent à Londres au chevet d'un parent malade. Eunice, elle, ne vit d'autre solution qu'apporter la liste au directeur du magasin de Stantwich. Le problème, c'était de s'y rendre. Elle savait qu'il y avait un bus, mais pas où il s'arrêtait, sinon que c'était à trois kilomètres, ni quand il passait, ni où il allait exactement, ni même où se trouvait l'épicerie. Par pur automatisme, elle empila les assiettes dans le lave-vaisselle, passa l'éponge sur les plans de travail, puis monta faire les chambres. Elle jeta un œil maussade sur la citation du mois de Giles, qui aurait pris une signification particulièrement ironique pour elle si elle avait été capable de la comprendre. 9 heures et quart. Eva Baalham ne venait pas le mardi, et le laitier était déjà passé. Elle n'aurait d'ailleurs pas risqué de révéler son incapacité à ces personnes en leur demandant de l'éclairer. Il allait donc falloir expliquer à Jacqueline qu'elle avait oublié de téléphoner, alors si Madame rentrait à temps pour le faire elle-même... Elle leva de nouveau les yeux sur le panneau de liège et se revit à cet endroit, quelque temps plus tôt, avec Joan Smith.

Joan Smith.

Une idée lumineuse venait de surgir dans son esprit. Eunice était tout aussi soucieuse de ne pas révéler son secret à Joan Smith qu'à Eva, au laitier ou à Jacqueline, mais Joan avait une épicerie, elle aussi, et une fois la liste entre ses mains, peut-être que les choses s'arrangeraient. Elle mit donc son plus beau cardigan, celui qu'elle avait tricoté à la main, par-dessus sa blouse en coton rose et partit pour Greeving.

— Vous vous faites rare, dites ! fit Joan, l'œil pétillant. En voilà, une ermite ! Je vous présente Norman, mon cher et tendre. Norman, voici miss Parchman, dont je t'ai parlé, de Lowfield Hall.

— Enchanté, articula Norman Smith depuis son guichet.

Encagé ainsi derrière sa grille, il ressemblait à quelque ruminant alangui, une chèvre ou un lama peut-être, depuis trop longtemps captif pour se souvenir de sa liberté mais qui s'agite d'ennui dans sa prison. Son visage, triangulaire comme un coin, était pâle et osseux, ses cheveux d'un blond grisonnant. Comme s'il cultivait cette image de ruminant, il mâchonnait du chewing-gum à la menthe à longueur de journée parce que Joan lui reprochait sa mauvaise haleine.

— Et maintenant, fit Joan, que nous vaut le plaisir de votre visite ? Ne me dites pas que Mrs Coverdale va honorer de nouveau notre humble magasin de sa clientèle ? Ce serait un événement, ça.

— J'ai cette liste de commissions.

En jetant un regard incertain sur les étagères, Eunice lui tendit le papier.

— Voyons un peu. De la farine et des flocons d'avoine, oui, pas de problème. Mais des haricots d'Espagne, du basilic et de l'ail, alors là ! (La mauvaise excuse des commerçants vint tout de suite à l'esprit de Joan.) On en attend justement. Bon, je vais vous dire : lisez-moi la liste et je vais regarder ce qu'on a.

— Non, lisez vous-même. Je regarderai, moi.

— Allons bon, j'ai encore gaffé. Je devrais me rappeler vos problèmes de vue, quand même. Vous êtes prête ?

Eunice, bien qu'elle ne trouvât que deux des articles demandés, sut qu'elle était sauvée, car Joan lui détaillait la liste à haute voix. C'était tout ce qu'elle voulait. Elle acheta la farine et les flocons d'avoine, qu'il lui faudrait cacher et payer sur ses propres deniers, mais qu'importait ? Une onde de chaleureuse gratitude pour Joan, qui l'avait encore une fois sauvée, monta en Eunice. Elle se souvint vaguement avoir éprouvé quelque chose de ce genre il y avait longtemps, bien longtemps, avant que Mrs Parchman ne tombât malade et ne devînt dépendante. Oui, elle allait accepter la tasse de thé que Joan lui proposait et reposer ses jambes une dizaine de minutes.

— Vous n'avez qu'à téléphoner à l'épiceric de Stantwich, fit Joan qui crut avoir tout compris : Eunice était venue ici de sa propre initiative. Utilisez donc notre téléphone. Voici votre liste. Vous avez vos lunettes ?

Elle les avait. Celles à monture en écaille de tortue. Pendant que Joan s'affairait avec les tasses, elle donna son coup de fil, ivre de bonheur. Feindre de lire ce qu'en fait, elle énumérait de mémoire lui procurait un plaisir comparable — en plus intense — à la fierté du voyageur qui ne connaît qu'un seul mot d'une langue étrangère et parvient à le placer au bon moment sans susciter la moindre question de son interlocuteur. Elle n'avait presque jamais eu l'occasion de montrer qu'elle savait lire, et lorsqu'elle raccrocha, elle éprouva pour Joan ce que nous ressentons pour ceux en la présence desquels nous venons de briller dans le domaine où nous excellons le moins : un sentiment chaleureux, un sentiment d'orgueil, certes, mais à la supériorité modeste, prêt à devenir expansif. Elle s'extasia devant ce « charmant vieux magasin », dont le désordre frisait pourtant le sordide, et dans son émotion, alla jusqu'à complimenter Joan pour sa coiffure, sa robe à fleurs et la qualité de ses biscuits au chocolat.

— Et ils vous laissent ramener tout ça à bout de bras ? fit Joan qui savait pertinemment qu'il n'en était rien. Il paraît que c'est un homme dur, qui veut récolter où il n'a pas semé et ramasser où il n'a pas amassé. Vous voulez que je vous reconduise ?

— Je veux pas vous déranger.

— Pas du tout, ça me fait plaisir.

Joan fit traverser le magasin à Eunice, ignorant son mari qui plongeait son regard triste dans un sac postal comme un cheval dans sa musette. La fourgonnette verte consentit à démarrer après vigoureuse manipulation du starter et pompage sur l'accélérateur.

— Fouette cocher ! À la maison, et au trot !

Le véhicule grimpa la côte en toussant. Joan déposa Eunice devant la porte de Lowfield Hall.

— Maintenant, fit-elle, j'ai apporté ceci. (Elle sortit un petit opuscule intitulé *Dieu veut faire de toi un sage.*) Alors, par échange de bons procédés, j'aimerais que vous le lisiez et que vous veniez avec moi à notre réunion de dimanche soir. Je ne sonnerai pas, soyez sur la route à 5 heures et demie pour que je vous prenne. D'accord ?

— D'accord, fit Eunice.

— Ça vous plaira beaucoup, vous verrez. On n'a pas de livres de prières comme à l'église : on chante, on prône l'amour, on dit tout ce qui nous vient dans le cœur. Après, il y a un thé et on discute avec les autres frères. Dieu aime à nous voir pleins de joie, ma chère, quand nous lui avons tout donné. Mais ceux qui le repoussent ne connaîtront que pleurs et grincements de dents. C'est vous qui l'avez tricoté, ce cardigan ? Je le trouve absolument super. N'oubliez pas votre farine et vos flocons d'avoine.

Tout heureuse, Joan repartit vers Norman et le magasin. Il pourrait sembler qu'elle n'avait rien à gagner d'une amitié avec Eunice Parchman, mais en fait, elle avait grand besoin d'un satellite qui gravitât autour d'elle au village. Norman était devenu un néant, l'ombre d'un homme depuis les révélations de sa femme sur son véritable passé. Ils ne se parlaient pratiquement pas, ces derniers temps, et Joan ne cherchait même plus à faire croire à ses connaissances qu'ils formaient un couple idéal. Elle allait jusqu'à raconter à tout le monde que Norman était sa croix. Une croix que son devoir d'épouse lui imposait de supporter, mais comme il avait tourné le dos à Dieu, il ne pouvait pas être le compagnon d'une personne comme elle. Le Seigneur était mécontent de lui et donc elle-même, Sa servante, devait partager ce mécontentement. De telles déclarations faites en public, en plus de ses prétentions à être l'infaillible bras droit de Dieu, avaient détourné d'elle les Higgs, les Baalham, les Newstead, qui, tous, auraient pu devenir des amis. À part lui dire bonjour, les gens l'évitaient, ils la tenaient pour folle. Elle l'était sans doute. Déjà.

Elle voyait en Eunice une personne simplette et malléable. Et aussi, pour être juste, une brebis égarée à ramener au bercail de Nunchester. Quel triomphe, quel bonheur ce serait de présenter aux

Adorateurs de l'Épiphanie cette nouvelle ouaille toute à sa dévotion, de paraître devant ces mécréants de Greeving avec cette amie rien qu'à elle !

Aux anges depuis la réussite de sa manœuvre, Eunice s'attaqua au ménage général du petit salon. Elle était en train de lessiver la peinture blanc ivoire des murs lorsque Jacqueline rentra.

— Mon Dieu, quelle matinée ! La pauvre lady Royston a une fracture multiple du bras gauche. Tiens, vous refaites le grand nettoyage de printemps en septembre ? Décidément, vous êtes infatigable, miss Parchman. J'ose à peine vous demander si vous vous êtes occupée de ma liste de commissions ?

— Oh oui, Madame. Mr Coverdale passera les prendre à 5 heures.

— Merveilleux. Et maintenant, un bon sherry bien tassé en guise d'apéritif. Arrêtez-vous donc un peu : si vous trinquiez avec moi ?

Eunice refusa. Sauf un exceptionnel verre de vin à l'occasion du mariage ou de l'enterrement d'un parent, elle n'avait jamais bu d'alcool. C'était l'un de ses rares points de convergence avec Joan Smith qui, bien qu'assez portée sur le gin ou la Guinness à l'époque de Shepherd's Bush, avait tiré un trait dessus depuis son engagement d'honneur auprès des Épiphanistes.

Dieu veut faire de toi un sage ne fut, et pour cause, pas ouvert, mais Eunice se rendit à la réunion puisqu'on ne lui demanderait pas de lire quoi que ce soit. La promenade dans la fourgonnette de Joan, les chants et le thé la divertirent. De retour à Greeving, elles avaient pris date — le mercredi — pour un dîner chez les Smith et s'appelaient par leur prénom. Elles étaient amies. Dans le désert de l'existence d'Eunice, Mrs Samson et Annie Cole avaient un successeur.

Melinda retourna à l'université, George à la chasse au faisan, Jacqueline à son jardinage — et auprès de lady Royston pour lui remonter le moral. Giles fut tout chagrin d'apprendre que la dixième place du minibus pour Poona avait trouvé acquéreur. Les feuilles virèrent du vert sombre au bronze, les pommes furent cueillies, les avelines mûrirent. Le coucou était parti depuis longtemps, et à présent, hirondelles et gobe-mouches s'apprêtaient à migrer vers le sud.

Sur la place de Greeving, les chasseurs se rassemblèrent et prirent la direction de Marleigh Wood.

— Bonjour, Maître, fit George au Maître d'Équipage, sir Robert Royston, qu'il appelait Bob en toute autre circonstance.

— Bonjour, monsieur, répondit Bob dans sa tunique écarlate.

Octobre était là, avec son faux été et sa tiédeur mélancolique, ses brumes, son avalanche de fruits. Les rayons obliques du soleil changeaient en ors les vapeurs stagnantes au-dessus de la Beal.

11

Melinda aurait vite su que quand Eunice sortait — ce qui arrivait souvent maintenant — c'était pour aller voir Joan Smith, et que lorsqu'elle partait le dimanche soir au crépuscule, la fourgonnette des Smith l'attendait au bout de l'allée. Mais Melinda avait repris ses cours à l'université et n'était revenue qu'une seule fois chez son père depuis la rentrée, pour se montrer d'ailleurs plus éteinte et songeuse qu'à l'accoutumée, ne sortant pas, restant des heures à écouter des disques ou assise sans parler, plongée dans ses pensées. Car Melinda était tombée amoureuse.

Aussi, bien qu'il n'y eût que les nourrissons et les vieillards, à Greeving, pour ne pas suivre de près l'alliance Parchman-Smith, les Coverdale en ignoraient tout. Souvent déjà, ils ne s'apercevaient pas de l'absence d'Eunice tant celle-ci était discrète dans la maison. Ils ne savaient pas non plus que lorsqu'ils sortaient, Joan Smith arrivait et passait nombre de joyeuses soirées avec Eunice, à boire du thé et à regarder la télévision dans le nid d'aigle de sa chambre. Certes, Giles était toujours là. Mais dans l'escalier, elles faisaient bien attention à ne pas parler, et l'épaisseur du tapis étouffait les bruits de pas supplémentaires si bien qu'elles parvenaient, ni vu ni connu, à la chambre d'Eunice où l'incessant murmure de la télévision couvrait celui de leurs voix.

Et pourtant, cette amitié aurait tourné court dès les premiers jours si les choses avaient suivi leur ordre normal. Une fois son enthousiasme tempéré lorsque retomba sa gratitude pour le déchiffrage de la liste des courses, Eunice commença à considérer Joan, ainsi qu'elle avait fait avec la plupart des gens, comme une personne qu'elle pouvait utiliser. Non pour lui extorquer de l'argent par le chantage, cette fois, mais plutôt pour la mettre sous sa coupe à la manière d'Annie Cole, et en faire son interprète obligée sans craindre qu'elle révélât son secret si jamais elle le découvrait.

Eva sembla bien la lui livrer pieds et poings liés.

Eva qui rongeait son frein à ce moment-là parce que, bien qu'elle eût davantage de travail chez Mrs Jameson-Kerr, ses heures de service à Lowfield Hall avaient été réduites à une matinée par semaine. Elle imputait cette disgrâce à Eunice qui s'acquittait sans ciller — et, à dire vrai, beaucoup mieux — de toutes ces tâches qu'elle-même n'accomplissait qu'en gémissant. Dès qu'elle crut avoir trouvé le moyen de la coincer, elle sauta sur l'occasion.

— Vous êtes bien copine avec cette Mrs Smith, on dirait.

— Je sais pas, fit Eunice.

— Toujours fourrées l'une chez l'autre, c'est ce que j'appelle être bien copines. Mon cousin Meadows, celui qu'a le garage, il vous a vue partir avec elle dans sa fourgonnette, l'autre jour. P't-être bien qu'y a des choses que vous savez pas sur elle.

— Comme quoi ? ne put, contrairement à son habitude, s'empêcher de demander Eunice.

— Comme ce qu'elle était avant de venir ici. Une fille des rues, une prostituée, quoi, ni plus ni moins. (Eva se garda d'anéantir l'impact de cette confidence en la disant de notoriété publique.) Elle allait avec des hommes et son mari en savait rien, le pauvre diable.

Ce soir-là, Eunice était invitée à dîner chez les Smith. Ils servirent ce qu'elle aimait et n'avait jamais à Lowfield Hall : des œufs au bacon avec des saucisses et des frites, après quoi elle eut droit à une barre de chocolat de l'épicerie. Norman n'ouvrit pas la bouche de tout le repas, puis s'en alla au *Blue Boar* où un des Higgs ou des Newstead se dévouerait bien pour lui accorder une partie de fléchettes. Les grandes tasses de thé furent remplies à ras bord, et Joan s'installa en toute confiance pour prêcher l'évangile selon Mrs Smith. Après avoir enfourné la dernière bouchée de sa gaufrette, Eunice saisit l'occasion.

— On m'a parlé de vous, l'interrompit-elle avec force de sa voix la plus impérative.

— En bien, j'espère, fit gaiement Joan.

— Pas tant que ça. Paraît que vous alliez avec des hommes pour de l'argent.

Un halo d'extase mystique illumina le visage fardé de Joan. Elle frappa du poing sa poitrine caverneuse.

— Oh, j'étais une pécheresse ! déclama-t-elle. Je commettais l'acte de chair, j'étais vautrée dans une fange immonde. Je me prostituais dans la ville, mais Dieu m'a appelée, et voilà : je l'ai entendu ! Je n'oublierai jamais le jour où j'ai confessé mes péchés devant l'assemblée des frères et ouvert mon cœur à mon mari. En un acte de grande humilité, ma chère, j'ai mis mon âme à nu devant qui voulait m'entendre afin que chacun sache que même les créatures les plus noires peuvent être sauvées. Encore du thé ?

Eunice en resta abasourdie. Aucune victime potentielle n'avait jamais réagi de la sorte à un chantage.

Son respect pour Joan en devint pratiquement illimité. Le bec cloué, elle tendit docilement sa tasse.

Joan devina-t-elle ? Possible. C'était une femme intelligente, et qui ne manquait pas d'expérience. Dans ce cas, prendre Eunice à son propre piège dut bien plus l'amuser que la fâcher. Nous sommes tous des pécheurs, après tout. Et elle n'était pas un Sage pour rien.

Les feuilles jaunes des chênes, des frênes et des ormes commencèrent à tomber, de même que celles, plus rouges, des cornouillers sanguins. Les quelques fleurs qui subsistaient avaient été noircies par la première gelée blanche et les champignons — pleurotes en huître et russules — poussaient sous les haies et sur les troncs d'arbres abattus. On commença à regarnir de chaume le toit du cottage de James Newstead. Son jardin était plein de la paille dorée de tout un champ de blé.

George, en smoking, et Jacqueline, en robe de soie rouge brodée d'or, allèrent à Covent Garden voir *La Clémence de Titus* et passèrent la nuit chez Paula. La citation du mois était de Mallarmé : « La chair est triste, hélas, et j'ai lu tous les livres. » Mais Giles, loin d'avoir lu tous les livres, était plongé dans Poe. Si, comme cela semblait probable, il ne parvenait pas à aller en Inde, il pourrait demander à Melinda de partager un appartement quand ils auraient terminé leurs études. Dans un immeuble gothique, à Kensington West de préférence, une sorte de Maison Usher avec des parquets noir ébène et des rayons tamisés de lumière pourpre filtrant à travers les vitres treillissées.

Ce qu'il ignorait, c'est que Melinda était amoureuse. Il s'appelait Jonathan Dexter et était étudiant en lettres modernes. George Coverdale s'était souvent demandé, sans rien en dire à personne, pas même à Jacqueline, si sa cadette était aussi innocente que sa mère au même âge. Il en doutait et s'était résigné à la voir suivre la tendance générale à la permissivité. Il aurait été surpris et ravi s'il avait su qu'en fait, Melinda était encore vierge, mais beaucoup plus inquiet s'il avait pu deviner combien elle était près de modifier irrévocablement cet état de choses.

Maintenant que la glace était, si l'on peut dire, rompue, Eunice sortait souvent se promener. De la même manière qu'elle avait sillonné Londres, elle parcourait la campagne, allant d'un village à l'autre, de Cocklefield à Marleigh, de Marleigh à Cattingham, par des chemins jonchés de feuilles et, en cette fin d'été de la Saint-Martin, par les sentiers encore secs qui traversaient les champs et longeaient l'orée des bois. Elle marchait sans but précis, sans s'arrêter pour profiter, à travers les branches, des longues échappées de vue sur la découpe bleue des pentes boisées et des douces vallées — sans guère prêter attention au paysage, en fait. Il en était pour elle de même ici qu'à Londres : elle marchait pour assouvir un désir ardent de liberté et pour brûler cette énergie que le travail de la maison ne parvenait pas à épuiser.

Joan Smith et elle ne communiquaient jamais par téléphone. Joan arrivait avec la fourgonnette lorsqu'elle était sûre que Eunice était seule à Lowfield Hall. Quels que soient les amis auxquels elle rendait visite, Jacqueline devait passer par Greeving, ce qu'elle faisait rarement sans être observée par Joan depuis le magasin. Cette dernière filait alors jusqu'au Hall, entrait sans frapper par la salle d'armes et, deux minutes plus tard, Eunice mettait la bouilloire sur le feu.

— Sa vie n'est qu'une suite de distractions. Ce matin, elle boit du sherry chez cette Mrs Cairne.

Facile d'imaginer ce qu'il se dit, le Bon Dieu, quand il voit des choses pareilles. Les méchants fleurissent comme les fleurs de laurier. Bon, j'ai une tournée à faire à Cocklefield avant midi, alors je reste juste une minute.

Par « tournée », Joan n'entendait pas livraisons postales ou d'épicerie, mais visites de prosélytisme. Comme de coutume, elle était armée d'une pile de brochures, dont une toute nouvelle conçue comme une bande dessinée opportunément intitulée *Suis mon étoile*.

Elle était tellement fervente Épiphanienne que souvent, lorsque Eunice passait au cours d'une de ses promenades, celle-ci trouvait Norman seul au magasin. Et là, derrière les barreaux de sa cage, il secouait la tête d'un air lugubre.

— Non, elle est partie je sais pas où.

Parfois pourtant, Eunice arrivait à temps pour accompagner Joan dans sa tournée. Depuis le siège du passager, elle regardait son amie porter la bonne parole de cottage en cottage.

— Auriez-vous quelques instants pour jeter un coup d'œil sur un petit livre que je vous apporte... ?

Elles allaient aussi dans les cités de HLM accrochées à la périphérie de chaque village, cubes de brique rouge soigneusement dissimulés à la vue des habitations anciennes par des barrières de conifères. De temps à autre, une maîtresse de maison plus naïve la faisait entrer, et elle restait un moment à l'intérieur. Mais dans la plupart des cas, elle se faisait claquer la porte au nez et elle revenait à la fourgonnette avec l'auréole du martyr.

— J'admire votre façon de prendre les choses, fit Eunice. Avec moi, ça se passerait pas comme ça.

— Le Seigneur exige l'humilité de ses serviteurs, Eun. N'oubliez pas que certains seront portés par les anges dans le sein d'Abraham, d'autres jetés aux feux de l'enfer. Rappelez-moi de m'arrêter chez Meadows, on n'a presque plus d'essence.

Elles formaient un étrange duo, ces deux femmes, pour celles qui les suivaient d'un regard exaspéré après avoir jeté *Suis mon étoile* à la poubelle.

Joan, qui avait la maigreur squelettique d'un enfant du tiers monde, et que sa religion n'avait pu défaire de sa vieille habitude, presque inconsciente maintenant, de s'attifer comme une prostituée : jupe courte, bas noirs « cristal », chaussures au vernis éculé, grand sac à main brillant et veste blanche en peluche rembourrée aux épaules. Sa coiffure ressemblait à un nid inversé — le nid d'un oiseau qui n'aurait choisi que des brins dorés — et son petit visage hâve était recouvert d'une couche de maquillage rose, bleu et rouge.

Eunice, qui était tout son contraire. Elle n'avait ajouté à sa garde-robe, depuis son arrivée à Lowfield Hall, que les effets qu'elle avait tricotés elle-même et, en ces fraîches journées d'automne, elle portait un bonnet de laine et une écharpe gris-bleu. Dans son épais manteau brun rouge, elle dépassait Joan d'une tête. Le contraste était encore plus frappant lorsqu'elles avançaient côte à côte : Joan, de sa démarche trotte-menu, et Eunice, avec son port statuesque, à grandes et fermes enjambées.

Chacune, au fond, trouvait l'autre parfaitement ridicule, mais cela ne créait aucune animosité entre elles. L'amitié se développe souvent le mieux lorsque l'un des partenaires est sûr d'avoir un ascendant sur l'autre. Sans le dire, Eunice trouvait Joan remarquablement intelligente. Elle pourrait compter sur son aide quand elle serait confrontée à un problème de lecture. Sans le dire, Joan voyait en Eunice une personne éminemment respectable — et un possible garde du corps, en plus, si jamais Norman tentait de mettre à exécution sa dérisoire menace de lui flanquer une raclée — mais pourquoi diable s'habiller comme une femme flic ?

Joan faisait à Eunice cadeau d'une barre de chocolat à chaque fois qu'elle passait au magasin. Eunice avait tricoté une paire de gants pour Joan, dans sa couleur saumon favorite, et songeait à commencer un pull.

Le quarante-troisième anniversaire de Jacqueline tombait le jour de la Toussaint, le 1er novembre. George lui offrit une veste en peau de mouton, Giles un disque des arias de Mozart. Melinda envoya une carte avec la promesse gribouillée d'« un truc sympa quand je rentrerai à la maison ». Le paquet qui contenait un roman récent envoyé par Peter et Audrey avait manifestement été ouvert et refermé. George fonça au bureau de poste de Greeving et se plaignit auprès de Norman Smith. Mais que répondre lorsque ce dernier prétendit, pour se défendre, que le livre était à moitié sorti de son emballage et que sa femme avait refait le paquet par précaution ? George ne put que hocher la tête et dire qu'il s'en tiendrait là — pour l'instant.

Cette même semaine, il se rendit chez le Dr Crutchley pour son bilan annuel. Il faisait un peu de tension : rien de grave, mais autant prendre ces comprimés. George n'était pas un anxieux, pas homme à paniquer facilement, mais il jugea préférable de rédiger un testament, précaution qu'il remettait à plus tard depuis des années. C'est ce testament qui fut à l'origine d'un litige qui n'est toujours pas réglé, à cause duquel Lowfield Hall, privé de propriétaire légal, reste désert, qui empoisonne la vie de Peter Coverdale et de Laura Caswall, et qui empêche cette plaie de se refermer dans leur esprit. Il fut pourtant rédigé avec tout le soin, toute la clairvoyance nécessaires, mais qui aurait pu prévoir ce qui allait se passer le jour de la Saint-Valentin ? Quel notaire, aussi avisé fût-il, aurait pu imaginer pareil massacre dans ce havre de paix qu'était Lowfield Hall ?

Une copie du testament fut montrée à Jacqueline à son retour d'une réunion du conseil de paroisse.

— « À mon épouse bien-aimée Jacqueline Louise Coverdale », lut-elle à haute voix, « je lègue la totalité de ma propriété connue sous le nom de Lowfield Hall, sise à Greeving, dans le comté de Suffolk, libre de toute hypothèque. Elle lui appartiendra, ainsi qu'à ses héritiers et ayants-droit, à perpétuité. » Oh, chéri, « À mon épouse bien-aimée » ! Que je suis touchée que tu aies mis cela !

— Mais encore ? fit George.

— Peut-être aurais-tu seulement dû m'en donner l'usufruit ? J'ai tout l'argent que papa m'a laissé, plus ce que j'ai retiré de ma maison, sans compter ton assurance-vie.

— Tout à fait, et c'est pourquoi j'ai légué mes autres avoirs aux filles et à Peter. Mais je tiens à ce que la maison te revienne, tu l'aimes tant. Et puis j'ai horreur de ces arrangements mesquins qui n'accordent à la veuve qu'une jouissance de biens à vie : elle n'est en fait que la locataire à titre gracieux d'un groupe de gens qui n'attendent que de la voir trépasser.

— Tes enfants ne seraient pas comme ça.

— Sans doute, Jackie, mais n'empêche. Et si tu disparais avant moi, j'ai ordonné que la maison soit vendue après ma mort et le montant de la vente réparti entre mes héritiers.

Elle leva les yeux sur lui.

— J'espère que ce sera le cas.

— Quoi donc, chérie ?

— Que je disparaîtrai avant toi. C'est ça qui m'ennuie dans le fait que tu sois plus âgé : je ne supporte pas l'idée de te survivre, d'être ta veuve pendant des années peut-être alors que je ne pourrais pas passer un jour sans toi.

George l'embrassa.

— Allez, arrêtons de parler de testaments, de tombes et d'épitaphes, dit-il.

La discussion s'orienta sur le conseil de paroisse, sur la collecte de fonds pour la nouvelle mairie, et Jacqueline oublia le souhait qu'elle avait émis.

Il n'était pas destiné à être exaucé, bien qu'elle ne restât veuve que quinze minutes.

12

Le temple de l'Épiphanie, à Nunchester, est situé sur North Hill, juste au-dessus du marché aux bestiaux. Il n'est donc pas nécessaire, en venant de Greeving, de traverser la ville, et Joan Smith pouvait s'y rendre en vingt minutes. Eunice aimait bien les réunions du dimanche soir. On distribuait certes des feuilles de cantiques, mais comme le savent tous ceux qui ont essayé de donner l'impression de connaître la messe par cœur — se servir du missel trahit une impardonnable ignorance —, il est très facile de mimer des lèvres ce que les autres prononcent et de masquer ses lacunes derrière ses mains jointes portées à hauteur de la bouche. De plus, il suffisait à Eunice d'entendre une seule fois un cantique pour qu'il soit à jamais gravé dans sa mémoire et pour pouvoir l'entonner avec les autres, de sa puissante voix de contralto :

Or est la couleur de notre Seigneur,
Encens le parfum qui vient de son cœur,
La myrrhe, l'onguent qu'avec force et puissance,
Il verse du ciel pour calmer nos souffrances.

Elroy Camps n'était pas Herbert ou Keble. [1]

1. George Herbert (1593-1633) et John Keble (1792-1866), poètes d'inspiration religieuse.

Après les cantiques et une séance de confession volontaire — ça valait bien la télé, ça —, frères et sœurs prirent le thé avec des biscuits, puis regardèrent des films montrant des Adorateurs de l'Épiphanie de toutes les couleurs en train de se démener dans des contrées perdues — en croisade contre les infidèles, si l'on peut dire — ou de distribuer l'Epître de Balthazar à des affamés trop faibles pour résister. Il y eut aussi quelques potins échangés sur des gens attachés aux biens de ce monde qui n'avaient pas encore vu la lumière, mais gentiment, pieusement, en laissant à Dieu le soin de censurer et de blâmer. Ils honoraient le précepte du « Venez à moi, vous tous qui peinez et ployez sous le fardeau : c'est moi qui vous soulagerai. » Dans l'ensemble, ils étaient et sont encore de joyeux personnages. Ils chantent, rient, entrent avec délectation en confession — les leurs et celles des nouveaux convertis. Ils parlent de Dieu comme s'il était un de ces professeurs modernistes qui aiment à se faire appeler par leur prénom. Leurs cantiques ne sont pas sans rappeler les chansons pop et leurs brochures sont illustrées de bandes dessinées. Leur idée que les élus sont des Sages qui suivent une étoile n'est pas mauvaise. Le culte de Camps aurait sans doute été récupéré par des jeunes du genre fanatiques de Jésus s'il n'avait présenté deux écueils incontournables et insupportables pour toute personne de moins de quarante ans — et pour les plus de quarante ans aussi, en fait.

Le premier est l'embargo total sur toute activité sexuelle, même dans le cadre du mariage. L'autre est l'accent mis sur la vengeance contre les infidèles, c'est-à-dire tout non-Épiphanien, vengeance qui n'est pas nécessairement laissée à Dieu, mais qui peut être exécutée par les élus, instruments du divin. Dans la pratique bien sûr, ils ne passent pas leur temps à pourfendre leurs hérétiques voisins, mais l'impression qu'ils laissent est qu'ils sont davantage félicités que blâmés s'ils le font. Après tout, si Dieu est leur prof, eux sont les pions.

Eunice n'absorba que peu de cette doctrine qui, de toute façon, était davantage implicite que proclamée. Elle aimait ces sorties en société, les seules qu'elle eût jamais faites. Les autres adeptes étaient aussi âgés qu'elle, ou ses aînés. Personne ne lui posait de questions, n'essayait de s'immiscer désagréablement dans sa vie ou ne la coinçait dans des situations où elle aurait été obligée de lire. Ils se montraient amicaux, enjôleurs, prodigues en thé, biscuits et cake parce que, bien sûr, ils voyaient en elle une future recrue. Mais Eunice était bien décidée à ne jamais se convertir, toujours pour la même raison que celle qui l'avait empêchée de faire tant de choses : la confession ne la gênait pas, car elle n'aurait rien débité d'autre que le flot habituel des mauvaises pensées et ambitions, mais une fois qu'elle aurait sauté le pas, elle serait tenue d'effectuer sa tournée de visites. Or elle ne savait que trop, pour avoir accompagné Joan, ce que cela impliquait. Lire. Attirer l'attention des personnes visitées sur certains points de *Suis mon étoile*. Trouver les passages appropriés dans la Bible. Argumenter en faisant de nombreuses références à des mots écrits.

— Je vais réfléchir, répondit-elle de sa voix pesante lorsque Joan lui posa la question fatidique. C'est une décision importante.

— Ce sera votre lumière vers Bethléem, vous ne le regretterez pas. Tenez-vous prête, car comme le voleur, c'est à une heure imprévue que viendra le Fils de l'Homme, mais la vierge folle a laissé sa lampe s'éteindre. Rappelez-vous ça, Eun.

Cette conversation se déroula par un après-midi froid et pluvieux, alors qu'Eunice avait marché jusqu'à l'épicerie pour prendre une tasse de thé, bavarder un peu et faire sa provision pour la semaine de barres chocolatées, qui étaient redevenues un élément indispensable de son alimentation. Au moment où Joan et elle sortaient ensemble du magasin, Jacqueline faisait de même de chez Mrs Cairne où elle était allée régler un problème de l'Institut Féminin. Elles ne la virent pas, mais Jacqueline, si, et bien que Joan ne fît que quelques pas à l'extérieur, il était évident qu'il ne s'agissait pas d'un simple au revoir de commerçant à client : avec son rire aigu, Joan donna à Eunice une de ces bourrades enjouées dont les femmes de son genre gratifient des amies en un geste d'amical reproche. Eunice reprit alors la direction de Lowfield Hall, et se retourna deux fois pour faire signe à Joan qui répondit en agitant frénétiquement la main.

Jacqueline démarra. Elle rattrapa Eunice juste au sortir du pont.

— Je ne savais pas que vous étiez amie avec Mrs Smith, dit-elle lorsque Eunice, à contrecœur, fut montée à côté d'elle.

— Je la vois pas mal, articula cette dernière.

Difficile de répondre à cela : Jacqueline ne se sentait pas le droit de dicter à sa bonne le choix de ses amis. Pas de nos jours. Ce n'était pas l'après-midi de congé d'Eunice, mais personne ne surveillait plus ses sorties depuis leur retour de vacances. On la laissait aller et venir à sa guise. Pourquoi pas, d'ailleurs ? Il en eût été autrement si elle avait négligé son service à Lowfield Hall, mais c'était loin d'être le cas. Là pourtant, Jacqueline, qui jusqu'à présent n'avait trouvé le moindre défaut à sa domestique et qui avait été abasourdie d'entendre le trouble exprimé par George quelque cinq mois auparavant, se sentit elle-même mal à l'aise. Eunice était assise à côté d'elle et enfournait ses chocolats. Non qu'elle mangeât bruyamment ou malproprement, mais n'était-il pas singulier qu'elle puisse ainsi ingurgiter et mâcher en silence sans penser à lui en offrir un ? Pour rien au monde, Jacqueline n'aurait pu avaler ce genre de chose, mais tout de même... Et ces salamalecs avec Mrs Smith, comme si elles étaient amies intimes. La crainte que George, s'il apprenait cela, ne réagisse trop énergiquement à son goût, la retint de lui en parler.

Au contraire, avec cette forme de perversité féminine qui lui était si particulière, elle porta Eunice aux nues, ce soir-là, faisant remarquer combien l'argenterie avait été bien astiquée.

À Galwich, Melinda Coverdale — sage ou folle — avait abandonné sa virginité à Jonathan Dexter. Cela se produisit un soir après qu'il l'eut invitée à partager une bouteille de vin dans sa chambre et que Melinda eut raté le dernier bus. Scénario cousu de fil blanc, bien entendu, qu'ils avaient l'un et l'autre secrètement appelé de leurs vœux toute la soirée, mais qui fournirait une bonne excuse à la conscience de Melinda le lendemain. Conscience qui ne la tourmenta en fait pas le moins du monde tant elle était heureuse : elle voyait Jonathan tous les jours, passait la plupart des nuits avec lui dans sa chambre et ne jeta le moindre coup d'œil ni sur les pronoms anglo-saxons ni sur l'histoire de la langue anglaise pendant quinze jours. Quant à Goethe, Jonathan avait trouvé ses Affinités électives ailleurs.

À Lowfield Hall, Jacqueline avait préparé quatre puddings de Noël, dont un devait être envoyé aux Caswall, pour qui emmener deux enfants en bas âge à Greeving créait trop de problèmes. Elle se demandait quoi acheter à George, car il avait déjà tout — elle aussi, d'ailleurs. Eunice la regarda glacer le gâteau et Jacqueline s'attendit à ce qu'elle évoque un souvenir quelconque, souvenir d'enfance ou d'ordre sentimental, lorsqu'elle plaça le petit Père Noël en plâtre, les petits rouges-gorges et le houx sur le sucre : elle se borna à espérer que le gâteau serait assez gros. Encore fallut-il lui demander son avis pour qu'elle ouvrît la bouche.

Sa déception de ne pas aller en Inde tua toute religiosité orientale en Giles. Ce voyage, de toute façon, aurait contrecarré ses projets avec Melinda. Il se voyait avec elle dans leur appartement, fervents catholiques tous deux mais devant souffrir le martyre pour préserver leur chasteté et leur vie d'abstinence. Peut-être deviendrait-il prêtre, et si Melinda entrait au couvent, ils demanderaient — disons deux fois par an — une dérogation spéciale pour pouvoir se rencontrer, humblement vêtus dans quelque petit café, sans oser même se toucher la main. Ou alors, comme Lancelot et Guenièvre, mais sans avoir partagé leurs plaisirs passés, se trouver chacun à une extrémité de la nef d'une église, s'adresser un long et douloureux regard, puis se retirer sans dire un mot. Même à lui ce fantasme parut quelque peu extrême. Avant de devenir prêtre, il devait devenir catholique, et il cherchait à Stantwich quelqu'un qui pût lui donner l'instruction nécessaire. Le latin et le grec auraient leur utilité, aussi Virgile et Sophocle reçurent-ils une attention supplémentaire. Il épingla une citation de Chesterton au mur et se mit à lire Newman.

L'hiver avait dépouillé bois et haies de leurs feuilles. Des mouettes suivaient en criaillant la charrue de Mr Meadows. La lumière magique du Suffolk devint pâle, opalescente, et le ciel, tandis que la terre semblait perdre le soleil, offrit un fond presque vert à une longue traînée de nuages jaune clair. *Le sang est mordu par le froid, les chemins se font rudes, et la nuit, le hibou aux yeux écarquillés crie*[1]. Accrochée à la cheminée des cottages, la fumée des feux de bois s'élevait en longues plumes grises.

— Que faites-vous, pour la Nativité de Notre Seigneur ? demanda Joan comme si elle invitait quelqu'un à une surprise-partie.

— Pardon ? fit Eunice.

— Pour Noël.

— Je reste à Lowfield Hall. Ils ont des invités.

— C'est quand même malheureux que vous soyez obligée de passer l'anniversaire du Seigneur au milieu de cette bande de pécheurs. Pas un pour rattraper l'autre. Mrs Higgs, tenez, celle qui est toujours en vélo, elle a dit à Norm que Giles était en train de fricoter avec des prêtres catholiques. Dieu ne veut sûrement pas que vous vous fassiez contaminer par une engeance pareille, ma chère.

— C'est qu'un gamin, fit Eunice.

— On ne peut pas en dire autant de son dépravé de beau-père qui vit avec une divorcée. Venir ici et accuser Norm de tripoter son courrier ! Ah, que l'infidèle n'invente-t-il pas pour persécuter l'élu ! Pourquoi ne vous joignez-vous pas à nous ? Ce sera une soirée calme, bien sûr, mais je peux vous garantir une bonne petite réfection et la compagnie d'amis affectueux.

Eunice accepta. Elles étaient à ce moment-là en train de prendre le thé dans le salon crasseux de Joan et le troisième ami affectueux fit son apparition en la personne de Norman Smith qui venait dîner. Au lieu de le servir, Joan se lança dans une redite de sa confession que la moindre allusion à d'autres personnes qui avaient — affirmait-elle — semblablement péché ne manquait pas de déclencher.

1. Shakespeare, Love's labour lost (Acte 5, Sc 2, Winter).

— Vous avez vécu une vie pure, Eun, si bien que vous ne pouvez pas comprendre ce que la mienne a été lorsque je livrais mon corps à tous les traîne-savate de Shepherd's Bush, lorsque je me soumettais sans broncher à leurs demandes les plus abjectes, à leurs désirs les plus innommables, et tout cela pour l'argent que mon mari ne pouvait fournir en quantité suffisante.

Le courage vint enfin à Norman. Il avait bu deux whiskies au *Blue Boar*. Il s'avança vers Joan et la gifla. Cette dernière, toute menue, en tomba de sa chaise avec un gargouillement.

Eunice leva sa lourde carcasse, s'approcha de Norman, le saisit par le cou comme un poulet tout en lui abattant l'autre main sur l'épaule.

— Laissez-la tranquille.

— Je suis obligé d'écouter ça ?

— Oui, si vous voulez pas que je vous étrangle.

Eunice joignit le geste à la parole. Sensation délicieuse qu'elle crut vaguement reconnaître. Norman grimaça sous sa poigne, les yeux exorbités, la bouche béante.

La confiance de Joan en sa garde du corps s'avérait justifiée.

Elle se redressa sur son séant.

— Avec l'aide de Dieu, fit-elle théâtralement, vous venez de me sauver la vie.

— Tu parles ! jeta Norman en se dégageant et en se massant la gorge. Vous m'écœurez toutes les deux, espèces de vieilles sorcières.

Joan se rehissa sur sa chaise pour faire l'état de ses blessures : un bas filé et ce qui pourrait se transformer en un léger œil au beurre noir. Norman ne lui avait pas vraiment fait mal. Il était trop faible et, au fond, il avait trop peur d'elle pour qu'il en fût autrement. Elle ne s'était même pas cogné la tête en tombant. Mais cette pichenette et cette chute provoquèrent un déclic en elle. Plus psychologique que physique, peut-être, et peut-être était-il lié aux changements glandulaires de la ménopause ? Quoi qu'il en soit, Joan changea. Peu à peu, bien sûr, sans que cela se vît, à l'exception, le soir même, d'une lueur plus brillante dans ses yeux et du timbre plus aigu de sa voix. Mais ce n'était que le début. Elle était au bord du gouffre de la folie, de la folie furieuse, et elle y chancela jusqu'à ce que, deux mois plus tard, un fanatisme exacerbé la fît basculer.

13

— Entrons par-devant, dit Eunice, de retour de la réunion des Épiphaniens.

Elle pressentait que Joan ne serait pas la bienvenue à Lowfield Hall, bien que cette dernière n'eût jamais abordé le sujet et eût affirmé, au contraire, lors de sa première venue, que les Coverdale ne verraient pas d'objection à ce qu'elle visite la maison parce qu'« on est tous amis, au village ». Eunice n'avait jamais entendu ni Jacqueline ni George faire état de leurs soupçons au sujet de leur courrier, mais son intuition bien particulière — et souvent incertaine — le lui faisait savoir, tout comme elle savait que si elle avait ramené Mrs Higgs, célèbre par sa bicyclette, ou Mrs Jim Meadows à la maison, ces dames eussent été fort bien reçues par n'importe lequel des Coverdale.

Joan ne comptait pas rester longtemps : elle était simplement passée se faire prendre ses mesures pour un projet secret de cadeau de Noël d'Eunice. Elles se trouvaient déjà dans l'escalier du haut lorsque la porte de la chambre de Giles s'ouvrit et qu'il sortit.

— Moi, il me paraît un peu demeuré, fit Joan en se débarrassant de son manteau lorsqu'elles furent dans la chambre d'Eunice. Un peu attardé, si vous voyez ce que je veux dire.

— Il ne dira rien, affirma Eunice.

Et là, elle se trompait.

Giles n'aurait effectivement rien dit si on ne lui avait rien demandé, ce n'était pas son genre. Il était descendu chercher son dictionnaire de grec qu'il pensait avoir laissé au petit salon. Là, il rencontra sa mère, seule, en train de suivre un concert à la télévision. George était sorti une demi-heure discuter avec le général sur la façon de contrer un projet d'édification de quatre nouvelles maisons sur un terrain sis à côté du pont de la rivière.

Jacqueline leva les yeux et lui sourit.

— Ah, c'est toi, chéri.

— Mmm, répondit-il en fouillant sous une pile de journaux du dimanche à la recherche de son Liddell & Scott.

— Il m'a semblé entendre quelqu'un à l'étage, mais c'était miss Parchman qui rentrait, j'imagine ?

Il venait parfois à l'esprit de Giles qu'il serait préférable de répondre au moins une fois par jour par une phrase entière, et non par un monosyllabe, à sa mère. Il l'aimait vraiment beaucoup. Alors, il se força. Il se redressa, les cheveux hérissés, avec ses boutons et sa myopie, l'air d'un jeune prof hirsute ployant sous le faix de ses livres.

— P't'être bien, fit-il de son habituelle manière évasive. Elle était avec la vieille du magasin.

— Quelle vieille du magasin ? Qu'est-ce que tu racontes, à la fin ?

Giles ne connaissait le nom de personne, au village. Il n'y allait jamais, s'il pouvait l'éviter.

— La folle qu'a les cheveux jaunes, expliqua-t-il.

— Mrs *Smith* ?

Giles répondit par un signe de tête affirmatif et se dirigea vers la porte, le dictionnaire déjà ouvert, marmonnant quelque chose que Jacqueline crut être « anathème, anathème ». Elle perdit patience, oubliant le mot qu'il venait de prononcer et sa signification.

— Giles, chéri, tu ne dois pas traiter les gens de fous ! Dis, attends une minute, *s'il te plaît*. Tu ne pourrais pas rester un peu avec nous ici, quelquefois, le soir ? Tu n'as pas à ce point du travail, tout de même. D'autant que tu arriverais à le faire les yeux fermés. Tu vas devenir un véritable ermite, comme cet homme qui restait assis en haut de sa colonne, si tu continues !

Il hocha de nouveau la tête. La remontrance, la sommation et la flatterie de sa mère furent autant de paroles perdues. Il se plongea dans un abîme de réflexion en grattant un de ses boutons.

— Saint Siméon le Stylite, trouva-t-il enfin.

Et il sortit lentement de la pièce en laissant la porte ouverte.

Exaspérée, Jacqueline la claqua. Le concert était terminé. Pendant un moment, elle resta assise à songer combien elle aimait son fils, combien elle était fière de sa réussite scolaire, combien elle fondait d'espoirs en lui — mais aussi combien elle aurait été plus heureuse s'il avait ressemblé davantage aux enfants de George. Et puis, comme il était inutile d'essayer de faire quoi que ce soit pour lui maintenant — il deviendrait sûrement normal et gentil, un jour — elle en revint à ce qu'il avait dit. Joan Smith. Mais avant qu'elle eût vraiment le temps d'y réfléchir, George arriva.

— Bon, je crois qu'on va pouvoir leur mettre des bâtons dans les roues. Ou bien ce terrain est un site classé, ou il ne l'est pas. S'il y a enquête publique, nous devrons tous nous regrouper et commettre un avocat. Tu dis que le conseil de paroisse y est aussi farouchement opposé ?

— Oui, répondit Jacqueline. George, Mrs Smith,

l'épicière, est en haut. Elle est venue avec miss Parchman.

— Il me semblait bien que j'avais vu la fourgonnette des Smith dans l'allée. Quelle barbe !

— Chéri, je ne veux pas d'elle chez nous. C'est peut-être idiot, mais j'en suis malade, de la savoir ici. Elle raconte à tout le monde que Jeffrey a divorcé à cause de toi, qu'il est alcoolique, des trucs de ce genre. Et je suis sûre qu'elle a ouvert la dernière lettre d'Audrey.

— Il n'y a rien d'idiot là-dedans. Cette femme est une calamité. Tu lui as dit quelque chose ?

— Non, c'est Giles qui l'a vue.

George ouvrit la porte, au moment précis où Eunice et Joan redescendaient en catimini dans le noir. Il alluma la lumière et leur bloqua le passage.

— Au revoir, Mrs Smith.

Eunice en resta interdite. Pas Joan.

— Oh, bonsoir, Mr Coverdale. En voilà, un bout de temps qu'on ne s'était pas vus. Ça pique, dehors, pas vrai ? Enfin, c'est normal, à cette époque de l'année.

George ouvrit la porte d'entrée et la lui tint grande ouverte.

— Bonne nuit, jeta-t-il sèchement.

— Bye-bye ! glousse-t-elle en filant comme une écolière qui aurait été prise en train de faire le mur.

Il referma la porte, pensif, et se retourna : Eunice avait disparu. Mais le lendemain matin, avant le petit déjeuner, il alla la trouver dans la cuisine. Elle n'était pas en train de lui bichonner sa chemise, cette fois, mais de préparer des toasts. Il l'avait d'abord crue réservée, et avait imputé toutes ses bizarreries à sa timidité. Mais à présent, il se rendait compte, comme une fois six mois auparavant, de l'atmosphère désagréable qui régnait partout où elle se trouvait. Elle se retourna pour le regarder avec le même œil mauvais que la vache dont il avait un jour trop approché le veau. Elle ne dit pas bonjour, n'articula pas une parole, car elle savait pourquoi il venait. Un violent sentiment de répulsion s'empara de lui. Il se prit à regretter le temps de la cuisine en désordre, des casseroles de la veille non lavées et de la jeune fille au pair noyée dans la pagaille.

— J'ai malheureusement quelque chose de désagréable à vous dire, miss Parchman, aussi essaierai-je d'être bref. Ma femme et moi ne voulons pas nous mêler de votre vie privée, et vous êtes libre d'avoir les amis que vous voulez. Mais vous devez savoir que nous ne tenons pas à ce que Mrs Smith vienne ici.

Pauvre George, il était pompeux — mais qui ne l'aurait pas été en pareille circonstance ?

— Elle fait rien de mal, grogna Eunice que quelque chose retint de dire Monsieur — Elle ne devait plus jamais appeler George Monsieur, ni Jacqueline Madame.

— C'est à moi d'en juger, mais vous avez le droit de connaître les raisons de mon refus. Peut-on sérieusement dire qu'une personne ne fait rien de mal quand elle est connue pour répandre d'infâmes calomnies sur les gens et, disons, qu'elle profite de la situation de postier de son mari pour commettre des indélicatesses ? Voilà, c'est tout. Je ne vous empêche pas d'aller voir Mrs Smith chez elle, bien sûr, ça ne me regarde pas. Mais je ne veux plus qu'elle vienne ici.

Eunice ne posa pas de questions, n'essaya pas de se défendre. Elle haussa ses massives épaules, se détourna et tira la grille du grille-pain sur laquelle se trouvaient trois toasts complètement calcinés.

George n'attendit pas. Mais en quittant la cuisine, il fut certain de l'entendre dire :

— Regardez ce qu'il m'a fait faire !

Il en parla à Giles, dans la voiture. Parce que c'était Giles qui était là, que cette affaire le turlupinait et que, de toute façon, il se creusait toujours la tête pour trouver un sujet de conversation avec le gosse.

— Tu sais, ça me coûte vraiment de le dire, mais il y a quelque chose de très déplaisant chez cette femme. Je ne devrais peut-être pas parler comme ça devant toi, mais tu es assez adulte pour le ressentir aussi. Je cherche le mot pour la décrire.

— Répulsive.

— C'est tout à fait ça ! (George était tellement ravi non seulement de l'adjectif, mais du fait qu'il ait été spontanément proposé par Giles, qu'il quitta un instant la route des yeux et dut faire un brusque écart pour éviter le vieux labrador de Mr Meadows qui trottait en plein milieu de la route.) Eh, regarde où tu mets les pattes, espèce de gâteux ! l'apostropha-t-il avec un mélange de soulagement et d'affection. Répulsive, c'est le mot. Elle me donne des frissons dans le dos. Mais qu'est-ce qu'on peut y faire, hein, mon gars ? La prendre comme elle est, je suppose.

— Mmm.

— Bon, d'un autre côté, j'exagère peut-être parce qu'elle m'a énervé. Elle décharge ta mère d'un poids énorme de travail.

— Mmm, répéta Giles en ouvrant sa sacoche et en se mettant à marmonner des vers d'Ovide.

Déçu, mais bien conscient du fait que cette contribution inspirée à son monologue n'aurait hélas pas de suite, George poussa un soupir et abandonna. Avec à l'esprit une très désagréable pensée : si Eunice avait su conduire et si elle avait été au volant cinq minutes plus tôt, il était intuitivement convaincu qu'elle n'aurait pas cherché à éviter le chien. Ou même l'enfant si c'en avait été un.

Jacqueline laissa un mot dans la cuisine pour prévenir qu'elle serait absente toute la journée. Elle n'avait pas envie de voir Eunice, en haut, qui faisait la salle de bains « des enfants ». Elle regrettait, à présent, que Giles lui eût dit qu'il avait vu Joan Smith, et plus encore d'en avoir parlé à George sans réfléchir. Eunice pourrait partir, ou menacer de le faire. Jacqueline traversa le village en direction de la maison des Jameson-Kerr. Quand elle vit les vitres graisseuses, la poussière partout, les mains rougies et rêches de son amie, elle se dit qu'elle devait garder sa domestique à tout prix, et que la présence occasionnelle de Joan Smith n'en serait qu'un petit prix à payer.

Joan vit passer la voiture, elle enfila son manteau en laine bouclée.

— C'est reparti pour Lowfield Hall, hein ? jeta Norman. Je me demande pourquoi tu ne vas pas vivre là-bas avec miss Frankenstein.

Bien qu'elle l'eût fait dans le passé, Joan ne déversait plus de boniment biblique sur son mari. C'était la seule personne de son entourage à y échapper.

— Je te défends de l'insulter ! Si elle avait pas été là, je serais peut-être morte, maintenant.

En mastiquant son chewing-gum, Norman plongea les yeux dans un de ses sacs.

— Pas la peine de faire tant d'histoires pour une simple chiquenaude.

— Si elle avait pas été là, cria Joan avec un éclair d'esprit, c'est pas derrière les grilles de ton guichet que tu te trouverais en ce moment.

Elle sauta dans la fourgonnette et franchit le pont en trombe. Eunice était dans la cuisine, occupée à charger la machine à laver de draps, de chemises et de linge de table.

— Je l'ai vue passer en voiture, alors je me suis dit que je pourrais faire un saut. Comment ça s'est terminé, hier ?

Eunice referma le couvercle de la machine et mit la bouilloire sur le feu.

— Il a juste dit que vous remettiez plus les pieds ici.

La réaction de Joan fut explosive.

— Je le savais ! Je le voyais venir gros comme une maison ! C'est pas la première fois qu'on persécute les serviteurs de Dieu, Eun, et ce sera pas la dernière ! (Un grand geste de son bras grêle manqua de peu le pot à lait.) Regardez ce que vous faites pour eux ! Toute peine ne mérite-t-elle pas salaire ? Il devrait vous payer deux fois plus cher, si vous n'aviez pas cette petite chambre de rien du tout, là-haut. Il y réfléchit pas, à ça. Alors c'est comme si vous étiez en location, chez lui. Depuis quand un propriétaire a-t-il le droit de se mêler des amitiés des locataires ? (Sa voix devint stridente.) Même sa fille dit à tout le monde que c'est un fasciste. Sa propre famille le fuit ! Malheur à celui qui méprise le Seigncur !

Peu émue par cette diatribe, Eunice gardait les yeux obstinément fixés sur la bouilloire. Pas le moindre élan d'affection pour Joan ne s'éleva en elle, pas le moindre sentiment de solidarité. Rien de cette passion qui vous transporte quand les droits fondamentaux d'un proche sont menacés. Ce qu'elle ressentait seulement — et qu'elle ressentait depuis la nuit précédente —, c'est qu'on était venu faire acte d'ingérence dans sa vie. Alors elle dit enfin, de cette voix forte et monocorde qui était la sienne :

— Je ferai comme ça me plaît.

Joan laissa échapper un petit rire aigu. Elle était ravie, elle en balbutia d'excitation :

— Bravo, Eun ! Ça, c'est parler ! Matez-le, qu'il comprenne que tous les gens ne sont pas à sa botte.

— Je vais faire le thé, dit Eunice. Jetez donc un coup d'œil sur ce mot qu'elle a mis, j'ai laissé mes lunettes en haut.

14

Depuis la rentrée, Melinda n'était revenue que deux fois à la maison. Mais le trimestre était terminé, à présent. Jonathan allait passer les fêtes de fin d'année en Cornouaille avec ses parents. Elle avait été invitée, mais il en aurait fallu davantage à Melinda que d'être amoureuse pour ne pas passer Noël à Lowfield Hall. Ils se séparèrent en se promettant de se téléphoner tous les jours et de s'écrire souvent, puis Melinda monta dans le train de Stantwich.

Ce fut de nouveau Geoff Baalham qui la prit à Gallows Corner. La coïncidence n'avait rien d'extraordinaire, vu que Geoff revenait toujours de sa tournée de livraison d'œufs vers cette heure-là. Mais le 18 décembre, il faisait noir à 5 heures. Les vitres de la camionnette étaient relevées, le chauffage allumé, et Melinda portait un afghan brodé et une grande toque en fourrure. Seules les bottes n'avaient pas changé.

— Salut, Melinda. Tu te fais rare, dis donc ! Me dis pas que c'est tes études qui t'ont empêchée de rentrer.

— Quoi d'autre, alors ?

— Un nouveau petit ami — c'est ce que j'ai entendu dire, du moins.

— On peut jamais rien garder pour soi, dans ce patelin. Bon, alors, quoi de neuf ?

— Barbara est enceinte. Il va y avoir un petit Baalham de plus en juillet. Tu me vois père de famille, Melinda ?

— Tu seras fantastique. Je suis ravie, Geoff. Embrasse Barbara pour moi.

— Je n'y manquerai pas. Quoi d'autre ? Ma tante Nellie est tombée de son vélo et doit rester couchée. Tu sais que ton père a flanqué dehors Mrs Smith ?

— Tu plaisantes ?

— C'est vrai. Il l'a piquée en train de redescendre en douce avec votre bonne, il lui a dit de ne plus remettre les pieds chez vous, et puis il l'a jetée dehors. Elle a des bleus partout, à ce qu'on raconte.

— Quel facho ! C'est dégueulasse !

— Peut-être pas tant que ça, quand tu penses à ce qu'elle colporte sur ta mère et qu'en plus, elle ouvre leur courrier — à ce qu'on raconte, encore une fois. Bon, c'est ici que je te laisse. Dis à ta maman que je lui apporterai les œufs à la première heure lundi matin.

Geoff retourna vers Barbara et vers les poules en pensant à Melinda, combien elle était jolie — ah, ce chapeau de fourrure ! Sacrément verni, son petit copain !

— Paraît que t'as fichu Mrs Smith dehors et que tu lui as fait des bleus partout ? cria Melinda en entrant comme une furie dans le petit salon où George, qui avait couvert la moquette avec un drap, nettoyait ses fusils parce qu'il faisait trop froid dans la salle d'armes. Dis-moi que c'est pas vrai !

— Voilà une jolie manière de dire bonjour à ton père que tu n'as pas vu depuis un mois, fit-il en se levant pour lui donner un baiser. Tu as l'air en pleine forme. Comment va ton petit ami ? Bon, maintenant, qu'est-ce que c'est que cette histoire ? J'ai esquinté Mrs Smith, moi ?

— D'après Geoff Baalham, oui.

— C'est ridicule, voyons. Je ne l'ai même pas touchée, cette femme. Tout ce que je lui ai dit, c'est bonne nuit. Tu devrais commencer à connaître les ragots du village, Melinda.

Elle jeta sa toque sur un fauteuil.

— Mais tu lui as bien interdit de remettre les pieds ici, papa ?

— Alors là, certainement !

— Et la pauvre miss Parchman, alors ? On n'est plus au temps des serfs, pour vouloir régenter comme ça ses amitiés. On s'inquiétait qu'elle ne voie jamais personne ou n'aille nulle part, et maintenant qu'elle a une amie, tu la vires de la maison. C'est *honteux* !

— Melinda... commença George.

— Alors moi, je serai très gentille, avec elle. Je serai aux petits soins. Parce que je ne supporte pas l'idée qu'elle n'ait pas d'amie.

— Il vaut mieux être seul que mal accompagné, jeta malicieusement George.

Il rigola tandis que Melinda sortait, furibonde.

Ce soir-là, Melinda déclencha un engrenage tragique qui devait mener directement à sa mort, à celles de son père, de sa belle-mère et de son beau-frère. Elle s'y engagea parce qu'elle était amoureuse, et que si le monde aime les amoureux, il est encore plus vrai que les amoureux aiment le monde : c'est parce qu'elle aimait qu'elle eut envie de répandre un peu d'amour et de bonheur. Son drame fut d'en faire bénéficier Eunice Parchman.

Après dîner, elle se leva vivement de table et, au grand étonnement de Jacqueline, aida Eunice à débarrasser. Grand étonnement d'Eunice, aussi, et même consternation : elle voulait finir la vaisselle à temps pour regarder son feuilleton de 8 heures sur les flics de Los Angeles, mais voilà que cette sauterelle venait s'agiter autour d'elle et mélangeait les assiettes pleines de jus avec les verres à eau. Elle ne lui dirait pas un mot, pas un seul, comme ça elle finirait par comprendre, la sauterelle, et par s'en aller.

Les manières extraverties de Melinda n'étaient pas dépourvues d'une forme de délicatesse, d'un certain tact : elle sentit qu'il serait malhonnête envers son père de parler des événements du dimanche. Elle se lança donc sur un autre sujet, sans se douter qu'elle n'aurait pu en trouver de plus mauvais — sauf un, peut-être.

— Vous vous appelez Eunice, n'est-ce pas, miss Parchman ?

— Oui.

— C'est un prénom biblique, comme vous le savez sûrement. D'origine grecque, je crois. Eunicée, ou peut-être Eunikê. Faudra que je demande à Giles, je n'ai pas pris grec à l'école.

Une assiette atterrit avec rudesse dans le lave-vaisselle. Melinda, elle-même plutôt brusque, n'y prêta pas attention. Elle s'assit sur la table.

— Je vérifierai. C'est l'Epître de Timothée, je pense. Oui, c'est ça ! Eunikê, mère de Timothée.

— Vous êtes assise sur mon torchon.

— Oh, excusez-moi. Je regarderai, mais il me semble que ça parle de « ta mère Eunice et ta grand-mère Lois ». Votre mère ne s'appelle pas Lois, par hasard ?

— Edith.

— Ah, ça, ce doit être anglo-saxon. C'est fascinant, les prénoms, n'est-ce pas ? J'adore le mien. Je trouve que mes parents ont eu très bon goût de nous appeler Peter, Paula et Melinda. Peter vient la semaine prochaine, il vous plaira. Si vous aviez eu un fils, vous l'auriez appelé Timothée ?

— J'en sais rien, grommela Eunice qui se demandait pourquoi elle était soumise à une telle persécution.

Avait-elle été envoyée par George Coverdale ? Ou faisait-elle cela pour se moquer ? Sinon, pourquoi cette péronnelle n'arrêtait-elle pas de sourire et de rigoler ? Elle passa rageusement le chiffon sur les éléments de la cuisine et vida l'évier.

— C'est quoi, votre prénom favori ? demanda sa tortionnaire.

Eunice ne s'était jamais posé la question. Les seuls qu'elle connût étaient ceux de ses parents, de ses rares connaissances, et ceux qu'elle avait entendus à la télévision. C'est de là, en désespoir de cause, qu'elle tira une réponse : celui de son héros, dont elle allait manquer la dernière aventure si elle n'activait pas les choses.

— Steve.

Elle accrocha son torchon et quitta la cuisine d'un pas martial. L'effort intellectuel auquel elle venait d'être soumise l'avait épuisée.

Melinda n'était pas mécontente. La pauvre vieille Parchman n'avait certes pas digéré l'affaire Joan Smith, mais ça lui passerait. La glace avait été rompue, et Melinda avait bon espoir qu'un certain rapport s'établirait entre elles avant la fin de ses vacances.

— Eu-ni-kê, épela Giles quand elle lui posa la question. Ça me rappelle l'histoire du type qui prend une cuite dans une boum, qui rentre chez lui à 3 heures du mat et qui se retrouve dans le hall d'un immeuble. Alors il regarde les noms, il voit un certain S.T. Paul, il sonne, et quand le gars descend, tout endormi dans son pyjama, il lui sort : « Dites, vous recevez des fois des réponses à vos épîtres ? »

Il se tordit de sa propre blague puis s'arrêta brusquement : ce genre de plaisanterie n'était peut-être pas de bon goût pour un futur converti.

— T'es fou, frangin.

Melinda ne se rendait pas compte — et ne se rendrait jamais compte — qu'elle était la seule personne avec qui Giles daignait aligner plusieurs phrases à la suite. Elle ne pensait qu'à Eunice sur laquelle elle se précipita, le lendemain, armée d'une bible, et le surlendemain d'un dictionnaire des noms propres. Elle lui prêta des magazines, lui apporta le journal du soir que son père ramenait à la maison, et montait complaisamment lui chercher ses lunettes quand Eunice disait, comme toujours, qu'elle ne les avait pas avec elle.

Pour Eunice, ce harcèlement dépassait les bornes. C'était déjà pénible de voir Melinda et Giles se balader dans la maison toute la journée, ce qui empêchait Joan Smith de venir la voir. Mais maintenant, cette Melinda s'incrustait dans « sa » cuisine, ou la « suivait comme un toutou », comme elle avait dit à Joan. Et ces bouquins, ces journaux qu'elle ne cessait de lui fourrer sous le nez la mettaient perpétuellement au supplice. Cela, par contre, elle le garda pour elle.

— Vous comprenez ce qui se passe, en fait, Eun ? Ils ont honte de leur détestable comportement, alors, ils envoient cette fille vous passer de la pommade.

— Tout ce que je sais, grommela Eunice, c'est qu'elle me tape sur les nerfs.

Nerfs qui commençaient à lui jouer des tours, selon sa propre expression, comme jamais auparavant. Mais elle était impuissante devant Melinda, cette excitée à qui on ne pouvait pas couper le sifflet. Une ou deux fois, même, pendant que Melinda lui tenait la jambe avec ses histoires de noms, de Bible, de Noëls ou de famille, elle essaya d'imaginer ce qui arriverait si elle prenait un de ces longs couteaux de cuisine et s'en servait. Non pour réfléchir, Eunice restant Eunice, à ce que feraient les Coverdale ou au sort qu'on lui réserverait, juste pour en contempler les conséquences immédiates : cette langue réduite au silence, ce long cou blanc tout maculé de sang...

Le 23, Peter et Audrey Coverdale arrivèrent.

Peter était un grand et bel homme de trente et un ans. Il avait un faible pour sa mère par rapport à son père. Sa femme et lui n'avaient pas d'enfant, par choix délibéré probablement, car Audrey se consacrait à sa carrière de bibliothécaire en chef dans l'université où lui était professeur d'économie politique. Audrey était très attachée à Jacqueline. C'était une femme élégante, bien mise, qui se piquait d'intellectualisme. De quatre ans plus âgée que son mari, elle n'était que de sept ans la cadette de Jacqueline. Avant d'entreprendre sa formation de bibliothécaire, elle avait été à la Royal Academy of Music, où Jacqueline avait elle-même suivi des cours avant son mariage. Les deux femmes lisaient les mêmes livres, avaient une passion commune pour l'opéra mozartien et prémozartien, adoraient la mode et parler chiffons. Elles s'écrivaient régulièrement. Les lettres d'Audrey faisaient partie de celles qui étaient examinées par Joan Smith.

Ils n'étaient pas arrivés depuis plus de dix minutes que Melinda insista pour les emmener à la cuisine et les présenter à Eunice.

— Elle fait partie de la famille. Il ne faut pas la traiter comme un appareil ménager, ce serait facho.

Eunice leur serra la main.

— Allez-vous partir pour Noël, miss Parchman ? demanda Audrey qui se flattait, comme Jacqueline, d'avoir en réserve des petites phrases adaptées aux gens de toute condition.

— Non.

— C'est dommage ! Pas pour nous, bien sûr : le malheur des uns fait le bonheur des autres. Je dis ça parce qu'en général, les gens aiment bien passer les fêtes en famille.

Eunice lui tourna le dos et sortit les tasses de thé.

— Où as-tu déniché cette horrible femme ? demanda plus tard Audrey à Jacqueline. Elle me donne la chair de poule, elle n'est pas humaine.

Le rouge monta aux joues de Jacqueline comme si elle avait été personnellement insultée.

— Décidément, tu es bien comme ton père. Ce n'est pas pour me faire une amie que j'ai pris une domestique. Je la veux exactement comme elle est : merveilleusement efficace et discrète. Elle connaît son boulot.

— Un vrai boa constrictor, commenta Audrey.

Noël arriva.

George et Melinda apportèrent du houx pour décorer Lowfield Hall. Au lustre du salon, pendait une boule de gui offerte par Mr Meadows sur les chênes duquel elle avait poussé. Plus d'une centaine de cartes arrivèrent pour les Coverdale et Melinda parvint ingénieusement à les suspendre toutes sur des ficelles. Giles n'en reçut que deux pour lui, une de son père et une de son oncle. Il les trouva si moches qu'il décida de ne pas les épingler à son panneau de liège où trônait la citation du mois : « L'amour de soi est l'amour de toute une vie. » Melinda tressa des guirlandes en papier rouge vif, vert émeraude, bleu cru et jaune citron, exactement les mêmes qu'elle faisait depuis quinze ans. Jacqueline les appréciait à peu près autant que son fils ses cartes de vœux, mais pour rien au monde elle ne le lui aurait dit.

Le jour de Noël, le salon avait pris un air de gala.

Les hommes en smoking, les femmes en robe longue. Celle de Jacqueline en velours crème, Melinda dans une création plutôt décatie des années 20 en crêpe de Chine bleu nuit brodé de perles qu'elle avait achetée à la friperie d'Oxfam. Ils ouvrirent les cadeaux, jonchant le sol de papiers colorés et chatoyants. Pendant que Jacqueline sortait de son emballage le bracelet en or que George lui avait offert et que Giles regardait presque avec enthousiasme l'édition complète de Gibbon en six volumes, Melinda défaisait le paquet du cadeau de son père.

C'était un magnétophone.

15

Tout le monde buvait du champagne, même Giles. Sa mère avait réussi à le convaincre de descendre, et il s'était résigné à contrecœur à rester en bas toute la journée. Ce serait pire encore le lendemain, avec cette saleté de soirée. Pour ça, Melinda était bien d'accord avec lui : au diable les urtiCairne, jolis-Kerr et Roy-s'étonne ! Elle était assise à côté de lui et lui expliquait combien Jonathan était merveilleux. Giles n'en fut pas trop chagriné : Byron, après tout, ne se laissait guère troubler par l'existence du colonel Leigh, et puis ce Noël serait moins indigeste si des conciliabules de ce genre avec Melinda devenaient la règle. Il s'imaginait que les autres avaient remarqué leur intimité, qu'ils étaient impressionnés par tant de mystère.

Loin de remarquer quoi que ce soit au sujet de son fils sinon que — pour une fois — il était là, Jacqueline songeait qu'il ne manquait plus qu'une personne pour que la maisonnée fût vraiment au complet.

— Je crois quand même, dit-elle, que nous devrions inviter miss Parchman à déjeuner avec nous.

Un murmure de réprobation s'éleva de tous, sauf de Melinda.

— Cette sorcière ? se récria Audrey tandis que son

mari faisait remarquer que Noël était censé être jour de réjouissances.

— Et de paix et d'esprit charitable, renchérit George. Je ne trouve pas cette femme particulièrement sympathique, comme vous le savez tous, mais Noël, c'est Noël, et je n'aime pas l'idée de la savoir en train de déjeuner toute seule là-bas.

— Je suis vraiment heureuse de voir que tu penses comme moi, chéri. Je vais tout de suite la chercher, et puis je rajouterai moi-même un couvert.

Mais Eunice resta introuvable. Elle avait mis la cuisine en ordre, préparé les légumes, et filé à l'épicerie du village. Là, dans l'arrière-boutique — vierge de houx et de guirlandes en papier —, elle, Joan et un Norman toujours plus sombre et renfrogné, déjeunèrent d'un poulet rôti accompagné de petits pois surgelés et de pommes de terre en conserve, le tout suivi d'un pudding de Noël qui venait du magasin. Elle mangea de bon appétit, bien qu'elle eût aimé des saucisses aussi. Joan en avait fait cuire, mais elle avait oublié de les servir : Norman, intrigué par une odeur bizarre, les retrouva moisies dans le grill une semaine plus tard. Ils burent de l'eau et du thé fort. Norman avait acheté de la bière, mais Joan l'avait jetée à la poubelle juste avant le passage des éboueurs. Elle s'extasia devant le pull rose saumon qu'Eunice lui avait tricoté, se hâta de l'enfiler et prit de grotesques poses de mannequin pour s'admirer devant le miroir maculé de traces de doigts. Eunice reçut une immense boîte de chocolats et un cake du magasin.

— Vous revenez demain, n'est-ce pas, ma chère ? demanda Joan.

C'est ainsi qu'Eunice passa également le lendemain de Noël chez les Smith, laissant Jacqueline se débrouiller seule avec la nourriture et les boissons pour les trente invités qui vinrent ce soir-là. Ce qui produisit un curieux effet double sur Jacqueline. D'un côté, c'était comme un retour au temps où elle avait tout le travail de la maison sur les bras, et elle en apprécia Eunice presque plus que si elle avait été là : voilà ce qui arriverait de façon définitive si elle rendait son tablier. De l'autre, pourtant, elle vit pour la première fois sa domestique comme George, Audrey et Peter la voyaient : un être fruste et rustre qui n'en faisait qu'à sa tête, qui se pensait tellement nécessaire aux Coverdale qu'elle les tenait dans le creux de sa main.

Après le Nouvel An, Peter et Audrey rentrèrent à la maison. Ils avaient proposé à Melinda de venir avec eux pour sa dernière semaine de vacances, mais elle avait refusé. Elle était soucieuse, et chaque jour qui passait ajoutait à son angoisse. Sa joie de vivre l'avait quittée, elle errait comme une âme en peine dans la maison et refusait toutes les invitations de ses amis du village. George et Jacqueline s'imaginèrent qu'elle se languissait de Jonathan et évitèrent avec tact de lui poser des questions.

Melinda leur en fut profondément reconnaissante. Si ses craintes étaient fondées — et elles devaient l'être, maintenant — il faudrait bien finir par les mettre au courant. À moins qu'elle pût se tirer de là sans que George en sache rien ? Les enfants comprennent leurs parents aussi mal que les parents leurs enfants. Melinda avait eu une enfance heureuse avec un père aux petits soins, mais sa façon de penser était contaminée par l'attitude de ses amis vis-à-vis de leurs parents à eux : les parents, c'était intolérant, c'était pudibond, ça aussi, et aucune expérience personnelle ne pouvait anéantir cette conviction. Elle était la préférée de George ? Justement, il serait d'autant plus amer et déçu d'apprendre une chose pareille. L'amour idéaliste qu'il portait à sa fille se changerait en dégoût. Elle imaginait son visage, sévère et pourtant incrédule, au moindre soupçon de cet ordre sur sa petite dernière, sa petite fille. Pauvre Melinda. Elle aurait été sidérée de savoir que George se doutait depuis longtemps que sa liaison avec Jonathan n'était pas platonique, qu'il la regrettait mais l'acceptait avec philosophie du moment qu'il sentait amour et confiance entre eux.

Chaque jour, bien sûr, elle avait eu de longues conversations téléphoniques avec Jonathan — la note allait être salée pour George — sans faire la moindre allusion. Le 4 janvier pourtant, elle décida de se jeter à l'eau. Ce serait difficile, mais moins quand même que de le dire à son père. Elle avait certes lu dans les romans et les magazines, entendu raconter par les vieilles du village, ce que ce genre d'aveu entraînait : l'amant ne vous aimait plus, vous laissait tomber, ne voulait pas savoir ou, au mieux, se déchargeait de ses responsabilités en affirmant que c'était tout de votre faute. Mais il fallait qu'elle parle : elle ne pouvait continuer un jour de plus à porter seule un secret aussi lourd. D'autant que ce matin, elle avait eu de violentes nausées au réveil.

Elle attendit que George fût allé au travail et Jacqueline partie avec Giles à Nunchester dans la seconde voiture. Jacqueline supposait que son fils l'avait accompagnée pour rendre visite à un ami — un ami, enfin ! — pendant qu'elle faisait les courses, alors qu'en fait il allait assister à sa première séance de catéchisme chez le Père Madigan. Eunice faisait les lits à l'étage. Il y avait trois téléphones à Lowfield Hall, un dans le salon, un dans le hall et un près du lit de Jacqueline. Melinda choisit celui du salon, mais alors qu'elle rassemblait tout son courage pour appeler, le téléphone sonna. C'était Jonathan.

— Une seconde, Jon. Je vais fermer la porte.

C'est à cet instant précis, tandis que Jonathan patientait et avait posé le combiné pour allumer une cigarette, et que Melinda fermait la porte, qu'Eunice décrocha le téléphone dans la chambre de Jacqueline. Elle s'intéressait trop peu à Melinda, qui l'énervait au plus haut point avec ses attentions, pour chercher délibérément à surprendre ses conversations. Elle souleva tout simplement le combiné pour épousseter correctement l'appareil. Mais quand elle entendit les premières paroles de la jeune fille, elle comprit qu'il serait bon d'écouter.

— Jon, c'est la catastrophe ! Je vais te l'avouer sans détour, bien que j'aie la trouille : je suis enceinte, c'est sûr. J'ai eu la nausée ce matin et j'ai près de quinze jours de retard. Tu te rends compte, si papa ou Jackie s'en aperçoivent ? Papa sera tellement choqué qu'il ne voudra plus me voir. Qu'est-ce que je vais devenir, moi ?

Elle était au bord des larmes. La gorge serrée de sanglots qui n'allaient pas tarder à éclater, elle s'attendait à un silence de stupeur à l'autre bout de la ligne.

— Eh bien tu as deux possibilités, Mel, fit Jonathan d'une voix très calme.

— Ah ? Lesquelles ? À part m'enfuir et mourir, je ne vois pas.

— Ne dis pas de bêtises, chérie. Tu peux te faire avorter, si tu le veux vraiment...

— Ils l'apprendront, tu parles : imagine que je ne puisse pas me faire prendre en charge par la Sécurité sociale, que je doive trouver l'argent, qu'on me demande des renseignements sur ma famille, ou...

Melinda était en train de craquer. Prise de panique comme la plupart des femmes en pareille situation, elle se révoltait contre le piège de son propre corps. Eunice fit une moue méprisante. Elle ne supportait pas ces jérémiades — niaiserie, que tout ça. Peut-être fut-ce autre chose aussi, une pointe de jalousie ou d'amertume quelque part, qui lui fit reposer le combiné. Reposer, pas raccrocher : ce serait imprudent avant la fin de la conversation. Elle s'éloigna pour aller épousseter la coiffeuse et n'entendit donc pas la suite.

— Je n'aime pas l'idée de l'avortement, dit Jonathan. Alors reprends-toi, Mel, du calme. Je voulais t'épouser, de toute façon. Je pensais seulement qu'il valait mieux attendre qu'on ait chacun nos diplômes, un boulot, et tout le tintouin. Mais ça ne fait rien : marions-nous tout de suite.

— Oh, Jon, comme je t'aime ! C'est vrai, on se marie ? Il faut quand même que je les prévienne, bien qu'on ait tous les deux plus de dix-huit ans, mais...

— Il n'y a pas de mais. On se marie et on aura notre bébé, ce sera super. Viens à Galwich demain au lieu d'attendre la semaine prochaine. Moi, je rentre en stop. Tu t'installes dans mon appart et on fera tous nos projets, d'accord ?

C'était plus que d'accord pour Melinda dont les sanglots de désespoir se transformaient en balbutiements de joie. Elle rejoindrait Jonathan le lendemain en racontant à George qu'elle allait chez sa copine à Lowestoft. C'était affreux de lui mentir, mais c'était pour une bonne cause : mieux valait attendre la publication des bans pour le lui dire. Et ainsi de suite. Elle ne fut pas malade le 5 janvier. Avant même que ses valises fussent bouclées, elle savait que ses craintes avaient été infondées, les symptômes venant sans doute de son angoisse et leur cessation de son soulagement. Elle partit néanmoins et prit un taxi depuis la gare jusqu'à l'appartement de Jonathan, tout impatiente de lui apprendre que finalement, elle n'attendait pas de bébé.

De détenir le secret de quelqu'un rappela à Eunice le temps où elle avait fait chanter l'homosexuel et, bien entendu, Annie Cole. Une qui aurait été ravie de l'apprendre, c'était Joan Smith. Joan, qui en voulait toujours à Eunice de ne rien lui révéler de la vie privée des Coverdale. Mais elle ne lui dirait pas cela non plus. Un secret que l'on partage n'est plus un secret, surtout avec une personne comme Joan Smith qui s'empresserait de le chuchoter à l'oreille des quelques clients qui lui restaient. Non, Eunice allait le garder sous clé dans le fichier de son cerveau. On ne sait jamais, ça peut servir, ce genre de chose.

Si bien que le lendemain soir, lorsqu'elle grimpa dans la fourgonnette qui l'attendait à Greeving Lane, elle n'en souffla mot.

— Tiens, j'ai remarqué que la fille Coverdale repartait à l'université, hier, fit Joan. C'est pas un peu tôt ? À mon avis, elle veut s'octroyer une semaine de cohabitation débridée avec son petit copain, oui ! Elle va mal tourner : Mr Coverdale est le genre d'homme impitoyable qui est capable de jeter la chair de sa chair hors de la maison s'il s'aperçoit qu'elle s'est adonnée à la fornication.

— Je sais pas, fit Eunice.

Le 6 janvier, l'Épiphanie, est le grand jour pour les disciples d'Elroy Camps. La réunion fut extraordinaire : deux confessions effrénées dont l'une aurait pu rivaliser avec celle de Joan, laquelle brailla à s'égosiller une prière improvisée, puis cinq cantiques.

Suivez l'étoile !
Suivez l'étoile !
Les Sages ne quittent jamais des yeux sa lueur.
À travers le désert, par les monts, par les eaux,
L'étoile les conduira, chacun vers sa demeure,
Qu'ils soient blancs, qu'ils soient jaunes, ou
qu'ils soient noirs de peau !

Il y eut du cake, il y eut du thé. Joan devint de plus en plus excitée jusqu'à entrer dans une sorte de transe. Elle se roula par terre en débitant des prophéties avec de grands mouvements des bras et des jambes. Deux des femmes durent l'emmener dans une petite pièce contiguë pour la calmer, bien que les Adorateurs de l'Épiphanie fussent davantage ravis que consternés de ce spectacle.

Seule Mrs Elder Barnstaple, une femme de bon sens qui n'assistait aux réunions que pour faire plaisir à son mari, parut troublée. Mais elle pensa que Joan faisait « du chiqué ». Personne dans l'assemblée ne devina la vérité, que Joan devenait chaque jour de plus en plus démente et le fil qui la reliait à la réalité de plus en plus ténu. Elle était comme un nageur à bout de force qui essaie désespérément de se raccrocher à un rocher glissant. Ses doigts glissaient dessus et les courants la précipitaient dans le tourbillon de la folie.

Elle ne parla presque pas dans la fourgonnette, sur le chemin du retour, mais de temps à autre, elle était secouée d'un petit rire pareil au ricanement d'une créature non humaine qui aurait hanté ces allées sans fin aux insondables ténèbres.

16

Au cœur blême de l'hiver, la bise glacée gémissait. Eva Baalham disait que les jours s'allongeaient, et c'était vrai, mais de façon imperceptible. La première neige tomba sur Greeving — simple saupoudrage qui fondit puis gela de nouveau.

Au panneau de liège, la phrase de saint Augustin : « Trop tard je T'ai aimée, ô Beauté si ancienne et si nouvelle, je suis venu trop tard pour T'aimer ! » Pour Giles, la route de Rome n'était pas tout à fait satisfaisante, car le Père Madigan attendait de lui l'ignorance et la foi aveugle des paysans de Tipperary auxquels il avait été habitué jusqu'à une époque récente. Il ne semblait pas comprendre que Giles connaissait plus de grec et de latin que lui et qu'il avait déjà lu tout saint Thomas d'Aquin à seize ans. À Galwich, Melinda filait le parfait amour avec Jonathan. Ils comptaient toujours se marier, mais pas avant qu'elle n'eût obtenu son diplôme, d'ici une quinzaine de mois. C'est pourquoi, et parce qu'il lui faudrait un bon métier, elle travaillait dur son Chaucer et son Gower — quand elle ne faisait pas l'amour ou des projets.

Le soleil froid et pâle tantôt poursuivait sa course basse dans un ciel pâle et froid couleur d'aigue-marine, tantôt apparaissait comme un halo de lumière au milieu d'un champ gris de nuages élevés.

Le 19 janvier était le jour du quarante-huitième anniversaire d'Eunice. Elle s'en souvint mais ne le dit à personne, pas même à Joan. Il y avait des années qu'on ne lui avait envoyé de carte ou fait le moindre cadeau à cette occasion.

Elle était seule à la maison. À 11 heures, le téléphone sonna. Elle n'aimait pas répondre au téléphone, elle n'avait pas l'habitude et ça l'angoissait. Après s'être demandé s'il ne valait pas mieux l'ignorer, elle décrocha à contrecœur.

— Allô, lâcha-t-elle.

C'était George. La ferblanterie Coverdale avait récemment changé de conseils en relations publiques et un directeur de la nouvelle société venait déjeuner avant de visiter l'usine. George avait préparé un bref historique de l'entreprise fondée par son grand-père, mais oublié ses notes à la maison.

Il avait un rhume, sa voix était rauque.

— Les papiers que je voudrais que vous me cherchiez se trouvent dans le bureau du petit salon, miss Parchman. Je ne sais pas exactement où, mais les feuilles sont attachées par un trombone et portent en majuscules le titre : L'ENTREPRISE COVERDALE DE 1895 À NOS JOURS.

Eunice ne répondit pas.

— Alors, vous seriez gentille de me les prendre... (Il laissa échapper un éternuement explosif.) Excusez-moi. Où en étais-je ? Ah oui. Un chauffeur d'ici est déjà en route. Placez les feuilles dans une grande enveloppe et remettez-la-lui quand il arrivera.

— Très bien, fit Eunice, au désespoir.

— Pourriez-vous aller voir tout de suite et me dire si vous les voyez ? Je reste en ligne.

Le bureau était plein de papiers, beaucoup réunis par des trombones et tous avec quelque chose d'écrit en titre. Eunice hésita, puis raccrocha sans répondre à George. Le téléphone resonna immédiatement : elle le laissa faire et monta se réfugier dans sa chambre. Elle l'entendit encore quatre fois. La sonnerie de la porte d'entrée, à présent. Eunice ne répondit pas davantage. Même si elle ne fêtait pas son anniversaire, elle trouva quand même cela très déplaisant : on devait être gentils avec les gens et leur ficher la paix, ce jour-là, pas les enquiquiner avec des trucs comme ça.

George ne comprenait pas ce qui s'était passé. Le chauffeur revint les mains vides, le directeur repartit sans son historique sur la maison Coverdale. George fit une sixième tentative au téléphone et obtint enfin sa femme qui était allée à Nunchester se faire refaire une teinture. Non, miss Parchman n'était pas malade, elle venait de sortir se promener. La première chose qu'il fit, lorsqu'il rentra, fut de filer au petit salon : les papiers trônaient au-dessus de la pile, sur le bureau.

— Que s'est-il passé, miss Parchman ? J'avais un besoin impératif de ces documents tout à l'heure.

— Je les ai pas trouvés, répondit-elle sans le regarder, en continuant à mettre le couvert.

— Mais ils étaient dessus, je ne vois pas comment ils ont pu vous échapper. Mon chauffeur a perdu une heure à se déranger jusqu'ici. Et même si vous ne les trouviez pas, vous auriez pu revenir me le dire au téléphone.

— On a été coupés.

George savait que c'était un mensonge.

— J'ai rappelé quatre fois.

— Ça a pas sonné. (Elle tourna vers lui son visage menu qui semblait avoir pris du volume, soudain, sous l'effet du ressentiment. Ces heures de solitude à remâcher ses pensées l'avaient emplie de fiel, et elle employait à présent le même ton hargneux qu'avec son père lors des dernières semaines de sa vie.) C'est pas mes affaires, moi. (Un véritable discours, pour elle !) Faut pas me demander, parce que je suis au courant de rien.

Le sang lui monta d'un coup au visage. Elle s'empourpra et lui tourna le dos.

George sortit de la pièce, impuissant devant ce refus de prendre ses responsabilités, de s'excuser ou même seulement d'en parler. Il avait la tête lourde, avec son rhume, comme pleine de chiffons humides. Jacqueline était en train de se maquiller au miroir de sa table de toilette.

— Ce n'est pas une secrétaire, chéri, fit-elle en lui rappelant ce qu'il avait dit à l'époque où elle hésitait à engager Eunice. Il ne faut pas trop lui en demander.

— Pas trop lui en demander ! C'est trop, de trouver quatre feuilles qui sont sous son nez et de les remettre à un chauffeur ? Et puis ce n'est pas tellement ça, que je lui reproche. Je n'avais jamais bien compris l'expression « muette insolence ». C'est fait, maintenant : elle n'annonce même pas notre nom et notre numéro quand elle décroche. Et si un porc pouvait dire « Allô », il le ferait exactement comme miss Parchman.

Jacqueline s'esclaffa, se barbouillant de mascara.

— Et puis me raccrocher au nez ! Pourquoi n'a-t-elle pas répondu quand j'ai rappelé ? Parce que le téléphone a sonné, tu penses bien, c'est idiot de prétendre le contraire. Elle a été d'une grossièreté, quand je lui en ai fait la remarque !

— J'ai remarqué qu'elle n'aimait pas faire ce qu'elle considère comme n'étant pas de son domaine. C'est pareil pour tout : quand je lui laisse une note, j'ai l'impression de lui demander la lune, je m'en suis déjà aperçue. Et puis elle a horreur d'appeler ou de répondre au téléphone.

Elle parlait sur un ton léger, comme s'il valait mieux en rire, puis entreprit de le dorloter pour son rhume qui était maintenant pire que le sien à elle.

George hésita et lui posa la main sur l'épaule.

— Ça ne sert à rien, Jackie. Il faut qu'elle s'en aille.

— Oh non, George ! (Elle pivota sur son tabouret.) Je ne peux pas m'en passer. Tu ne vas pas m'imposer ça juste pour cette histoire de papiers.

— Non, il y a autre chose. Son insolence, sa façon de nous regarder. Tu as remarqué qu'elle ne nous appelait jamais par notre nom ? Qu'elle ne dit même plus Monsieur et Madame ? Non pas que j'y tienne spécialement, je ne suis pas snob à ce point, fit George qui y tenait et qui l'était, mais j'ai horreur des mauvaises manières et du mensonge.

— George, je t'en supplie, donne-lui encore une chance. Qu'est-ce que je ferais sans elle ? Je n'ose y penser.

— Il existe d'autres domestiques.

— Ah oui, la vieille Eva et les filles au pair, répliqua-t-elle amèrement. J'ai vu ce que ça serait, à notre réception de Noël. Tu t'es amusé, toi, mais pas moi : toute la journée dans la cuisine, pas une minute pour m'asseoir de toute la nuit. Je ne crois pas avoir dit deux mots aux gens sauf pour leur demander ce qu'ils voulaient boire.

— Et c'est pour ça que je dois supporter une bonne qui aurait fait peur au personnel d'Auschwitz ?

— Une dernière chance, George. S'il te plaît.

Il capitula. Jacqueline arrivait toujours à ses fins. Rien n'était trop cher payé pour voir sa petite femme chérie heureuse, détendue, belle ! Que pouvait-il demander d'autre que la paix dans son ménage, son confort domestique, une maison élégante et bien tenue ? N'aurait-il pas tout sacrifié pour cela ?

Tout sauf ma vie, aurait-il pu répondre. Sauf ma vie.

George décida de réagir en chef d'entreprise : être ferme avec Eunice, prendre le dessus. Ce n'était ni un faible ni un poltron, et il n'avait jamais approuvé le principe selon lequel il vaut mieux ignorer les grincheux et faire comme s'ils n'existaient pas. Elle avait besoin de se faire remettre à sa place quand elle répondait à son bonjour souriant par un grognement bougon, ou bien il faudrait avoir avec elle une explication franche pour essayer de savoir ce qui ne collait pas entre eux.

Il ne lui fit de remarque qu'une seule fois — et encore, sur le ton de la plaisanterie.

— Vous ne pourriez pas m'accorder un petit sourire quand je parle, miss Parchman ? Je ne sais pas ce que je vous ai fait pour mériter ce regard mauvais.

Il vit l'air suppliant de Jacqueline. Pour toute réponse, Eunice ne lui adressa qu'un petit haussement d'épaules. Après cela, George ne lui fit plus la moindre remarque. Il savait déjà ce qui se passerait s'il essayait un tête-à-tête avec elle : « Non, il y a rien. Je vois pas de quoi vous voulez parler. » Mais il réalisait, à la différence de Jacqueline, qu'ils baissaient pavillon devant Eunice, que c'était elle qui prenait le dessus. Pour faire plaisir à sa femme, il se vit honteusement adresser de grands sourires niais à la bonne chaque fois qu'ils se croisaient, lui demander si sa chambre était assez chauffée, si elle avait suffisamment de temps libre, et même une fois si ça ne la dérangerait pas de les aider le soir parce qu'ils avaient des invités. Affabilité qui ne reçut pas une once de réciprocité.

Février arriva avec un véritable blizzard.

Eunice n'avait jamais vu autant de neige, sauf dans des films ou à la télévision, habituée qu'elle était à la bouillasse qui obstruait les caniveaux de Tooting.

Elle n'aurait jamais imaginé que la neige pût à ce point compliquer la vie des gens. Au matin du lundi 1er, George se leva avant elle et creusa, en compagnie d'un Giles endormi et récalcitrant, deux tranchées parallèles dans l'allée pour les roues de la Mercedes. Dès les premières lueurs du jour, Mr Meadows était sorti dégager la route avec son chasse-neige. Après avoir mis une pelle, des bottes et des sacs dans le coffre de la voiture, George et Giles partirent pour Stantwich emmitouflés comme des explorateurs polaires.

Les gros flocons se détachaient en tourbillonnant du ciel livide. Tout le paysage était recouvert d'un épais manteau blanc, à l'exception de la démarcation sombre des haies et des taches isolées de quelques arbres squelettiques. Pas question pour Jacqueline de mettre le nez dehors ni ce jour-là, ni le suivant ni celui d'après. Elle décommanda son rendez-vous chez le coiffeur, son déjeuner avec Paula ainsi que ses engagements du soir. Eva Baalham ne prit même pas la peine de téléphoner pour prévenir qu'elle ne viendrait pas : elle ne vint pas. C'est le genre de chose qui coule de source, en East Anglia au mois de février.

Jacqueline se trouva donc emprisonnée avec Eunice Parchman, d'autant qu'elle avait peur de prendre sa voiture et que, pour la même raison, ses voisines ne vinrent pas lui rendre visite. Au début, elle aurait trouvé dans l'arrivée de la neige un possible sujet de conversation, mais elle savait à présent qu'il valait mieux renoncer à toute tentative. Eunice se résignait à la neige comme à la pluie, au vent ou au soleil. Elle balaya le perron de la salle d'armes et celui de l'entrée principale sans mot dire. Elle fit tout son travail en silence. Alors que Jacqueline était incapable de réprimer une exclamation de soulagement quand elle entendait rentrer la voiture de

George qui revenait sain et sauf de son périple parmi les congères, Eunice ne réagit pas plus que s'il s'était agi d'un jour normal.

Jacqueline commença de comprendre le point de vue de George. Se trouver bloqué par la neige en compagnie d'Eunice était plus que déconcertant : c'était oppressant, presque sinistre. Elle traversait les pièces avec opiniâtreté avec son plumeau et ses chiffons. Alors que Jacqueline était assise au bureau en train d'écrire à Audrey, la feuille de papier à demi noircie s'était trouvée soulevée sans un mot sous son nez, et le chiffon passé et repassé sur la surface de cuir et de palissandre. Elle avait, expliqua-t-elle plus tard à son mari, l'impression d'être dans un hôpital pour sourds-muets avec Eunice comme surveillante. Et même quand, son travail terminé, cette dernière remontait dans sa chambre pour aller regarder les feuilletons de l'après-midi, Jacqueline comprit que ce n'était pas seulement la neige qui pesait de tout son poids sur Lowfield Hall. Elle se surprit à marcher comme sur des œufs, à fermer furtivement les portes, à rester parfois immobile dans l'insolite luminosité blanche, satinée, marmoréenne et froide du reflet de la neige.

Elle ne savait pas, n'aurait jamais imaginé qu'en fait, Eunice était bien plus effrayée par sa patronne qu'elle-même intimidée par sa domestique. Que l'incident de l'historique des Coverdale l'avait fait rentrer complètement dans sa coquille, persuadée que si elle leur parlait ou se laissait adresser la parole, son ennemi mortel, le mot imprimé, se lèverait et viendrait l'assaillir. Quand Jacqueline, après avoir tiré un fauteuil à côté du radiateur, lisait dans son coin afin de ne pas gêner Eunice et lui laisser le champ libre, elle était loin de se douter qu'elle ne pouvait justement rien faire de mieux pour la gêner encore plus et attiser sa haine.

Chaque soir, cette semaine-là, elle dut doubler sa ration habituelle de sherry pour parvenir à se détendre avant le dîner.

— Tout cela vaut-il vraiment la peine ? demanda George.

— J'ai eu Mrs Cairne au téléphone, aujourd'hui. Elle dit qu'elle serait prête à supporter tous les abus, toutes les insolences pour avoir une domestique comme miss Parchman.

George embrassa sa femme mais ne put s'empêcher de lancer une pique.

— Qu'elle fasse vite un essai ! Je serai ravi que miss Parchman ne soit pas à la rue quand je la flanquerai dehors.

Il ne la flanqua pas dehors. Et le jeudi 4 février, un événement survint qui leur fit oublier tout leur mécontentement.

17

Ça dépassait les bornes, pour Norman Smith. Lui aussi était prisonnier de la neige, lui aussi était enfermé avec un être humain antipathique. La différence, c'est que cet être humain était sa femme.

Norman avait souvent dans le passé traité sa femme de dingue, mais comme Melinda avait pu le faire avec Giles Mont : sans allusion à une véritable folie. Alors que là, il était convaincu de sa démence pure et simple. Ils couchaient toujours dans le même lit, car ils appartenaient à cette catégorie de gens mariés qui dorment ensemble par habitude, même en étant brouillés. Mais souvent maintenant, Norman se réveillait au milieu de la nuit pour trouver Joan partie, puis il l'entendait en quelque autre endroit de la maison rire toute seule d'un rire délirant, ou chanter des morceaux de cantiques de l'Épiphanie, ou débiter des prophéties d'une voix stridente et saccadée. Elle ne faisait plus aucun ménage, n'époussetait plus les rayons, ne balayait plus le sol du magasin. Et chaque matin, elle s'affublait d'habits bizarres conservés du temps de Shepherd's Bush, le visage maquillé comme celui d'un clown.

Elle aurait dû voir un docteur, Norman en était persuadé, suivre un traitement psychiatrique. Mais comment la convaincre ? Comment s'y prendre ? Le

Dr Crutchley donnait des consultations dans son cabinet de Greeving, deux petites pièces dans un cottage aménagé. Norman se doutait bien que Joan n'irait pas de son plein gré, et il ne pouvait s'y rendre à sa place. Quoi, poireauter dans cette salle d'attente au milieu de Meadows, de Baalham et d'Eleigh toussants et reniflants, puis essayer d'expliquer à un docteur las, harassé, que sa femme se levait la nuit pour chanter, qu'elle déclamait des morceaux de la Bible à ses clients, portait chaussettes et jupe courte comme une petite fille ? Ah non !

D'autant que la pire manifestation de sa folie était absolument inavouable.

Elle semblait s'être récemment mis dans la tête qu'une sorte de droit de censure lui avait été donné par Dieu pour inspecter tout le courrier qui passait par le bureau de poste de Greeving. Et pas moyen de l'en empêcher : il avait essayé d'enfermer les sacs dans les toilettes du dehors, mais elle avait brisé le cadenas à coups de marteau. Elle était d'ailleurs devenue experte pour ouvrir les enveloppes à la vapeur. Il frémit lorsqu'il l'entendit raconter à Mrs Higgs que l'unique petit-fils d'Alan et Pat Newstead était mort — information dérobée à une lettre du père désespéré — et que c'était une punition de Dieu. Et quand elle révéla à Mr Meadows, le garagiste, que George Coverdale devait de l'argent à son marchand de vin, il attendit d'être seul avec elle dans le magasin et la gifla. Elle ne se rebiffa pas, mais lui hurla que Dieu la vengerait, qu'il ferait de lui un lépreux, un paria qui n'oserait plus montrer son visage à quiconque.

Cette dernière partie de la prophétie ne devait que trop s'accomplir.

Le vendredi 5 février, après un début de dégel, la route reliant Lowfield Hall à Greeving redevint praticable. George Coverdale entra dans l'épicerie du village à 9 heures, non sans avoir tambouriné impérativement à la porte et tiré Norman de son petit déjeuner pour venir lui ouvrir.

— Vous êtes bien matinal, Mr Coverdale, fit-il avec quelque appréhension, car il n'était pas fréquent que George franchisse ce seuil et cette irruption n'annonçait rien de bon.

— Je ne vois pas ce que 9 heures a de matinal : c'est l'heure à laquelle j'arrive en principe moi-même à mon travail, et si ce n'est pas le cas aujourd'hui, c'est parce que ce que j'ai à vous dire est trop important pour pouvoir être remis à plus tard.

— Ah bon ?

Norman aurait peut-être pu tenir tête à George, mais il perdit contenance lorsqu'il vit paraître Joan, des bigoudis dans ses cheveux jaunes, son corps décharné enveloppé dans une robe de chambre rouge crasseuse.

George sortit une enveloppe de sa mallette.

— Cette lettre a été ouverte et recollée. (L'idée de Joan Smith racontant à tout le village qu'il était menacé de poursuites par son marchand de vin pour factures impayées lui était insupportable. D'autant qu'il s'agissait d'une erreur d'informatique : George, qui avait réglé dans des délais normaux en décembre, avait téléphoné au commerçant, et celui-ci s'était confondu en excuses. Mais il n'avait pas à se justifier devant ces gens.) Il y a des taches de colle sur le rabat, poursuivit-il, et j'ai trouvé un cheveu, à l'intérieur, dont je ne crains pas d'affirmer qu'il appartient à votre femme.

— Je suis pas au courant de ça, grommela Norman en paraphrasant inconsciemment Eunice, ce qui eut le don d'exaspérer George.

— Le receveur des postes de Stantwich le sera peut-être, lui, car j'ai l'intention de lui écrire aujourd'hui même. Je lui exposerai tous les faits, sans oublier les soupçons que j'ai déjà eus dans le passé, et je demanderai une enquête officielle.

— Je ne peux pas vous en empêcher.

— Tout à fait. J'ai simplement cru honnête de vous en aviser pour que vous ne soyez pas pris au dépourvu. Je vous souhaite le bonjour.

Pendant tout ce temps, Joan était restée muette. Mais au moment où George se dirigeait vers la sortie, non sans avoir jeté au passage un coup d'œil dégoûté sur les paquets poussiéreux de corn flakes et les cageots de légumes ratatinés et moisis, elle s'élança comme une araignée ou un crabe fondant sur sa proie. Elle lui barra la route, mains plaquées contre le verre de la porte : les manches rouges de sa robe de chambre se relevèrent sur des bras décharnés au point de ressembler à des baguettes.

— Vipère ! lui hurla-t-elle en levant la tête au ciel. Débauché ! Porc adultère ! Malheur aux impies et aux fornicateurs !

— Laissez-moi passer, Mrs Smith, fit calmement George, qui n'avait pas pour rien subi le baptême du feu dans le Sahara occidental.

— Quel sera ton sort, langue fourchue ? Le Tout-Puissant te percera de ses flèches ardentes, vitupéra Joan lui brandissant un poing vengeur sous le nez. Dieu punira le riche qui mange le pain du pauvre. Dieu le détruira.

Elle avait le visage congestionné, les yeux révulsés.

— Veuillez écarter votre femme de mon chemin, Mr Smith ! siffla George à qui la moutarde montait au nez.

Norman haussa les épaules d'un air impuissant et apeuré.

— Alors je vais le faire moi-même. Et si vous voulez déposer plainte pour violences, ne vous gênez pas !

Il la repoussa et ouvrit la porte. Dans la voiture,

au-dehors, Giles, malgré tout son détachement, observait la scène avec intérêt. Joan, qui n'avait été que temporairement désarçonnée, revint à la charge, sa robe de chambre ouverte dans le vent glacé, agrippa George par le manteau, vociféra, hurla. Mrs Cairne apparut à sa fenêtre, Mr Meadows à côté de ses pompes à essence. George, qui n'avait jamais été aussi embarrassé de sa vie, tremblait de dégoût et d'écœurement. Il était révolté. Qu'un tel esclandre, celui d'un homme furieux en train de se faire injurier par une harpie à moitié dévêtue accrochée à ses basques, se fût déroulé en pleine rue devant lui, il se serait détourné et aurait filé aussi vite que possible. Or voilà qu'il en était lui-même l'un des protagonistes.

— Tenez-vous tranquille et lâchez-moi, s'entendit-il crier en retour. C'est une honte !

Norman Smith sortit alors enfin à son tour, attrapa sa femme et la ramena de force dans le magasin. Le garagiste Meadows affirma plus tard qu'il l'avait giflée, mais George ne s'attarda pas pour voir : avec les lambeaux de dignité qui lui restaient, il remonta en voiture et démarra. Pour une fois, il bénit le désintérêt de Giles qui ne montrait qu'un sourire distant.

— Complètement folle, articula ce dernier avant de replonger dans ses mystérieuses pensées.

Cet incident bouleversa George pour toute la journée. Il rédigea néanmoins sa lettre au receveur de Stantwich sans faire état de la scène du matin ni des raisons qu'il avait de soupçonner personnellement les Smith.

— Espérons que nous aurons un week-end tranquille, dit-il à Jacqueline. Parce qu'avec toute cette neige à pelleter chaque jour de la semaine et l'histoire de tout à l'heure, je crois que j'ai eu mon compte. On ne va nulle part, hein, et on ne reçoit personne ?

— Juste un saut chez les Archer demain après-midi, chéri.

— Prendre le thé chez le pasteur de la paroisse est précisément le genre de sortie soporifique dont j'ai besoin en ce moment.

Melinda n'était pas attendue à la maison. Quant à Giles, il ne comptait pas : c'était le petit fantôme domestique, songeait parfois tristement Jacqueline. Un fantôme inoffensif qui se promenait dans le manoir, mais n'importunait pas les gens, ne détériorait pas les objets et restait en général silencieusement confiné dans la chambre hantée. Elle se demandait à qui il avait emprunté sa nouvelle citation du mois : « J'espère ne plus jamais commettre de péché mortel, ni même de péché véniel si je puis l'éviter. »

Cette citation était la dernière que Giles devait jamais afficher sur son panneau de liège. Choix prémonitoire peut-être, ces paroles du roi de France Charles VII ayant, paraît-il, été prononcées par leur auteur sur son lit de mort.

Melinda revint pourtant à la maison. Elle n'avait pas mis les pieds à Lowfield Hall depuis le 5 janvier et cela lui donnait mauvaise conscience. Son retour était bien sûr prévu le 13 pour l'anniversaire de George, mais elle trouvait vraiment moche de ne pas avoir donné signe de vie pendant cinq semaines. Et puis il y avait le problème du magnétophone : le cadeau de son père était son bien le plus précieux et suscitait l'envie de ses amies de fac. Melinda n'aimait pas dire non aux gens qui demandaient à le lui emprunter, mais lorsqu'elle apprit que quelqu'un l'avait emporté à un concert folk puis laissé toute la nuit dans une voiture non fermée, elle jugea le moment venu de le mettre à l'abri.

Sans avoir prévenu quiconque de son arrivée, elle débarqua à la gare de Stantwich au moment où le frileux soleil rouge se couchait, puis à Gallows Corner à la nuit tombée. Juste un peu trop tard pour Geoff Baalham, passé une dizaine de minutes plus tôt. Ce fut Mrs Jameson-Kerr qui l'emmena et lui annonça que Jacqueline et George prenaient le thé chez le pasteur.

Melinda entra à Lowfield Hall par la salle d'armes et monta immédiatement trouver Giles. Mais Giles était sorti. Il avait pris la Ford et, après une séance avec le Père Madigan, était allé au cinéma. La maison était bien chauffée, astiquée et rangée à la perfection, plongée dans un silence total, à l'exception du ronronnement de la télévision d'Eunice Parchman qui provenait du plafond. Après avoir posé son magnétophone sur sa commode, Melinda passa une robe qu'elle s'était confectionnée elle-même dans un dessus de lit indien, jeta un châle sur ses épaules, se mit un collier de coquillages autour du cou et, satisfaite du résultat, descendit au petit salon. Là, elle trouva une pile de magazines qu'elle emporta dans la cuisine. Dix minutes plus tard, Eunice descendit sortir du congélateur un poulet en cocotte pour le dîner des Coverdale, et la trouva installée à la table, un magazine ouvert devant elle.

Melinda se leva poliment.

— Bonsoir, miss Parchman. Comment allez-vous ? Une tasse de thé ? Je viens d'en faire.

— Si vous voulez, répondit-elle, ce qui constituait l'accueil le plus aimable qu'elle eût jamais fait à une proposition. (Elle fronça les sourcils.) On vous attendait pas.

« Et alors ? Je suis chez moi » aurait-elle pu répondre. Mais Melinda n'avait rien d'un porc-épic ou d'une écorchée vive. Elle vit là au contraire une occasion de continuer à se montrer aimable avec miss Parchman qu'elle avait négligée tout autant que sa famille depuis le Nouvel An. Avec un beau sourire elle répondit qu'elle s'était décidée au dernier moment. Voulait-elle du lait et du sucre ?

Eunice fit signe que oui. Elle se tenait à l'écart du magazine comme une autre femme d'une araignée, espérant que Melinda se plongerait dedans et se tairait le temps de boire ce thé qu'elle regrettait déjà d'avoir accepté. Mais il était clair que Melinda ne se plongerait dedans qu'avec Eunice : elle tournait les pages en faisant des commentaires, levait de temps en temps la tête avec un sourire, lui passa même le magazine pour lui montrer une photo.

— Je déteste ces jupes à mi-mollet, pas vous ? Oh, regardez comment cette fille s'est fait les yeux ! Ça doit prendre des heures, je n'aurais jamais la patience. Dites, c'est le grand retour des modes des années 40 : on s'habillait vraiment comme ça, quand vous étiez jeune ? Vous portiez du rouge à lèvres rouge vif et des bas ? J'ai jamais eu ça, moi, des bas.

Eunice, qui en portait encore et n'avait jamais mis de collants, répondit qu'elle ne s'intéressait pas à la mode. Rien que des bêtises, tout ça.

— Mais non, c'est marrant, fit Melinda en tournant la page. Tiens, un test : « Êtes-vous amoureuse ? » en vingt questions. Il faut que je le fasse, bien que je sache que je le suis. Voyons un peu : vous avez un crayon ou stylo sur vous ? (Vigoureux secouement de tête d'Eunice.) Ah, j'en ai un dans mon sac.

Melinda avait laissé dans la salle d'armes son vieux fourre-tout informe en tapis turc. Eunice la regarda aller le chercher en espérant qu'elle ficherait le camp avec son sac, son crayon et son magazine, mais Melinda revint à la cuisine.

— Bon, question un : Préférez-vous être avec lui plutôt que... Oh, mais je peux voir les réponses en bas de page, alors ça vaut pas. Voilà ce qu'on va faire : vous me lisez les questions, et vous dites si je marque trois points, deux, un, ou pas du tout. D'accord ?

— J'ai pas mes lunettes.

— Mais si, vous les avez : elles sont dans votre poche.

Elles y étaient : la paire en écaille que les Coverdale croyaient être des lunettes de lecture, dépassait de la poche droite de sa blouse de travail. Eunice ne les mit pas. Ne sachant que faire, elle ne fit rien. Elle ne pouvait pas prétendre qu'elle était trop occupée — occupée à quoi ? — et il lui restait encore une bonne moitié de la tasse de thé chaud que Melinda lui avait donné.

— Tenez, fit Melinda en lui présentant le magazine. S'il vous plaît. On va bien s'amuser.

Eunice le prit à deux mains et balbutia de mémoire la première ligne que Melinda avait lue.

— Préférez-vous être avec lui plutôt que...

Elle s'arrêta.

Melinda tendit le bras et lui sortit les lunettes de la poche. Eunice était acculée. Un flot de sang lui empourpra le visage. Elle regarda la jeune fille, sa lèvre inférieure se mit à tressaillir.

— Qu'est-ce qu'il y a ?

Eunice eut à ce moment une chance dont elle ne sut pas profiter, car Melinda s'engagea aussitôt sur une mauvaise piste : elle crut, miss Parchman ayant déjà eu ce genre de réaction à la question de savoir quel nom elle aurait donné à son fils si elle en avait eu un, que son passé recelait la cicatrice encore douloureuse d'un ancien amour déçu et que elle, maladroite, venait de raviver la plaie. Pauvre miss Parchman qui, après avoir aimé quelqu'un, se retrouvait maintenant vieille fille !

— Je ne voulais pas vous faire de peine, fit-elle avec douceur. Excusez-moi si j'ai dit quelque chose qui vous a blessée.

Eunice ne répondit pas : de quoi elle parlait, cette fille ? Melinda interpréta ce silence comme un signe de chagrin, et elle éprouva le besoin, pour la consoler, d'essayer de la distraire.

— Je suis vraiment désolée. On va faire le questionnaire de l'autre page, d'accord ? C'est pour tester nos qualités de ménagère. Faites-le-moi passer, vous verrez comme je suis nulle ! Après, ce sera votre tour : je suis sûre que vous aurez les meilleures notes.

Elle tendit les lunettes à Eunice.

C'est là que cette dernière aurait dû exploiter la méprise de Melinda. Il eût en effet suffi de dire qu'en effet, elle était bouleversée, et de quitter la pièce avec dignité. Cette attitude lui aurait attiré la sympathie compatissante de tous les Coverdale et aurait fourni une réponse à George quant à la source de la dépression et à la maussaderie de miss Parchman. Une tristesse bien féminine, un amour perdu. Mais Eunice avait toujours été incapable de manipuler les gens parce qu'elle ne les comprenait pas, ne comprenait pas les hypothèses qu'ils formulaient et les conclusions qu'ils en tiraient. Elle ne saisissait qu'une chose : son infirmité était sur le point d'être découverte, et la pression écrasante de cette infirmité lui fit croire qu'elle était plus proche du gouffre qu'elle ne l'était en réalité. Elle pensa que Melinda avait déjà deviné et que ses excuses n'étaient que moquerie pour mieux la mettre à l'épreuve et confirmer ses présomptions.

Les lunettes, tenues entre le pouce et l'index de Melinda, restèrent à équidistance des deux femmes : Eunice ne fit aucun geste pour les prendre. Elle essayait de réfléchir. Quoi faire, comment sortir de ce pétrin, quelle parade désespérée tenter ? Intriguée, Melinda laissa retomber sa main. Dans le mouvement, son regard passa de près à travers les verres : elle s'aperçut qu'ils n'étaient pas correcteurs. Elle leva les yeux sur le visage cramoisi et hagard d'Eunice. Alors les pièces du puzzle jusqu'à présent si mystérieux — le fait qu'elle ne lût jamais ni livre ni journal, n'écrivît le moindre mot, ne reçût la moindre lettre — se mirent en place.

— Miss Parchman, demanda-t-elle d'une voix calme, seriez-vous analphabète ?

Eunice pensa vaguement que c'était le nom d'une quelconque maladie des yeux.

— Comment ? fit-elle, reprenant soudain espoir.

— Excusez-moi, je veux dire que vous ne pouvez pas... vous ne savez pas lire, n'est-ce pas ? Vous ne savez ni lire ni écrire ?

18

Le silence fut total pendant une bonne minute.

Melinda rougit à son tour. Mais bien qu'elle fût consciente d'avoir enfin trouvé, sa sensibilité ne lui permettait pas, à vingt ans, de concevoir la détresse dans laquelle une telle découverte plongeait Eunice.

— Pourquoi donc ne pas nous l'avoir dit ? s'étonna-t-elle tandis qu'Eunice se levait. Nous aurions très bien compris. Il y a des tas de gens qui sont analphabètes — des milliers, même. J'ai fait une petite étude là-dessus, en terminale. Miss Parchman, si je vous apprenais à lire ? Je suis sûre que j'y arriverais. Ce serait rigolo. Je pourrais commencer aux vacances de Pâques ?

Eunice prit les deux tasses, les porta à l'évier et resta immobile, le dos tourné à Melinda. Elle versa ce qui lui restait de thé, puis se retourna lentement et, sans laisser paraître combien son cœur cognait dans sa poitrine, elle fixa Melinda d'un regard qui semblait vide d'émotion, implacable.

— Si vous répétez à qui que ce soit que je suis ce que vous venez de dire — ce mot, là —, je raconterai à votre père que vous allez avec ce garçon et que vous attendez un bébé.

Elle parlait d'une voix si calme, sans éclats, que Melinda crut d'abord ne pas avoir compris. Elle avait vécu une vie tellement protégée que personne ne l'avait réellement menacée auparavant.

— *Quoi ?* Qu'est-ce que vous dites ?

— Vous avez entendu. Si vous parlez, je parle. (L'insulte n'était pas dans la manière d'Eunice, mais cette fois, elle y parvint.) Une sale petite pute, voilà ce que vous êtes. Une petite pute qui se mêle de ce qui la regarde pas.

Melinda devint blême. Elle se leva et se précipita hors de la cuisine en se prenant à moitié les pieds dans sa jupe longue. Une fois dans le couloir, ses jambes flageolèrent et elle dut se laisser choir sur la chaise qui était à côté de l'horloge. Elle resta prostrée là, les poings crispés contre ses joues, jusqu'à ce que l'horloge sonnât 6 heures et que la porte de la cuisine s'ouvrît. La seule pensée de revoir Eunice Parchman lui souleva le cœur : elle s'enfuit dans le salon, se jeta sur le divan et éclata en sanglots.

C'est là que George la découvrit quelques minutes plus tard.

— Mon Dieu, ma chérie, qu'est-ce qu'il y a ? Qu'est-ce qui s'est passé ? Il ne faut pas pleurer comme ça.

Il la prit et la serra dans ses bras. Elle s'est disputée avec ce garçon, pensa-t-il, c'est pour ça qu'elle est revenue dans cette maison toute vide.

— Allons, raconte à papa, la consola-t-il en oubliant qu'elle avait vingt ans. Raconte-moi, et ça ira mieux.

— Je vous laisse tous les deux, se borna à dire Jacqueline, qui n'intervenait pas plus entre George et ses enfants que George entre elle et Giles.

— Non, Jackie, ne t'en va pas. (Melinda se redressa et se frotta les yeux.) Quelle idiote je suis ! Je vais tout vous dire à tous les deux, mais c'est tellement affreux.

— Du moment que tu n'es ni malade ni blessée, fit George, il n'y a rien d'affreux.

— Mon Dieu, balbutia Melinda en déglutissant et en prenant une profonde inspiration, que je suis contente que vous soyez rentrés !

— Melinda, de grâce, explique-nous.

— Je croyais être enceinte, mais je me suis trompée, articula-t-elle précipitamment. Je couche avec Jon depuis novembre. Je sais que vous serez fâchés et déçus, mais je l'aime et il m'aime. Pour ça, pas de problème. Et puis je l'attends pas, le bébé.

— C'est tout ? fit George.

Sa fille le regarda, ahurie.

— T'es pas en colère contre moi ? T'es pas choqué ?

— Même pas surpris, Melinda. Tu me crois ringard à ce point, ou quoi ? Comme si je ne savais pas que les choses ont évolué depuis ma jeunesse ! Bien sûr que je le regrette. Bien sûr que j'aurais préféré que tu ne fasses pas ça. Mais choqué, non.

— Papa, t'es vraiment super.

Elle se jeta à son cou.

— Et maintenant, fit George en se dégageant, tu vas peut-être nous dire pourquoi tu pleurais ? Pas de ne pas être enceinte, quand même ?

Elle parvint à étirer un sourire mouillé de larmes.

— C'est cette femme, miss Parchman. Tu vas trouver ça incroyable, papa, mais c'est vrai. Elle était au courant. Elle a dû m'entendre parler à Jon au téléphone, à Noël, et quand j'ai à mon tour, euh... découvert quelque chose sur elle, elle m'a menacée de tout vous rapporter. Oui, menacée. Juste maintenant. De vous dire que j'étais enceinte.

— *Elle a quoi ?*

— Je vous ai prévenus que c'était incroyable.

— Bien sûr que si, on te croit, Melinda. Ainsi, elle t'a fait du chantage.

— Si c'est ça faire du chantage, oui.

— Quels ont été ses mots exacts ?

Elle les répéta.

— Et elle m'a traitée de pute, aussi. C'était affreux.

Silencieuse jusqu'à présent, Jacqueline prit la parole.

— Elle doit partir, fit-elle. Immédiatement. Tout de suite.

— Je le crains, chérie, oui. Je sais combien tu as besoin d'elle, mais...

— Absolument pas. Je n'ai jamais rien entendu d'aussi odieux et révoltant de toute ma vie. Oser menacer Melinda ! Il faut la renvoyer tout de suite. Vas-y, George. Moi, je ne suis pas assez sûre de moi.

Il lui adressa un sourire reconnaissant pour son soutien.

— Qu'est-ce que tu as découvert sur elle, au fait ? demanda-t-il à Melinda.

Question fatale. Dommage qu'il n'ait pas attendu, pour la poser, d'avoir renvoyé Eunice. Car la réponse de sa fille l'émut davantage qu'elle n'avait ému Melinda. Et il se laissa toucher par la pitié.

Eunice crut que sa menace avait fait effet, et la fierté de sa réussite la consola presque de sa détresse. Elle avait accusé le coup, la grande sauterelle. Et elle ne vendrait pas la mèche parce que sinon, comme Joan l'avait dit, son père la flanquerait dehors. La télévision montrait un spectacle de variétés. Eunice le regardait en tricotant depuis une quinzaine de minutes lorsqu'on frappa à la porte. Melinda, sûrement : le premier choc passé, ils reviennent toujours vous supplier de ne rien dire. Et même quand vous le leur promettez, ils reviennent encore pour être rassurés. C'est ce qui s'était produit avec la femme mariée et avec Annie Cole. Eunice ouvrit la porte.

George entra.

— Vous devinez sans doute ce qui m'amène, miss Parchman. Ma fille m'a bien sûr raconté ce qui s'était passé entre vous. Je suis désolé, mais je ne laisserai personne menacer un membre de ma famille sous mon propre toit, aussi vous demanderai-je de partir aussi vite que possible.

Ce fut un choc terrible pour Eunice qui ne répondit pas. L'émission de télévision s'était interrompue pour une pause publicitaire, et l'annonce qui passait à ce moment-là montrait une liste de noms de magasins d'East Anglia.

— Je vais couper ça si vous permettez, dit George. De toute façon, ça ne peut guère vous intéresser, vous.

Eunice comprit. Il savait. Elle qui était dépourvue de toute finesse d'esprit dans les autres domaines montrait une perspicacité aiguë dans celui-là. Et lui, qui l'observait, comprit également. Ce rouge qu'il vit monter sur son front, ce rictus sur son visage, lui indiquèrent qu'il était allé trop loin dans la basse provocation. Il avait commis le pire des péchés : se moquer de la bosse du bossu.

— Vous n'avez pas de contrat, se hâta-t-il d'enchaîner, aussi pourrais-je vous demander de partir immédiatement. Mais tout bien considéré, je vous laisse une semaine, ce qui vous donnera un peu de temps pour chercher une autre place. D'ici là, cependant, je vous demanderai de vous cantonner dans cette pièce et de laisser le travail de la maison à ma femme et à Mrs Baalham. Je suis prêt à vous délivrer un certificat pour vos capacités professionnelles, mais sans me porter garant de votre moralité.

Il sortit et referma la porte.

Eunice Parchman n'était pas femme à verser des larmes et elle n'en versa pas. Seule dans une pièce où elle aurait pu laisser s'épancher ses sentiments, elle n'en montra aucun. Pas la moindre nervosité. Ni pleurs ni grincements de dents. Elle se réinstalla devant la télévision. Tout juste se laissa-t-elle choir un peu plus lourdement que d'habitude dans son fauteuil.

Trois personnes avaient jusqu'alors remarqué son analphabétisme, mais pour aucune d'entre elles il ne s'était agi d'une révélation brutale et soudaine. Ses parents n'y avaient jamais attaché d'importance. Mrs Samson s'en était aperçue petit à petit et l'avait accepté comme elle acceptait le mongolisme d'un autre enfant de Rainbow Street, seulement, ce n'était pas le genre de sujet que l'on pouvait aborder ouvertement — certainement pas avec Eunice elle-même. Son handicap n'avait jamais été connu de tout un groupe de gens en même temps. Dans les jours qui suivirent, où elle resta plus ou moins confinée dans sa chambre, elle n'accorda pas la moindre pensée à son avenir : où aller, que faire, chercher un emploi, trouver un toit. Le lendemain ne la préoccupait guère, car Mrs Samson ou Annie Cole la recueilleraient toujours si elle débarquait soudain sur le pas de leur porte, ses valises à la main. Son seul souci était la découverte des Coverdale, qui devait déjà avoir fait le tour de Greeving. Cela l'empêcha de sortir, l'empêcha d'aller au magasin. Une fois, même, que Joan profita de l'absence de Jacqueline pour venir la voir, elle la laissa appeler sans répondre et resta calfeutrée dans son nid d'aigle.

Elle était persuadée que les Coverdale devaient passer tout leur temps à discuter de son infirmité mentale et à s'en gausser avec leurs amis. Elle n'avait pas entièrement tort, car ce qui retenait George et Jacqueline de la révéler à d'autres, outre d'honorables sentiments, c'est qu'eux-mêmes auraient paru vraiment stupides de ne pas s'être aperçus plus tôt que leur bonne ne savait pas lire. Ils racontèrent qu'ils l'avaient congédiée pour son insolence. Mais en privé, ils en parlaient très souvent, en riaient même avec incrédulité. Ils attendaient impatiemment la fin de la semaine et s'enfermaient dans le salon quand Eunice se glissait dans la cuisine pour prendre ses repas.

Sans s'embarrasser du moindre sentiment de fidélité ou de devoir envers son amie, Eunice pensa que le mieux serait d'éviter Joan et de fuir Greeving sans jamais la revoir. La situation était déjà assez pénible, elle n'avait que faire de sa sollicitude, de ses apitoiements et de ses assommantes questions. Car Joan devait savoir, à présent. Et de fait, elle savait. Ou plutôt, elle était au courant du congédiement d'Eunice, car Mrs Higgs, celle qui ne faisait pas de vélo, le lui avait dit mardi. Elle attendit le passage d'Eunice, elle fit de son mieux pour entrer à Lowfield Hall, mais en vain. Aussi utilisa-t-elle le dernier moyen qui restait à sa disposition — car elle aussi répugnait à téléphoner : elle envoya un message.

Cette année-là, la Saint-Valentin tombait un dimanche et les cartes devaient donc impérativement arriver le samedi. Il n'y en avait pas pour les Coverdale, mais il en parvint néanmoins une à Lowfield Hall, parmi les cartes d'anniversaire de George. Elle était adressée à Eunice. Ce fut Jacqueline qui la lui remit.

— Pour vous, miss Parchman, dit-elle simplement.

Les deux femmes rougirent, sachant pertinemment qu'Eunice ne pourrait la lire. Celle-ci la monta dans sa chambre, ouvrit et regarda d'un air hébété l'image rococo de deux chérubins entourant un cœur bleu d'une guirlande de roses roses. La carte était partout couverte de mots écrits. Eunice la jeta.

George avait cinquante-huit ans le 13 février, et les cartes affluèrent de sa femme et de tous ses enfants, avec un bon pour un disque et un bon pour un livre de Peter et de Paula. Ils devaient tous, ce soir-là, dîner en famille à l'*Angel* de Cattingham.

George prit la voiture pour aller chercher Melinda à la gare de Stantwich. Elle lui offrit une écharpe horrible qui aurait pu venir de chez Oxfam — ce n'était pas le cas — et pour laquelle il se confondit en remerciements.

— Ces gâteries ne sont plus de mon âge, mais vous ne semblez pas en être convaincus, tous autant que vous êtes.

— Tu sais, fit Melinda qui avait réussi à consacrer un peu de temps à une des pièces de son programme, celui qui naîtra le jour où j'oublie de donner à Antoine mourra dans la mendicité.

— Mon Dieu, ma fille qui se met à avoir des lettres !

Quand ils arrivèrent à la maison, elle leva un regard interrogateur sur son père. George comprit aussitôt.

— En haut, fit-il avec un signe de tête.

— Tu l'as mise aux arrêts de rigueur ?

— En quelque sorte. Elle fiche le camp lundi matin.

Ils s'habillèrent pour sortir, Jacqueline dans sa robe en velours crème, Melinda dans celle en crêpe de Chine bleu nuit aux perles scintillantes, et toutes deux firent grande impression lorsqu'elles pénétrèrent dans la salle à manger de l'hôtel. Toute la famille avait belle allure — Giles y compris qui, grand et mince malgré son physique ingrat, ne portait pas mal du tout son seul et unique costume, d'autant que ses boutons semblaient lui laisser quelque répit en ce moment.

Les serveurs et les autres clients devaient par la suite regretter de ne pas avoir davantage prêté attention à cette famille si heureuse au destin si funeste. S'ils avaient su, ils auraient écouté la conversation légère et gaie des Coverdale, ils auraient remarqué l'élégance de Jacqueline, les signes de l'intelligence supérieure de Giles, le charme de Melinda, la présence distinguée de George. Mais ils ne savaient pas, aussi durent-ils avouer leur ignorance lorsque les journalistes les questionnèrent ou, plus encore, inventer toutes sortes de sombres pressentiments et sensations de malaise qu'ils se persuadèrent avoir eus sur le moment. La police en interrogea quelques-uns, mais aucun n'eut la présence d'esprit de se rappeler certaine conversation entre les Coverdale qui aurait permis de faire avancer l'enquête et de solutionner l'affaire plus tôt qu'elle ne le fut.

Cette conversation se rapportait à un film sur le *Don Juan* de Mozart, tourné au festival de Glyndebourne, et qui devait passer à la télévision le lendemain soir de 7 heures à plus de 10 heures.

— Tu dois vraiment rentrer demain soir, Melinda ? demanda George. Ce serait dommage que tu manques ça, il paraît que c'est l'événement télévisuel de l'année. Je pourrais te reconduire à Stantwich lundi à la première heure.

— Je n'ai pas de conférence, lundi, fit-elle. Juste un TP à 2 heures.

— Ce qu'il veut, en fait, plaisanta sa belle-mère, c'est quelqu'un pour lui soutenir le moral dans la voiture quand il amènera miss Parchman à la gare.

— Pas du tout : j'aurai Giles.

Jacqueline et Melinda s'esclaffèrent. Giles leva le nez de son canard aux petits pois. L'air sérieux. Quelque chose l'émouvait. Sa conversion ? L'anniversaire de son beau-père ? Toujours est-il que pour une fois, il trouva l'inspiration pour dire exactement ce qu'il fallait.

— Je n'abandonnerai jamais Mr Micawber, affirma-t-il en parodiant Dickens.

— Merci, Giles, répondit posément George.

Il y eut un bref silence pendant lequel, étrangement, sans se parler ou même se regarder l'un l'autre, Giles et son beau-père furent plus proches l'un de l'autre qu'ils ne l'avaient jamais été. Avec du temps, ils pourraient même devenir amis. Mais le temps leur était compté. George se racla la gorge et reprit, à l'intention de sa fille :

— Sérieusement, Melinda, pourquoi ne resterais-tu pas voir ce film ?

Ce n'était pas l'idée de manquer des cours qui faisait hésiter Melinda, mais celle de ne pas voir Jonathan. Ils se retrouvaient chaque jour et presque chaque nuit depuis des semaines, à présent, et il allait déjà lui manquer terriblement, ce soir. Fallait-il donc envisager une autre nuit sans lui ? Cela semblait égoïste de refuser, et elle adorait son père. Jacqueline et lui n'avaient-ils pas été super, la semaine passée, au moment de cette horrible scène ? N'avaient-ils pas montré une inébranlable confiance en leur fille ? Pas un seul reproche, pas même une mise en garde. Pourtant, Jonathan...

Elle était arrivée à la croisée des chemins. La route se séparait en deux, devant elle. L'une des branches menait vers la vie, le bonheur, le mariage, les enfants, l'autre était sans issue, un cul-de-sac. Impasse. Elle hésita. Choisit.

— Je reste, fit-elle.

Depuis le magasin, Joan Smith suivit des yeux la Mercedes qui traversait le village en direction de l'*Angel*. Cinq minutes plus tard, elle arrivait à Lowfield Hall, elle était dans Lowfield Hall, car de sa nouvelle démarche de folle, elle avait traversé en sautillant la salle d'armes pour surprendre Eunice en train de dévorer des œufs avec des frites et un gâteau au citron à la table de la cuisine.

— Oh, Eun, quelle tristesse ! Après tout ce que

vous avez fait pour eux, ce sont des monstres d'ingratitude. Et pour une si petite chose !

Eunice n'avait aucune envie de la voir. La « petite chose » en question devait sûrement être son incapacité à lire. À présent repue, elle leva un regard mauvais sur Joan et s'attendit au pire. Ce ne fut pourtant pas le pire qui vint, mais le meilleur. Au bout de quelques moments.

— Vous avez déjà fait vos valises, sans doute ? J'imagine que vous avez des projets, une personne aussi compétente que vous n'a sûrement pas à chercher bien loin pour trouver une bonne place. Mais je voudrais que vous sachiez que vous pouvez venir à la maison. Tant que Joanie aura un lit à prêter et un toit au-dessus de sa tête — Dieu seul sait combien de temps nous serons à l'abri de la colère du méchant — vous serez la bienvenue. (Essoufflée de ses efforts, elle ajouta en retenant son haleine, presque timidement :) Vous n'avez pas reçu quelque chose, au courrier d'aujourd'hui ?

Les joues d'Eunice virèrent au cramoisi.

— Pourquoi ?

— Oh, elle rougit ! Vous croyiez avoir un admirateur au village, dites ? Eh bien oui : moi. Vous n'avez donc pas lu mon message, au dos de la carte ? Je savais que toute la famille était de sortie et je vous prévenais que j'allais faire un saut ici.

Eunice avait cru que cette carte de la Saint-Valentin était une moquerie de Melinda. Mais son immense soulagement venait d'ailleurs : Joan ne savait pas, la nouvelle n'était pas parvenue jusqu'à elle. Défaillant presque de joie sur sa chaise, elle n'avait jamais ressenti sentiment plus proche de l'amour que celui qu'elle éprouva pour Joan à ce moment-là. Soudain ragaillardie, exubérante presque, elle prépara le thé et creusa sa pauvre imagination pour inventer des détails sur son renvoi afin de faire plaisir à Joan. Elle vilipenda les Coverdale et promit à Joan de l'accompagner le lendemain soir, son dernier soir, au temple de Nunchester.

— Ce sera notre dernière sortie ensemble, Eun. Moi qui comptais vous inviter mercredi, quand Elder Barnstaple et sa femme viendront dîner à la maison. Mais on n'offense pas impunément le Seigneur, ma chère, et vous vous relèverez dans toute votre splendeur tandis que les méchants seront précipités en enfer et subiront le châtiment de leur iniquité. Oui, ils recevront leur juste récompense !

Ne prêtant guère attention aux délires et aux envolées de Joan, Eunice se mit aux petits soins pour elle, lui versa du thé, lui coupa des tranches de gâteau au fromage blanc, lui promit monts et merveilles, de venir la voir à la première occasion, de lui écrire — de lui écrire ! — et lui jura, en un élan bien peu eunicien, une indéfectible amitié.

Joan semblait posséder un instinct qui lui permettait de ne jamais rester plus qu'il fallait. Cette fois, pourtant, elles avaient tant à discuter, et avec tant de passion, que la fourgonnette venait à peine de quitter l'allée lorsque la Mercedes apparut. Eunice remonta lourdement se coucher.

— Il va falloir que je reprenne le collier lundi, fit Jacqueline dont le doigt laissa une trace satinée dans la poussière en passant sur le dessus de sa coiffeuse. J'ai l'impression de rentrer de neuf mois de vacances. Toutes les bonnes choses ont une fin, je suppose.

— Les mauvaises aussi, dit George.

— Ne t'inquiète pas : je suis aussi heureuse que toi de lui voir tourner les talons. Comment as-tu trouvé ta journée d'anniversaire ?

— Merveilleuse. Comme toutes mes journées avec toi, chérie.

Elle se leva, radieuse. Il l'enlaça.

19

À l'église, le dimanche matin, leur dernier matin, les Coverdale murmurèrent qu'ils avaient péché par action et par omission. Ils prononcèrent ces paroles sur un ton de vénération et en toute sincérité, mais sans vraiment penser à ce qu'ils disaient. Le révérend Archer fit un sermon sur le respect dû par chacun aux personnes âgées et notamment à ses parents, ce qui n'avait aucun rapport avec la vie des Coverdale, beaucoup plus avec celle d'Eunice Parchman et de Joan Smith. Après l'office, ils allèrent boire un sherry chez les Jameson-Kerr et ne se mirent pas à table avant 3 heures.

Le temps était indécis : sans vent, humide, couvert, mais les premiers signes annonciateurs du printemps avaient déjà fait leur apparition. Le vert n'est pas la couleur dominante, à cette époque de l'année, mais le rouge, car la montée de sève habille le moindre rameau d'un satin pourpre. Dans le jardin de Lowfield Hall, les perce-neige pointaient. Ces premières fleurs de la saison étaient les dernières que les Coverdale devaient voir.

Pour la dernière fois, Melinda avait téléphoné à Jon avant d'aller à l'église. Pour la dernière fois, Giles assista à l'élévation. Bien que non encore admis au sein de l'Église, le bon Père Madigan avait entendu sa confession et lui avait donné l'absolution : aussi était-il peut-être en état de grâce. Pour la dernière fois, George et Jacqueline firent leur sieste du dimanche après-midi. À 5 heures, George amena le poste de télévision dans le salon et brancha l'antenne à la prise qui se trouvait entre les deux fenêtres de façade.

Quand elle se réveilla, Jacqueline lut l'article du *Radio Times* sur le *Don Juan*, puis se rendit dans la cuisine pour préparer le thé. Eunice traversa la pièce à 5 heures dans son manteau rouge sombre, avec son bonnet de laine et son écharpe. Les deux femmes firent comme si elles ne s'étaient pas vues. Eunice quitta la maison par la salle d'armes et referma doucement la porte derrière elle. Melinda alla chercher son magnétophone, passa la tête par la porte entrebâillée du sanctuaire de Giles, annonça à celui-ci qu'elle voulait enregistrer l'opéra.

— Je suppose que tu ne vas même pas descendre l'écouter, fit-elle.

— Je sais pas.

— Tu devrais. J'aimerais bien que tu viennes.

— Bon, d'accord.

La sombre journée d'hiver avait glissé, sans coucher de soleil apparent, dans l'épaisseur des ténèbres hiémales. Pas de vent, pas de pluie, pas d'étoiles. La lune devait être morte, qu'on n'avait pas vue depuis tant de nuits. Tout autour de Lowfield Hall, isolé au milieu de l'ondoiement des prés, de l'écheveau des routes de campagne et des petits bois serrés, se refermait l'étau d'une impénétrable obscurité. Impénétrable, pas tout à fait car, depuis la route de Stantwich, le voyageur attentif pouvait distinguer le Hall, point de lumière brillante. Qu'elle rayonnait loin, cette petite chandelle ! Aussi loin qu'une bonne action dans un monde mauvais.

Joan et Eunice arrivèrent au temple de l'Épiphanie à 6 heures moins 5. Joan resta calme — trop calme peut-être — pendant les cantiques et les confessions. Après quoi, tandis qu'elle racontait, une tranche de cake à la main, son passé d'errements à une nouvelle recrue, Mrs Barnstaple s'approcha et l'informa assez sèchement qu'Elder et elle ne viendraient pas dîner mercredi soir. Les Barnstaple vivaient à Nunchester à présent et, toute vivace qu'elle fût, la rumeur publique de Greeving n'allait pas jusque-là. Mrs Barnstaple expliqua à son mari qu'elle avait pris cette décision parce que, même si Joan était une bonne Épiphaniste à qui le Seigneur avait pardonné, entendre encore le récit des cochonneries de Shepherd's Bush en plein repas lui couperait l'appétit. Mais Joan vit dans cette reculade un résultat de l'enquête que George Coverdale avait déclenchée. Elle bondit sur ses pieds en poussant un cri de rage.

— Maudit soit le méchant qui déverse des calomnies dans des oreilles innocentes ! tonna-t-elle. (Joan ne citait pas forcément la Bible, elle se contentait souvent de prendre des accents bibliques pour exprimer ce qui aurait dû, à son avis, figurer dans les Écritures.) Le Seigneur le rouera de coups de l'échine jusqu'aux jambes. Gloire à Dieu, qui désigne Sa servante pour être l'arme de Sa main droite !

Son corps semblait chargé d'une énergie frénétique. Elle s'égosillait, postillonnait. Pendant quelques instants, cela enchanta l'assemblée des fidèles. Mais dans leur déraison de fanatiques, ils n'étaient pas fous : quand elle la vit rouler des yeux et commencer à s'arracher littéralement des touffes de cheveux, Mrs Barnstaple essaya de la maîtriser. D'une bourrade, Joan la repoussa et la brave dame tomba à la renverse dans les bras de son mari. On appela Eunice à la rescousse, mais celle-ci ne voulait rien faire qui pût contrarier sa nouvelle amie. Joan, qui tenait à présent subjuguée l'assemblée tout entière, hurlait des paroles incohérentes et se balançait d'avant en arrière comme une forcenée.

Puis, aussi brusquement qu'elle avait débuté, la crise s'arrêta. On eût dit un médium sortant de transe, une possédée soudain débarrassée de l'esprit furieux qui l'habitait. Épuisée et soudain muette, elle s'affala sur une chaise puis, d'une toute petite voix, dit à Eunice :

— On y va quand vous voulez, Eun.

Elles quittèrent le temple à 7 heures 20. Joan conduisit avec la lenteur d'une débutante.

Les Coverdale s'étaient confortablement rassemblés autour du poste de télévision : George et Jacqueline sur le sofa, Melinda à même le sol, Giles tassé dans un fauteuil. Le magnétophone tournait. Après avoir tripoté les boutons pendant l'ouverture, l'avoir déplacé, puis surveillé d'un air soucieux du coin de l'œil, Melinda oublia progressivement sa présence au fur et à mesure du déroulement de l'opéra. Toute son attention était captée par les personnages féminins auxquels elle s'identifiait successivement. Elle était Donna Anna, elle serait Donna Elvira puis, le moment venu, Zerlina aussi. Elle appuya sa tête contre le bras de George, sur le sofa, car son père était à ses yeux devenu le Commandeur qui se battait et se faisait tuer pour sauver l'honneur de sa fille — bien qu'elle n'assimilât pas son Jonathan à Don Juan.

Toujours élégante dans son pantalon de velours vert et son corsage en soie or, Jacqueline griffonnait quelques notes critiques dans la marge du *Radio Times*. En même temps que Don Ottavio, elle fredonna tout bas « Songe à ma tendresse, tendresse d'un père et d'un époux ! » en couvant George d'un œil attendri. Lequel George, qui était homme, bel homme et sexuellement accompli, ne pouvait s'empêcher de s'identifier à Don Juan. Il ne voulait pas tout un catalogue de femmes, il voulait juste sa Jacqueline, et pourtant...

« J'arracherai son cœur ! » chanta Donna Elvira, et ils eurent un sourire de satisfaction — tous sauf Giles. Lui n'était là que pour Melinda, l'âge des lumières et des bonnes manières n'avait jamais tellement eu d'attrait pour lui. Il fut le seul à entendre un bruit de pas sur le gravier de l'allée, à 8 heures moins 20, à la fin de la Scène Deux et de l'air du Catalogue, car il était le seul à ne pas se concentrer sur la musique. Mais bien sûr il ne se dérangea pas pour aller voir. Il n'était pas du genre à se déranger.

Au début de la Scène Trois, Jacqueline ajouta avec indignation une ligne à ses notes. Il était presque 8 heures moins 5. Au moment où Don Juan entonnait « *O guarda, guarda* ! Regardez, regardez ! », la fourgonnette des Smith entra dans l'allée de Lowfield Hall et s'avança tout doucement en veilleuses presque jusqu'à la porte d'entrée. Mais les Coverdale ne virent rien, n'entendirent rien. Même Giles n'entendit rien, cette fois.

La conduite de Joan était devenue mal assurée. Ses brusques écarts d'un bord à l'autre de la route avaient fini par effrayer la flegmatique Eunice.

— Vous devriez vous calmer un peu si vous ne voulez pas nous envoyer dans le décor.

Les avertissements de ceux qui se plaignent rarement portent davantage que ceux des éternels râleurs. Mais Joan n'était pas en état de se faire raisonner. Elle resta cramponnée à son volant et parvint vaille que vaille à destination.

— Entrez un moment, fit Eunice.

— Daniel dans la fosse aux lions, répondit-elle en s'esclaffant.

— Venez donc, qu'est-ce qui vous empêche ? Une tasse de thé vous fera du bien.

— Voilà qui est parler, Eun. Qu'est-ce qui m'empêche, hein ? Ils ne vont pas me tuer, quand même.

Joan enclencha un rapport trop grand et la camionnette se mit à faire des sauts de kangourou dans l'allée. Ce fut Eunice, qui pourtant ne savait pas conduire, qui dut empoigner le levier de vitesses et enfoncer l'embrayage pour permettre une approche plus silencieuse. Elles laissèrent le véhicule sur le large espace gravillonné, devant la maison, non loin du rai de lumière qui filtrait à travers les rideaux entrebâillés.

— Ils regardent la télé, dit Eunice.

Elle mit la bouilloire sur le feu tandis que Joan traînait dans la salle d'armes.

— Pauvres petits oiseaux, commenta-t-elle. C'est pas juste, qu'est-ce qu'ils lui ont fait ?

— Et moi, qu'est-ce que je lui ai fait ?

— C'est bien vrai, ça. (Joan décrocha un des fusils et mit Eunice en joue.) Bang, bang, t'es morte ! Vous avez jamais joué au cow-boy quand vous étiez jeune, Eun ?

— J'en sais rien. Venez, le thé est prêt.

En dépit de ses paroles provocantes, Eunice n'était pas tranquille : elle craignait que la voix hystérique de Joan ne s'entende du salon, par-dessus la musique. Elles montèrent au premier, mais n'arrivèrent pas à l'étage de la chambre d'Eunice. Joan ne devait plus jamais pénétrer dans le domaine d'Eunice, de même qu'aucun adieu définitif ne devait jamais être prononcé entre elles. La porte de la chambre de Jacqueline était ouverte. Joan entra et mit la lumière. Eunice remarqua la poussière, mélange de poudre de talc et de peluches, sur les surfaces cirées. Le lit était moins bien fait que par elle. Elle posa le plateau sur l'une des tables de chevet et retendit l'édredon. Joan fit le tour de la chambre sur la pointe des pieds, ses hauts talons à deux centimètres au-dessus de la moquette, continuant à pousser des gloussements d'un rire nerveux et silencieux en une série de petites exhalaisons, comme pour imiter une machine à vapeur. Quand elle atteignit la table de nuit de Jacqueline, elle prit la photo de George et la coucha face en bas.

— Elle va se douter qui a fait ça, dit Eunice.

— Tant pis. De toute façon, ils peuvent rien vous faire de plus.

— Non. (Après une petite hésitation, Eunice renversa la photo de Jacqueline de la même façon.) Allons, venez, on ferait mieux de boire ce thé.

— Donnez, je vais le verser.

Elle souleva la théière et fit couler un jet de liquide en plein milieu de l'édredon. Eunice se recula, horrifiée, une main plaquée sur sa bouche. Le thé fit une petite mare puis commença à s'infiltrer dans les couvertures.

— Ben vous, alors ! fit Eunice.

Joan sortit sur le palier, écouta puis rentra. Elle prit alors une boîte de talc, ôta le couvercle et la lança sur le lit. Un nuage de poudre s'éleva, ce qui fit tousser Eunice. Joan ouvrait à présent l'armoire.

— Qu'est-ce que vous allez faire ? chuchota Eunice.

Joan ne répondit pas. Elle attrapa la robe du soir en soie rouge, sur son cintre, saisit fermement l'encolure et tira d'un coup sec vers le bas : le vêtement se déchira tant qu'elle se retrouva avec le devant dans une main et le dos dans l'autre. Eunice était effarée, épouvantée, mais excitée également. La frénésie croissante de Joan la gagnait. Elle plongea à son tour les mains dans l'armoire, sortit la robe plissée verte qu'elle avait si souvent repassée et en déchiqueta le corsage avec la pointe des ciseaux à ongles de Jacqueline. Les ciseaux lui furent arrachés par Joan qui se mit à taillader sans discernement tous les habits, avec des halètements de plaisir. Eunice piétina le tas de tissus en lambeaux, écrasa à coups de talon le verre du cadre des photos, sortit les tiroirs, jeta en l'air bijoux, cosmétiques et paquets de lettres qui se détachèrent de leur ruban rose et retombèrent en tourbillonnant. Elle éclata d'un rire guttural qui se superposa à celui, hystérique, de Joan, persuadées l'une et l'autre que la musique d'en bas était assez forte pour couvrir tout bruit venant de la chambre.

Ce qui était le cas, à ce moment précis. Pendant qu'au-dessus de leur tête, Eunice et Joan s'abandonnaient à leur folie destructrice, les Coverdale écoutaient l'un des soli les plus éclatants de tout l'opéra, l'aria *Finch'han dal Vino*, après quoi, Jacqueline se leva, car elle n'aimait pas l'interprète de Zerlina et craignait qu'elle ne massacre le *Batti, batti, o bel Masetto*. Dans la cuisine, elle remarqua que la bouilloire était encore chaude, ce qui indiquait qu'Eunice devait être rentrée. Elle vit également le fusil sur la table, mais pensa que c'était George qui l'avait posé là pour une raison à lui avant de venir les rejoindre devant la télévision.

Les bruits de la porte du salon qui s'ouvrait et des pas dans le couloir dégrisèrent quelque peu Joan et Eunice. Elles s'assirent sur le lit, se regardant l'une l'autre, prenant pour rire l'air de deux gamines en faute, les sourcils levés et se mordillant la lèvre inférieure. Joan éteignit la lumière et elles restèrent immobiles dans le noir jusqu'à ce qu'elles entendissent Jacqueline retraverser le couloir et rentrer au salon.

Eunice décocha un coup de pied à un tas de tissu déchiré.

— C'est cousu de fil blanc, fit-elle le plus sérieusement du monde alors que Joan s'esclaffait. Il saura que c'est nous, il va peut-être appeler la police.

— Il ne sait pas qu'on est ici. (Les yeux de Joan étincelèrent.) Est-ce qu'il y a des cisailles, quelque part ?

— Je sais pas. Peut-être dans la salle d'armes. Pour quoi faire ?

— Vous allez voir. Ah, je suis contente qu'on l'ait fait, Eun. Nous l'avons frappé par où il a péché : dans son lit de débauche. Je suis l'instrument de la vengeance du Seigneur ! Je suis l'épée, je suis la lance de Sa main droite !

— Si vous continuez à crier comme ça, ils vont vous entendre. Moi aussi, je suis contente qu'on l'ait fait.

Elles laissèrent le plateau sur le chevet, la théière au milieu du lit. La lumière du couloir était allumée, en bas. Joan se rendit tout droit dans la salle d'armes et fouilla dans la boîte à outils de George.

— Je vais couper le fil du téléphone.

— Comme à la télé, acquiesça Eunice, qui avait cessé de protester, avec un hochement de tête approbateur. Il passe au-dessus de la porte d'entrée. Sûr qu'ils pourront pas appeler la police, comme ça.

Joan revint, un sourire radieux aux lèvres.

— Bon, qu'est-ce qu'on fait, maintenant ?

Il n'était pas venu à l'esprit d'Eunice qu'elles puissent faire autre chose. Tout casser devrait obligatoirement s'entendre du salon et, police ou pas, elle et ce haricot de petite bonne femme ne seraient pas de taille à résister à quatre adultes vigoureux.

— J'en sais rien, fit-elle — mais cette fois, sa sempiternelle réponse était assortie d'un regret : elle aurait bien aimé continuer à s'amuser.

— Tant qu'à faire, autant qu'on nous pince pour quelque chose, dit Joan en prenant le fusil et en collant son œil à l'un des canons. Je leur filerais une sacrée trouille, hein, si je tirais.

— Ça se tient pas comme ça, montra Eunice en décrochant le second fusil. Comme ça.

— Vous êtes une drôle de cachottière, dites donc. Depuis quand jouez-vous à la femme-gangster ?

— Je l'ai regardé faire. J'y arriverais aussi bien que lui.

— Je veux essayer !

— Il est pas chargé. Il range ces trucs — les cartouches, que ça s'appelle — dans ce tiroir-là, je l'ai souvent vu les y mettre. Ils coûtent une fortune, ces fusils : deux cents livres chacun.

— On pourrait les casser.

— Ça, c'est les ouvrir pour les charger : casser un fusil, qu'on dit.

Elles se regardèrent et Joan partit d'un rire qui ressemblait au cri aigre d'un paon.

— La musique s'est arrêtée, remarqua Eunice.

Il était 9 heures moins 10, et le premier acte venait de s'achever. À l'opéra comme dans la cuisine.

20

Profitant de l'entracte, Jacqueline versa une seconde tasse de café à chacun. Melinda s'étira et se leva.

— Merveilleux, dit George. Qu'en penses-tu, chérie ?

— Zerlina est atroce. Trop vieille et la voix trop pointue. Au fait, George, tu n'as pas entendu du bruit, en haut, pendant le menuet ?

— Je ne crois pas. C'était sans doute notre bête noire qui rentrait discrètement.

— Elle est tout sauf discrète, papa, rectifia Melinda. Sournoise, plutôt. Zut, j'ai oublié d'arrêter la bande.

— Ce que j'ai entendu n'était ni discret ni sournois : on aurait dit du verre brisé.

Melinda coupa le magnétophone.

— Il y avait la scène du festin, dit-elle en se référant à l'opéra : c'était peut-être des bruitages dans la télé.

Le reste de ce qu'elle s'apprêtait à dire fut interrompu par un petit cri venant de l'extérieur de la pièce.

— George ! hurla presque Jacqueline. C'est encore cette Mrs Smith !

— Ça m'en a tout l'air, articula-t-il lentement sur un ton lourd de menaces.

— Elle est dans la cuisine avec miss Parchman.

— Eh bien elle ne va pas tarder à prendre le large !

Il se leva.

— Papa, tu vas rater le début de l'acte deux. La vieille Parchemin est peut-être juste en train de donner une petite fête d'adieu.

— Je n'en ai que pour deux minutes.

Il se dirigea vers la porte, s'arrêta un instant et regarda sa femme pour la dernière fois. S'il avait su que c'était la dernière fois, ce regard aurait été éperdu de gratitude pour six années de bonheur passées ensemble. Mais il ne savait pas, aussi se contenta-t-il d'assurer son regard et de pincer les lèvres avant de s'avancer dans le couloir jusqu'à la cuisine. Jacqueline pensa d'abord aller avec lui, mais elle se ravisa et se réinstalla dans les coussins du sofa au moment où le second acte commençait avec la querelle entre Leporello et son maître. Le magnétophone avait été remis en route. *Ma che ho ti fatto, che vuoi lasciarmi ?* Mais que t'ai-je donc fait, que tu veuilles me quitter ? *O niente affato, quasi ammazzarmi !* O rien de grave, presque m'assassiner...

George ouvrit la porte de la cuisine et s'arrêta net, abasourdi. Sa bonne, debout à côté de la table, ses cheveux poivre et sel sortant de leurs épingles, le visage cramoisi, faisait face à la silhouette de héron de Joan Smith, dressée sur ses ergots, emplumée de vert et de rose saumon. Chacune tenait l'un de ses fusils pointé sur l'autre.

— C'est monstrueux ! s'écria George quand il eut retrouvé sa voix. Posez ça immédiatement !

— Bang, bang, piailla Joan, à laquelle des souvenirs de guerre ou de film de guerre semblaient revenir. *Hände hoch !*

Et elle lui braqua le fusil en plein visage.

— Heureusement pour vous, il n'est pas chargé, fit calmement George, redevenu le major Coverdale d'El Alamein, en regardant sa montre. Je vous donne exactement trente secondes à toutes les deux pour reposer ces fusils sur la table. Passé ce délai, je vous les reprends de force et j'appelle la police.

— Ça m'étonnerait ! fit Eunice.

Aucune des deux femmes ne bougea. George resta immobile comme une statue pendant toute la demi-minute. Il n'avait pas peur. À la fin des trente secondes, Joan le tenait toujours au bout de son fusil et il entendit faiblement dans le salon Elvira entonner le beau et délicat *Ah taci, ingiusto core !* Tais-toi, cœur déloyal, ne bats pas si fort en ma poitrine. Le sien battait posément. Il s'approcha de Joan, attrapa le canon de l'arme et émit un bref grognement lorsque Eunice lui tira dans le cou. Il s'affala à travers la table, essaya de s'agripper au rebord tandis que le sang jaillissait comme une fontaine de sa jugulaire sectionnée. Joan se recula vivement contre le mur. Eunice inspira, retint sa respiration et tira la seconde décharge dans le dos de George.

Au bruit des deux détonations, Jacqueline bondit sur ses pieds avec un cri affolé.

— Mon Dieu, qu'est-ce que c'est que ça ?

— La fourgonnette de Mrs Smith qui pétarade, répondit Melinda à voix basse pour ne pas gâcher son enregistrement. Elle le fait toujours. Un problème d'échappement, sans doute.

— On aurait dit des coups de feu.

— Oui, ça fait le même bruit. Assieds-toi, Jackie, ou on va rater ça, c'est l'air le plus joli de tout l'opéra.

Tais-toi, cœur déloyal, ne bats pas si fort en ma poitrine. Elvira se pencha à sa fenêtre, Leporello et Don Juan apparurent au-dessous, les deux barytons et la soprano entonnèrent le fameux trio. Jacqueline se rassit en jetant un regard inquiet vers la porte.

— Pourquoi ne revient-il pas, ton père ?

— Il a flingué la vieille folle et ne sait pas comment nous le dire.

— Giles, je t'en prie ! Tu ne voudrais pas aller voir, mon chéri ? Je n'entends plus rien.

— C'est normal avec le bruit de la télé, fit Melinda, agacée. Il n'a pas besoin de hurler pour la virer, quand même. Dire que toutes ces idioties vont s'enregistrer sur ma bande !

Jacqueline fit de la main un petit geste d'excuse, mais sans pouvoir masquer son inquiétude. Giles, qui avait mollement commencé à s'extirper de son fauteuil, se laissa retomber. La télévision égrena les notes pincées de la mandoline de Don Juan. *Deh vieni alla finestra*. Parais à ta fenêtre, ma voix t'implore... Jacqueline, les poings crispés, joignit le geste à cette supplique. Elle se leva d'un bond, se dirigea vers la fenêtre à gauche du poste et écarta le rideau.

— La camionnette de Mrs Smith est encore là ! cria-t-elle sans se souvenir de l'enregistrement. Ce n'est donc pas ça que nous avons entendu.

Elle se retourna vers les enfants : Melinda était renfrognée, Giles avachi et exaspéré. L'angoisse se lisait sur son visage. Même Giles remarqua la frayeur qui grandissait en elle.

— Bon, j'y vais, soupira-t-il en commençant à se soulever avec la lenteur d'un vieillard arthritique.

Il se traîna paresseusement vers la porte à l'instant où Joan Smith et Eunice Parchman quittaient la cuisine pour s'avancer dans le couloir.

— Faut qu'on tue les autres, maintenant, disait Eunice sur le même ton que s'il s'agissait d'une tâche ménagère, laver par terre, par exemple, à exécuter impérativement et sans délai.

Joan, à qui il était inutile de le dire deux fois, se tourna pour regarder George. Il était mort mais sa montre ne restait pas inerte, elle, et depuis le moment fatal, l'aiguille des minutes avait avancé du dix presque jusqu'au douze. Il allait être 9 heures. Joan se tourna de nouveau et leva vers Eunice un visage illuminé d'un large sourire. Visage maculé de sang, de même que ses mains et le pull qu'Eunice lui avait tricoté. Dans le couloir, une bouffée de musique, de voix de baryton et de cordes pincées les assaillit au moment où Giles ouvrait la porte du salon. À la vue du sang, il poussa un cri.

— Mon Dieu !

Il pivota sur ses talons juste avant que Joan ne lui ordonne de le faire.

— Retournez là-dedans. On a des fusils.

Eunice fut la première à le suivre. Cet enchevêtrement de vocalises mâles lui explosa dans la tête et déclencha en elle, dans tout son être, un sentiment de puissance. La chance s'offrait enfin à elle, la chance de pouvoir commander, se venger. Cela redonna force à ses mains, qui avaient un peu tremblé là-bas dans la cuisine. D'un geste ferme et précis, elle pointa le canon du fusil rechargé. Le visage terrifié et décomposé de Jacqueline, c'était le même que celui sur lequel elle avait lu le sarcasme, peu de temps auparavant, lorsqu'elle lui avait tendu cette carte de la Saint-Valentin. Cette voix qui hurlait pour appeler son mari, c'était celle d'une femme qui savait lire des livres, d'une femme qui levait la tête de son courrier pour vous susurrer des politesses pleines de sarcasme. En ces instants, les cris, les supplications, passèrent au-dessus d'elle presque sans qu'elle les entendît et, par une étrange métamorphose, dans le cerveau d'Eunice, ces trois personnages n'étaient plus des gens, mais des mots imprimés, ces choses qu'on trouvait dans les bibliothèques, ces pâtés de signes noirs sur du papier blanc, ses ennemis éternels, tant détestés et tant désirés.

— Vous feriez mieux de vous asseoir. Votre tour est venu.

Le rire de Joan l'interrompit. Elle hurla une phrase de la Bible et tira. Eunice fut effarée. Non à cause des cris et de la vue du sang, mais parce que Joan était capable de le faire en premier, parce que Joan pouvait la battre à ce jeu-là. Elle avança, fusil pointé et fit feu des deux canons à la fois. Elle rechargea tandis qu'une autre détonation retentissait à ses oreilles, puis pressa de nouveau la double détente sur la forme qui gisait sur le tapis chinois.

La musique s'était tue — Joan avait dû l'arrêter. Plus de coups de feu, plus de cris. Un silence oppressant, plus apte à adoucir les mœurs de l'âme farouche, se déversa sur la pièce comme un baume épais et presque tangible. Il figea Eunice, changea cette femme de l'âge de pierre en pierre elle-même. Ses paupières tombèrent sur ses yeux. Sa respiration se fit si régulière et mécanique qu'un observateur aurait pu croire qu'elle s'était endormie debout.

Une pierre qui respirait, voilà ce qu'était Eunice. Ce qu'elle avait toujours été.

21

Le calme exalté de celle qui vient d'accomplir une mission sacrée descendit sur Joan Smith. Elle contempla son œuvre et fut satisfaite : elle avait pourfendu les ennemis de Dieu et s'était donc purifiée. Si les Règles de Mc Naughten avaient été appliquées, elle aurait été déclarée irresponsable, car elle était consciente de ses actes mais ne savait pas que c'était mal.

Innocente, elle l'était au vrai sens du terme. Et maintenant, elle allait reprendre sa fourgonnette, descendre à Greeving, raconter à tout le village ce qu'elle avait fait, le clamer dans les rues, le crier haut et fort au *Blue Boar*. Dommage qu'elle ait coupé le fil du téléphone, sinon elle aurait pu l'annoncer à l'opératrice. Calmement, majestueusement, elle posa le fusil et prit le magnétophone qui tournait encore. Elle appuya sur un bouton et la petite lumière rouge s'éteignit. Son fait d'armes était enregistré là-dedans et, à la mesure de sa démence, elle se voyait déjà bientôt passer la bande aux adeptes de l'Épiphanie pour leur édification.

Elle ne se préoccupait plus guère d'Eunice. Celle-ci, immobile, tenait toujours son fusil et fixait d'un œil implacable les cadavres de Giles et de Melinda qui gisaient côte à côte et qui, dans la mort, semblaient plus proches de l'étreinte qu'ils ne l'avaient jamais été dans la vie. Mais Joan avait oublié qui était Eunice, elle avait oublié jusqu'à son propre nom. Oublié, Shepherd's Bush. Oublié, Norman. Elle était seule, Titanide ou ange qui n'avait qu'une crainte, que quelque esprit malin allié des Coverdale n'intervînt pour l'empêcher de proclamer la bonne nouvelle.

Le sang de George avait éclaboussé son pull, ses mains et son visage. Sans chercher à s'en laver, elle se dirigea d'un pas inhabituellement long et lent vers la porte et le couloir. Ce mouvement tira Eunice de sa contemplation.

— Vous feriez bien de vous nettoyer la figure avant de partir, dit-elle.

Joan l'ignora. Elle ouvrit la porte d'entrée, s'assura qu'aucun démon ne guettait dans les ténèbres. L'allée et le jardin étaient déserts, et ce vide lui parut accueillant. Elle monta dans la fourgonnette.

— Comme vous voudrez, fit Eunice. Faites-le avant d'aller au lit, en tout cas, et surtout, tenez votre langue. Restez tranquille.

— Je suis le bras des armées de Dieu !

Eunice haussa les épaules. Ce genre d'envolée n'était pas dangereuse, Joan en était coutumière. Les gens du village penseraient simplement qu'elle était un peu plus fêlée que d'habitude. Elle retourna dans la maison : il lui restait des choses à faire.

Avec ses veilleuses pour tout éclairage, Joan sortit de Lowfield Hall au volant du van dans un état d'euphorie. Elle conduisait la tête haute et souriait aimablement à une foule invisible et admirative. Ce fut un miracle qu'elle atteigne la grille, mais elle y parvint et roula encore six ou sept cent mètres le long du chemin. Là ou celui-ci bifurquait brutalement pour éviter un haut mur de briques qui entourait le jardin de Mr Meadow, elle vit un hibou blanc tomber d'un arbre pour prendre lourdement son vol juste devant elle, à hauteur de ses yeux. Joan vit dans cet oiseau un démon vengeur envoyé par les Coverdale. Elle écrasa l'accélérateur pour le mettre en pièces, le manqua, mais ne manqua pas le mur : l'avant de la fourgonnette s'aplatit en accordéon. La tête de Joan passa à travers le pare-brise et vint taper contre trente centimètres d'un rempart de briques et de béton.

Il était 9 heures et demie. Mr et Mrs Meadows rendaient visite à leur fille mariée qui habitait Gosbury, et il n'y avait personne dans la maison pour entendre l'accident. Norman Smith était au *Blue Boar*. Là aussi, la nuit avait été riche en événements, mais ce n'est que le lendemain qu'ils prirent toute leur importance. Il rentra à 10 heures et quart. La fourgonnette n'était pas à sa place habituelle, à côté du magasin, mais il pensa que Joan l'avait prise pour aller quelque part avec Eunice, dont c'était la dernière soirée à Greeving — bon débarras. Personne ne signala l'accident avant le retour des Meadows, à 10 heures 25. Quand ils virent leur mur éventré, la fourgonnette, et Joan qui gisait à moitié sortie sur le capot, ils téléphonèrent tout de suite à une ambulance et prévinrent Norman Smith. Joan était fort mal en point, mais toujours vivante. On l'emmena donc à l'hôpital, où nul ne se préoccupa de savoir si le sang qui la couvrait — il y en avait tellement — était bien à elle. C'est ainsi que Mrs Joan Smith, qui aurait dû être internée en hôpital psychiatrique depuis des mois, se retrouva dans une unité de soins intensifs pour grands blessés.

C'était la deuxième fois de la soirée que Norman se voyait imposer la vue du sang. Près de trois heures avant d'être amené sur le lieu de l'accident de sa femme, deux jeunes gens étaient entrés au *Blue Boar*.

Le plus petit, et aussi le plus jeune, avait demandé au patron, Edwin Carter, où se trouvaient les toilettes. Sa main gauche semblait blessée, à voir le sang qui suintait à travers le mouchoir qui la bandait.

Mr Carter les lui indiqua, et sa femme proposa de refaire son pansement. Il refusa net et ne fournit aucune explication sur l'origine de sa blessure. Quand il ressortit des toilettes, sa main était emmaillotée dans un mouchoir plus propre. Ni les Carter ni aucun des clients n'avaient véritablement vu sa main. Ils se rappelèrent seulement le sang sur le premier mouchoir. Parmi les témoins, Jim Meadows le garagiste, Alan et Pat Newstead, Geoff et Barbara Baalham, Philip, le frère de Geoff, et Norman Smith.

Mrs Carter se souvint que l'homme à la main blessée commanda un double brandy, et son compagnon un demi de bière. Ils s'installèrent à une table, vidèrent leur verre en moins de cinq minutes et repartirent sans avoir dit un mot à personne, sauf pour demander où ils pourraient trouver de l'essence à cette heure puisque le garage Meadows était fermé. Geoff Baalham répondit qu'il y avait une pompe automatique après Gallows Corner, leur expliqua comment y aller et les accompagna jusqu'au petit parking du *Blue Boar*. Là, il remarqua leur voiture, une Morris Minor Traveller rouge foncé à carrosserie canadienne en bois, mais ne se rappela pas le numéro.

Comme ils quittèrent le village par Greeving Lane, ils devaient inévitablement passer devant Lowfield Hall.

Le lendemain, tous les témoins fournirent à la police force détails sur ces étrangers. Jim Meadows déclara qu'ils avaient tous deux de longs cheveux bruns, qu'ils portaient des jeans et que celui dont la main n'était pas blessée dépassait le mètre quatre-vingts. Les Carter confirmèrent que le grand avait bien les cheveux bruns et longs, mais leur fille, Barbara Baalham, les avait vus tous deux châtains avec des yeux marron. Pour Alan Newstead, le jeune à la main bandée avait des cheveux blonds et courts et des yeux bleus perçants, alors que sa femme décrivait les mêmes yeux comme perçants certes, mais marron. Geoff Baalham, lui, se dit d'accord avec les cheveux blonds du plus petit, mais son pantalon était en velours gris, ce qui contredisait l'affirmation formelle de son frère : tous deux étaient en jeans. De plus, le grand se rongeait les ongles. Norman Smith avait remarqué une cicatrice sur la joue du blond, et le brun ne mesurait pas plus d'un mètre soixante-quinze.

Chacun regrettait de n'avoir pas prêté davantage attention, mais ils ne pouvaient pas savoir que cela s'avérerait utile.

Restée seule, Eunice, qui avait « des choses à faire, commença par ne rien faire du tout. Elle s'assit sur une marche de l'escalier, avec cette curieuse impression que si elle ne bougeait pas et attendait le matin pour prendre ses valises, marcher tranquillement jusqu'à l'arrêt d'autobus qu'elle avait depuis longtemps localisé, et aller à Londres, tout se passerait bien. On ne retrouverait peut-être pas les Coverdale avant des semaines, et alors là, personne ne saurait où elle était.

Une tasse de thé lui ferait du bien, cette tasse qu'elle n'avait pas bue tout à l'heure puisque Joan avait renversé la théière sur le lit de Jacqueline. Elle mit de l'eau à chauffer et patienta en faisant les cent pas devant le corps de George. La montre qu'il portait à son poignet mort indiquait 10 heures moins 20. Bon, il était temps de faire les valises. Elle n'avait pas acheté grand-chose pendant les neuf mois passés ici, en dehors de ces produits bien nommés de consommation courante et qu'elle avait effectivement consommés : bonbons, chocolats, gâteaux. Seuls quelques lainages tricotés à la main venaient grossir son stock de vêtements et tout reprit plus ou moins la même place dans les valises de Mrs Samson que lors de son arrivée.

Là-haut dans sa chambre, elle se retrouvait comme s'il ne s'était rien passé. Dommage qu'elle doive partir demain, vraiment, alors qu'il n'y avait plus personne pour l'y obliger. Car elle se trouvait bien, ici, elle s'y était toujours plu. Et ce serait encore mieux maintenant qu'on ne pouvait plus se mêler de ses affaires.

Il était un peu tôt pour aller au lit. Elle ne pensait pas pouvoir trouver le sommeil, ce qui lui sembla extraordinaire vu qu'elle n'avait d'habitude qu'à poser la tête sur l'oreiller pour s'endormir. D'un autre côté, les circonstances n'étaient pas ordinaires non plus, elle n'avait jamais rien fait de pareil, alors ceci expliquait sans doute cela. Toute cette excitation allait la garder éveillée, elle resta donc assise à regarder autour d'elle, à regarder la pièce, à regarder ses bagages : la télévision ne la tentait pas, elle n'était pas d'humeur, et son tricot se trouvait malheureusement tout au fond de la grande valise.

Elle n'avait toujours pas bougé à 11 heures moins le quart. Elle était en train de se demander à quelle heure le bus passait le matin et d'espérer qu'il ne pleuvrait pas, lorsqu'elle entendit une sirène sur Greeving Lane. C'était celle de l'ambulance qui était venue chercher Joan Smith. Mais cela, Eunice l'ignorait. Elle crut qu'il s'agissait de la police, et soudain, pour la première fois, elle eut peur. Elle descendit à la fenêtre de la chambre de Jacqueline pour voir ce qui se passait : plus rien, la sirène s'était évanouie au loin. Elle venait de laisser retomber le rideau qu'elle en entendit une autre : au bout de quelques instants, un véhicule, dont elle ne put discerner que les lumières, passa en trombe et en hurlant devant Lowfield Hall, en direction de la grand-route.

Cela ne plaisait guère à Eunice. Un tel remue-ménage était très inhabituel, à Greeving. Que cherchaient-ils ? Regarder la télévision lui en avait un peu appris sur les méthodes de la police. Elle alluma une des lampes de chevet et fit le tour de la pièce pour essuyer un à un, d'un air absent, tous les objets solides que Joan avait touchés, des morceaux de verre brisé jusqu'aux bibelots et à la théière. Steve, dans son feuilleton favori, quand il ne tirait pas sur les bandits ou ne les poursuivait pas en voiture, était spécialiste en matière d'empreintes digitales. Les flics allaient débarquer ici d'une minute à l'autre, bien que leur sirène se soit tue. Elle descendit au rez-de-chaussée, entra dans le salon et y alluma aussi une lumière. Quelle sottise, de s'imaginer que la police mettrait du temps à découvrir le crime ! Elle s'en rendait compte, à présent. S'ils ne débarquaient pas maintenant, ce serait demain, car Geoff Baalham devait apporter ses œufs le matin : s'il ne pouvait pas entrer, il regarderait par la fenêtre et verrait le corps de George. Elle avait donc un certain nombre de tâches à accomplir pour détourner les soupçons. Essuyer les empreintes de Joan sur les cisailles, tout d'abord. Essuyer les fusils.

Elle inspecta le salon d'un coup d'œil circulaire. Sur le sofa, éclaboussé de sang, se trouvait un numéro ouvert du *Radio Times* avec des notes manuscrites entre les taches. De l'écriture ! Eunice détestait cela encore bien plus que le sang. Elle aurait dû commencer par détruire ce journal, le brûler dans l'évier, le déchirer et l'enterrer, le passer morceau par morceau au broyeur à ordures. Seulement, elle ne savait pas lire. Elle le referma et, dans son obsession de rangement, le mit avec la pile des autres journaux du dimanche sur le plateau du guéridon. Toutes ces tasses sales qui traînaient l'énervaient aussi, mais elle sentit que ce serait une erreur de les laver. Remettre la télévision à sa place dans le petit salon ferait un peu plus propre : elle la roula donc dans le couloir et, pour la première fois, éprouva une grande lassitude.

Il semblait ne plus rien y avoir à faire, et la voiture de police n'était pas revenue. Pour la première fois depuis le début de ce massacre, elle adressa un long regard impassible au cadavre de George puis, de retour dans le grand salon, à ceux de sa femme, de sa fille et de son beau-fils. Elle n'éprouva pas le moindre sentiment de pitié, elle n'eut aucun remords. Amour, joie, paix, repos, espoir, vie, ne signifiaient rien pour elle, pas plus que poussière, cendre, détritus, dénuement, ruine, folie et mort. Elle ne savait pas qu'elle avait assassiné l'amour, détruit la vie, ruiné l'espoir, anéanti un potentiel intellectuel, tué la joie : c'est à peine si elle connaissait le sens de ces mots. Elle ne vit pas les carcasses humaines qu'elle laissait sans sépulture. Elle trouva seulement dommage d'avoir sali un si beau tapis et se réjouit de n'avoir pas été elle-même éclaboussée de sang.

Après avoir passé tout ce temps à remettre de l'ordre, elle fut impatiente de pouvoir montrer à quelqu'un comme elle avait bien travaillé. Elle avait toujours éprouvé une vive satisfaction à ce que le fruit de son labeur fût admiré, bien qu'elle n'eût jamais exprimé ce plaisir par le moindre mot, le moindre sourire. La police finirait par le voir, bien sûr, mais à quoi bon puisqu'elle-même serait loin ? Justement, ils tournicotaient dans les parages, raisonna-t-elle dans son esprit dérangé, ils ne mettraient donc pas longtemps à arriver. Oui, le mieux était de les prévenir tout de suite. Elle décrocha le combiné et commença à composer le numéro lorsqu'elle se souvint que Joan avait coupé le fil. Tant pis, une petite promenade dans la fraîcheur de la nuit la réveillerait certainement.

Eunice Parchman mit son imperméable, son bonnet de laine, son écharpe. Elle décrocha une torche de la salle d'armes et partit à pied dans la direction de Greeving : il y avait une cabine téléphonique juste à côté du magasin.

22

Le superintendant William Vetch, de Scotland Yard, arriva à Greeving le lundi après-midi pour s'occuper de l'affaire du massacre des Coverdale, du massacre de la Saint-Valentin.

Il arriva dans un village dont peu de gens avaient jamais entendu parler de par le vaste monde, mais dont le nom s'étalait maintenant à la une de tous les journaux et se lisait sur tous les écrans de télévision. Un village où, en ce premier jour, les habitants préféraient se claquemurer, comme s'ils avaient peur de l'air du dehors, un air qui serait soudain devenu, en une nuit, sauvage, malsain, menaçant. Il y avait pourtant du monde, dans la rue, mais c'étaient des policiers. Des voitures, mais des voitures de police. Toute la journée, l'allée d'accès de Lowfield Hall fut encombrée de véhicules déversant agents en uniforme, photographes officiels, experts légistes. Mais les gens de Greeving restèrent invisibles, en ce 15 février : seuls cinq hommes se rendirent à leur travail et sept enfants à l'école.

Vetch investit la mairie, et notamment une « salle des meurtres » où, avec ses collaborateurs, il questionna les témoins, examina les indices, reçut et donna des coups de fil, s'entretint avec la presse — et eut sa première entrevue avec Eunice Parchman.

C'était un homme d'expérience. Dans la police depuis vingt-six ans, il avait eu dans la Criminelle une carrière remarquable ponctuée d'actes de courage. C'est lui qui avait personnellement arrêté James Timson, le tueur de la Banque de Manchester, lui qui était à la tête du groupe de policiers qui avaient fait irruption dans l'appartement de Walter Eksteen, un bandit armé recherché pour le meurtre de deux vigiles.

Parmi ses subordonnés, il avait la réputation de savoir trouver un témoin clé pour chaque affaire, de s'appuyer sur cette personne, et même — ajoutaient les mauvaises langues — de pactiser avec. Cette méthode avait payé, dans l'affaire Eksteen : il avait été conduit jusqu'au tueur grâce à l'ancienne maîtresse de celui-ci, dont il avait réussi à gagner la confiance. La personne qu'il choisit pour tenir ce rôle dans l'affaire des Coverdale fut Eunice Parchman.

Personne n'avait jamais vraiment aimé Eunice. Ses parents peut-être, à leur manière, mais c'était différent. Mrs Samson en avait eu pitié, Annie Cole en avait eu peur, Joan Smith l'avait utilisée. À Bill Vetch, par contre, elle eut l'heur de plaire, et ce, depuis cette première entrevue. Car Eunice ne se perdait pas en circonlocutions ou en sentimentalisme déplacé, et elle n'avait pas peur de dire quand elle ne savait pas.

Il l'admirait pour le sang-froid avec lequel, après avoir découvert quatre cadavres dans un état qui avait soulevé le cœur des premiers policiers arrivés sur place, elle avait parcouru en pleine nuit près de deux kilomètres à pied pour trouver une cabine téléphonique. Il ne la soupçonnait pas le moins du monde, et le léger doute qui avait pu l'habiter avant de la voir s'était dissipé lorsqu'elle lui avoua franchement qu'elle n'aimait pas les Coverdale et qu'elle avait été congédiée pour insolence. D'ailleurs, un tel crime ne pouvait être le fait d'une femme d'un certain âge, seule de surcroît. C'est pourquoi, avant même d'avoir vu Eunice, il avait lancé la chasse à l'homme à la main bandée et à son compagnon.

Aux policiers du Suffolk, la nuit précédente, Eunice avait fait la déclaration suivante :

« J'ai été à Nunchester avec mon amie, Mrs Joan Smith, à 5 heures et demie. On a assisté à un office religieux au Temple de l'Épiphanie, sur North Hill. Mrs Smith m'a raccompagnée à Lowfield Hall, et j'y suis arrivée à 8 heures moins 5. Je le sais parce que j'ai regardé l'horloge du couloir, et c'est ça qu'elle montrait : 8 heures moins 5. Mrs Smith n'est pas entrée : elle ne s'était pas sentie très bien, l'après-midi, et je lui ai conseillé de repartir tout de suite chez elle. Il y avait de la lumière dans le couloir et dans le salon : on pouvait la voir de dehors. La porte du salon était fermée, et je n'y suis pas allée. Je ne le faisais jamais, d'ailleurs, quand je rentrais le soir, à moins que Mr ou Mrs Coverdale m'appellent. Je ne suis pas allée dans la cuisine non plus parce que j'avais pris mon thé à Nunchester après l'office. Je suis montée directement à ma chambre. La porte de celle de Monsieur et Madame était ouverte, mais je n'ai pas regardé à l'intérieur. J'ai tricoté un moment, et puis j'ai commencé à faire mes valises.

» Mr et Mrs Coverdale allaient se coucher vers 11 heures, en général, le dimanche. Giles passait la plupart de ses soirées dans sa chambre. Je ne savais pas s'il y était quand je suis montée parce que sa porte était fermée. Les lumières restaient toujours allumées sur le palier du premier et dans l'escalier du second, c'était Mr ou Mrs Coverdale qui les éteignaient en allant au lit. Aussi, quand j'ai vu par-dessous ma porte qu'elles étaient encore allumées à

11 heures et demie, je me suis levée pour le faire moi-même. J'ai mis mon peignoir parce qu'il fallait que je descende au premier. C'est là que j'ai vu des vêtements par terre dans la chambre de Monsieur et Madame, et du verre brisé. Je n'avais pas remarqué ça avant parce que je tournais le dos à la porte, en montant. Évidemment, je me suis inquiétée, je suis descendue au salon et j'ai découvert les corps de Mr et Mrs Coverdale, de Melinda Coverdale et de Giles Mont. Mr Coverdale gisait dans la cuisine, lui. J'ai essayé d'appeler la police, mais pas de tonalité : je me suis aperçue que le fil avait été coupé.

» Je n'ai rien entendu d'inhabituel entre le moment où je suis rentrée et celui où j'ai découvert les corps. Personne ne quittait le Hall quand je suis arrivée. Sur la route, peut-être que j'ai croisé des voitures, j'ai pas fait attention. »

Eunice s'en tint à cette déclaration sans en changer le moindre détail. Assise en face de Vetch, elle soutint calmement son regard et répéta qu'elle était bien arrivée à 8 heures moins 5. L'horloge s'était arrêtée parce qu'à 10 heures du soir, dimanche, George ne l'avait pas remontée. Marchait-elle bien ? Eunice répondit qu'elle retardait parfois un peu, dix minutes au maximum, fait confirmé par Eva Baalham et, plus tard, par Peter Coverdale. Mais dans les jours qui suivirent, Vetch en vint souvent à regretter que la montre de George n'eût pas été brisée au moment de sa mort, car ce qu'il détestait le plus dans une affaire criminelle, c'était l'imprécision de l'heure. Imprécision qui allait, en l'occurrence, lui causer beaucoup de tracas.

D'après les rapports d'expertise médicale, la mort des Coverdale et de Giles était intervenue entre 7 heures et demie et 9 heures et demie, la rigidité cadavérique ayant déjà commencé lors du premier examen des corps, à minuit et quart. La chaleur accélère le processus, et il régnait une température fort élevée dans le salon et dans la cuisine, vu que le chauffage central restait allumé toute la nuit, en plein hiver, à Lowfield Hall. Bien d'autres facteurs furent pris en considération : les contenus stomacaux, la lividité cadavérique, les altérations du liquide cérébro-spinal, mais Vetch ne put convaincre les experts d'envisager l'hypothèse d'une mort antérieure à 19 heures 30. Impossible, avec une chaleur ambiante de près de vingt-cinq degrés. Impossible, en tenant compte du fait que le thé, les sandwiches et les gâteaux que les Coverdale avaient, selon le témoignage d'Eunice, pris à 6 heures étaient totalement digérés : Vetch lui-même trouvait peu vraisemblable qu'une famille qui avait pris le thé à 6 heures se mette au café à, disons, 7 heures.

Tout cela pouvait concorder, cependant. Les deux jeunes étaient arrivés au *Blue Boar* à 8 heures moins 10, ce qui leur laissait quinze minutes pour tuer les Coverdale — avec quel mobile ? Une partie de rigolade ? Une vengeance contre le milieu social que les victimes représentaient ? — puis cinq minutes pour quitter le Hall et conduire jusqu'à Greeving. Lorsque Eunice était arrivée à 8 heures moins 5 — ou 8 heures 5 — ils avaient déjà filé, laissant la mort et le silence derrière eux.

Pendant ces quinze minutes, ils devaient aussi avoir saccagé la chambre. Vetch ne voyait pas pourquoi ils avaient renversé du thé sur le lit. Vandalisme gratuit, songea-t-il, puisque aucun des bijoux de Jacqueline n'avait disparu. À moins qu'ils n'aient cherché de l'argent et aient été surpris dans leur pillage hâtif par l'un des Coverdale ? À un moment donné, l'homme à la main blessée devait avoir ôté un des gants qu'il portait — il en portait, puisque aucune empreinte n'avait été relevée — à moins que la blessure n'eût été faite à travers. Quinze minutes étaient suffisantes, juste suffisantes pour tout briser, déchirer, tuer.

Vetch passa de longues heures à interroger les clients du *Blue Boar*, parmi lesquels Norman Smith, qui avaient vu et parlé aux deux jeunes gens en jean. Et le lundi soir, toutes les forces de police du pays étaient à la recherche de la Morris et de ses occupants.

Joan Smith était dans le coma à l'hôpital de Stantwich. Vetch était persuadé qu'elle n'avait pas mis les pieds au manoir, ce soir-là, aussi voulait-il seulement vérifier en ce qui la concernait la déclaration d'Eunice selon laquelle les deux femmes avaient quitté le temple à 7 heures 20. Les Épiphaniens le confirmèrent, mais aucun ne rapporta aux hommes de Vetch que Joan Smith avait menacé de mort George Coverdale juste avant son départ. D'abord, ils ignoraient que c'est lui qu'elle visait dans son délire, et puis même s'ils l'avaient su, les affaires du Peuple de l'Épiphanie ne regardaient pas la police, qui ne faisait pas partie des élus.

Eunice fut autorisée à rester au manoir, car elle n'avait d'autre endroit où aller, et Vetch tenait à la garder à disposition. Elle avait libre accès à la cuisine, mais le salon était sous scellés — et le numéro du *Radio Times* avec.

— Je ne sais pas, répondit-elle quand Vetch lui demanda si George Coverdale avait eu des ennemis. Des amis, oui, un tas, mais je n'ai jamais entendu personne le menacer.

Elle mit la bouilloire sur le feu.

Et tandis qu'elle lui détaillait la vie des Coverdale, leurs amitiés, leurs habitudes, leurs goûts, leurs caprices, la meurtrière et le policier sirotaient tranquillement leur thé à la table même — soigneusement frottée par Eunice — sur laquelle George s'était effondré.

Ce qui s'était passé à Lowfield Hall plongea les habitants de Greeving dans l'incrédulité et dans l'horreur. Certains en furent malades de chagrin. On ne parlait plus que de ça, bien sûr. Les conversations les plus banales — qu'allait-on manger ce soir, comment évoluait la grippe d'Untel, encore de la pluie, quel froid de canard — revenaient inévitablement à ce massacre, à cette monstruosité. Qui avait pu faire une chose pareille ? On n'arrive pas à y croire, n'est-ce pas ? C'est à se demander où va le monde. Jessica Royston éclata en sanglots et resta inconsolable. Mary Cairne fit mettre des barreaux à ses fenêtres du rez-de-chaussée. Les Jameson-Kerr se dirent qu'ils ne retourneraient plus jamais à Lowfield Hall et le général eut un souvenir ému pour les parties de chasse au faisan avec George. Geoff Baalham pensait surtout à Melinda et se dit qu'il faudrait que l'eau coule vraiment sous les ponts avant qu'il repasse par Gallows Corner le vendredi ou le samedi après-midi.

Peter Coverdale et Paula Caswall se précipitèrent à Greeving et Paula, hébergée chez les Archer, s'effondra d'émotion et de chagrin quelques heures après son arrivée. Peter descendit à l'*Angel* de Cattingham. Là, dans l'humidité glaciale des soirées, collé à la cheminée électrique qui n'avait de chauffage que le nom, il restait assis à boire avec Jeffrey Mont, installé au *Bull* de Marleigh. Il n'aimait pas Jeffrey, qu'il n'avait jamais rencontré auparavant et qui descendait une bouteille de whisky chaque nuit, mais il serait devenu fou s'il n'avait eu quelqu'un avec qui discuter. Jeff lui avoua aussi que, sans sa compagnie, il se serait tué. Ils allèrent ensemble chez les Archer rendre visite à Paula, mais le Dr Crutchley l'avait mise sous sédatif.

Jonathan Dexter, à Norwich, apprit la mort de Melinda en lisant le journal. Il ne fit rien, n'essaya de contacter personne pour avoir confirmation, ni ses parents ni Peter Coverdale. Il s'enferma dans sa chambre, et pendant cinq jours, il n'avala que du pain rassis et du thé sans lait.

Norman Smith s'obligea à rendre chaque soir visite à sa femme. Il n'avait pas envie d'y aller. Plus ou moins consciemment, il souhaitait la mort de Joan parce qu'il se trouvait tellement bien tout seul, mais il ne s'autorisait pas davantage ce genre de pensée qu'il ne se serait soustrait à ses visites à l'hôpital. Un mari devait faire cela quand sa femme était malade, aussi le fit-il. Mais dans l'état où elle se trouvait, incapable de bouger, de parler, d'entendre, il ne pouvait lui donner les nouvelles. Alors il se mit à cancaner avec les autres maris, et remit constamment le sujet sur le tapis au *Blue Boar* où il était désormais libre de passer autant de temps qu'il lui plaisait.

Aucune suite ne semblait avoir été donnée, à Stantwich, à la plainte concernant les indélicatesses de Joan avec le courrier. Norman, qui conservait quelques lambeaux d'optimisme malgré tout ce qu'il avait subi, pensa que cela était dû au décès du principal plaignant. Ou alors, le receveur principal avait appris l'accident et ne voulait pas ennuyer Norman avec cette affaire pendant que Joan était souffrante.

Sa fourgonnette avait été remorquée dans un garage de Nunchester. Norman se rendit là-bas en bus pour connaître le verdict du mécano : elle était bonne pour la casse, tout juste pourrait-on récupérer quelques pièces.

— Au fait, dit le garagiste, j'ai trouvé ça sous le siège.

Et il lui tendit un objet que Norman prit pour un transistor.

Il l'emporta chez lui, le posa sur une étagère avec une pile de *Suis mon étoile* et l'oublia pendant quelques jours.

23

Des portraits-robots des deux hommes recherchés furent diffusés dans tous les journaux nationaux, en cette journée du mercredi 17 février, mais Vetch n'y croyait guère. Quand un témoin n'arrive pas à se rappeler la couleur des cheveux de quelqu'un, il est peu probable qu'il puisse fournir des détails sur la forme de son nez ou de son front. L'employé de la station de Gallows Corner se souvenait du grand brun, mais comme c'était une pompe automatique, le gars s'était servi lui-même et n'avait approché le bureau vitré que pour payer. L'employé n'avait pas vu l'autre homme, il n'était même pas sûr qu'il y en eût un. Il avait remarqué la voiture, par contre, parce que cette couleur rouge foncé n'était pas courante pour une Morris Minor Traveller.

C'est à partir de ce témoignage, et de ceux de Jim Meadows, Geoff Baalham et des clients du *Blue Boar*, que le portrait-robot avait été établi. Des centaines de coups de fil arrivèrent à la « salle des meurtres » de la mairie de Greeving pour signaler des Morris Traveller grises, vertes ou noires, ou de propriétaires de modèles rouge foncé bien sagement sous clé au garage. Mais bien entendu, tous ces appels devaient être vérifiés.

Ordre fut lancé à tous les hôtels et meublés du

pays de signaler tout client qui posséderait une voiture répondant à la description de Geoff Baalham et de l'employé de la station. Le véhicule avait-il quitté son stationnement habituel dimanche dernier ? Où se trouvait-il actuellement ? Cela occasionna une vague de nouveaux appels et d'interrogatoires infructueux qui se poursuivirent toute la journée du mercredi et du jeudi.

Le jeudi pourtant, une femme, qui ne tenait ni hôtel ni meublé, signala à Vetch une voiture qui correspondait aux caractéristiques du véhicule recherché. Cette personne habitait dans un parc caravanier près de Clacton, sur la côte de l'Essex, à une soixantaine de kilomètres de Greeving. Moins d'une heure plus tard, Vetch était sur place et s'entretenait avec elle.

Les voitures des résidents du parc étaient garées dans une section de champ boueuse et misérable adjacente à l'entrée. Mrs Burchall, bien que ne possédant pas de véhicule elle-même, y avait souvent remarqué une Traveller rouge foncé parce que c'était la voiture la plus sale du lot, bancale de surcroît à cause d'une roue arrière crevée qui s'enfonçait dans la boue. Elle était encore à sa place le vendredi, mais Mrs Burchall ne se rappelait pas si elle l'y avait vue depuis. En tout cas, elle avait bel et bien disparu maintenant.

Le propriétaire de la voiture se trouvait être — ou avoir été — un routier du nom de Dick Scales qui n'était pas dans la caravane où il vivait lorsqu'ils frappèrent. Vetch et ses hommes s'entretinrent avec une Italienne d'âge déjà mûr, qui se présenta comme Mrs Scales mais devait admettre plus tard ne pas être mariée. Vetch ne put tirer d'elle que quelques « mamma mia ! », et autres protestations qu'elle n'entendait rien aux voitures, que c'était la faute à Dick. Elle se balançait dans un fauteuil à bascule pendant qu'elle parlait, et tenait dans ses bras un petit bâtard de terrier au regard féroce. Quand Dick serait-il de retour ? Savait pas. Demain ou après-demain. La voiture ? Fallait pas lui demander parce qu'elle y connaissait rien, aux bagnoles, l'avait même pas son permis. Elle était restée dans sa famille à Milan depuis avant Noël, n'était rentrée que la semaine dernière et regrettait bigrement d'être revenue dans ce fichu pays sans soleil et sans Dieu.

Les policiers attendirent Dick Scales sur la M1, mais en vain. Pendant ce temps, à Clacton, Vetch, de plus en plus soucieux, se posait des questions. Si Scales était coupable, comment les Carter, les Baalham, les Meadows et l'employé de la station-service avaient-ils pu prendre un homme d'une cinquantaine d'années pour un grand jeune homme brun ?

À Lowfield Hall, le salon était toujours sous scellés, et plusieurs fois par jour, quand elle descendait à la cuisine, Eunice passait devant cette porte close. Elle n'essaya jamais de s'y introduire, bien que cela n'eût pas été trop difficile si elle l'avait voulu : les portes-fenêtres étaient certes verrouillées, mais les clés pendaient à leur crochet dans la salle d'armes. La police est parfois sujette à de petites négligences de ce genre. Celle-là pourtant, en l'occurrence, ne fut pas plus préjudiciable à l'enquête qu'elle ne bénéficia à Eunice, qui ne se doutait pas que la seule preuve de nature à l'incriminer se trouvait derrière cette porte — preuve dans laquelle la police, de son côté, n'avait vu qu'un vulgaire papier bon pour la corbeille.

La seule ? Oui, car si elle s'en était emparée et avait été capable de la lire, elle aurait été aiguillée sur la seconde. Ou du moins, elle aurait connu la nature de cette seconde preuve et ne l'aurait pas, le moment venu, inconsidérément rejetée avec indifférence.

Elle était calme, elle se sentait en sécurité. Elle regardait la télévision et pillait le congélateur pour se caler l'estomac d'énormes repas entre lesquels elle ingurgitait des chocolats. Beaucoup plus que sa ration habituelle car, même sans ressentir consciemment de tension nerveuse, la rencontre quotidienne de policiers la perturbait un peu. Pour maintenir ses réserves de nourriture, elle marchait jusqu'au village et se réapprovisionnait chez Norman Smith, qui régnait en maître à présent et continuait à mâcher son chewing-gum par la force de l'habitude.

Ce matin-là, il avait reçu un coup de téléphone de Mrs Elder Barnstaple qui lui annonçait qu'elle passerait prendre les exemplaires de *Suis mon étoile* que Joan n'avait pas eu le temps de distribuer. Norman les descendit de leur étagère, en même temps que l'objet qu'il avait trouvé à l'arrière de sa fourgonnette. Mais il ne le montra pas à Eunice, venue faire provision de barres de Mars, il ne fit que lui poser la question :

— Joan ne vous aurait pas emprunté une radio, par hasard ?

— J'ai pas de radio, répondit-elle, refusant par là le cadeau qu'il lui faisait de son avenir et de sa liberté.

Elle sortit du magasin sans même prendre des nouvelles de Joan, sans laisser d'amitiés à transmettre. Notant d'un œil indifférent que la présence policière était moindre ce jour-là, elle remarqua que la voiture de Vetch ne se trouvait pas à son emplacement habituel, devant la Mairie. Mrs Barnstaple, qui arrivait juste, y gara la sienne. Eunice la gratifia d'un signe de tête et d'un de ses sourires pincés.

Norman Smith fit entrer cette seconde visiteuse dans l'arrière-boutique.

— Vous avez là un joli petit magnétophone, fit-elle.

— Ah, c'est un magnétophone ? Je prenais ça pour un transistor.

Mrs Barnstaple confirma et s'étonna : s'il n'était pas à Norman, à qui pouvait-il donc bien appartenir ? Norman répondit qu'il n'en savait rien, qu'on l'avait trouvé dans la fourgonnette après l'accident de Joan et qu'il appartenait peut-être à l'un des Épiphaniens. Mrs Barnstaple pensa cela improbable, mais allait demander.

Toute personne un tant soit peu curieuse aurait, une fois la fonction de l'appareil connue, essayé de le faire marcher. Pas Norman. Il était persuadé de ne trouver dessus que des cantiques ou des confessions, aussi le remisa-t-il sur l'étagère à présent vide avant de retourner à son guichet de poste pour faire partir une lettre par avion de Barbara Baalham.

Quelques heures auparavant à Hendon, au nord-ouest de Londres, tandis que Dick Scales, rongé d'inquiétude, prenait la route de Clacton pour rentrer chez lui, un jeune homme aux longs cheveux bruns se présentait au commissariat local et venait, en quelque sorte, se livrer.

Vendredi, jour des obsèques.

L'enterrement eut lieu à 2 heures de l'après-midi, et une foule nombreuse y assista. La presse était présente, ainsi que quelques policiers triés sur le volet. Brian Caswall descendit de Londres, Audrey Coverdale de la région des Potteries. Jeffrey Mont, au pire — ou peut-être au mieux — de son état d'éthylisme, était là, ainsi qu'Eunice Parchman, les Jameson Kerr, les Royston, Marie Cairne, les Baalham, les Meadows, les Higgs et les Newstead. Sous un ciel aussi bleu et lumineux que lors du baptême de Giles Caswall, les proches parents suivirent le pasteur le long d'un petit chemin qui serpentait de la porte de l'église jusqu'à la section nord-est du cimetière, ombragée par des ifs et des ormes rugueux. Un vent d'est soufflait. George avait acheté une concession sous ces arbres : c'est là qu'il devait reposer, à côté de sa femme et de sa fille.

Mr Archer prononça quelques mots tirés de la Sagesse de Salomon : « Car bien qu'ils soient punis à la vue des hommes, ils peuvent espérer en l'immortalité. Et leur récompense sera bien plus grande que le châtiment qu'ils ont subi... »

Giles, à la demande de son père, fut incinéré à Stantwich. Il n'y eut pas de fleurs au bref office funèbre qui fut célébré pour lui. Peter avait souhaité que celles qui vinrent pour les Coverdale fussent envoyées, à l'issue de la cérémonie, à l'hôpital de Stantwich — pour fleurir la chambre de Joan Smith ? Elles n'arrivèrent jamais à destination et furent brûlées en moins d'une heure par le gel de février. À la suggestion d'Eva Baalham, Eunice envoya un pot de chrysanthèmes, mais ne régla jamais la facture que le fleuriste lui envoya une semaine plus tard.

Elle fut ramenée à Lowfield Hall par Peter qui lui conseilla de monter se reposer dans sa chambre — suggestion acceptée d'emblée par Eunice qui ne pensait qu'à sa télévision et à ses barres de Mars. Quand il se fut retrouvé seul dans le silence terrible et glacé, la police n'étant pas présente ce jour-là, il sortit la table de la cuisine dans le jardin, la découpa en morceaux et la fit brûler près de la haie de prunellier tandis que le soleil, rouge et transi, descendait sur l'horizon.

Vetch n'assista pas à l'enterrement. Il était à Londres. À Londres où il entendit le récit dont Keith Lovat avait déjà fait déposition à la police de Hendon. Accompagné du même Lovat, il se rendit à la maison de West Handon où Michael Scales louait une chambre meublée et Keith une autre. Au fond du jardin, se trouvaient trois garages fermés entourés par une haute palissade. Sur l'espace cimenté qui séparait cette palissade du côté des garages, une voiture était recouverte d'une bâche. Lovat y emmena Vetch, souleva la bâche, et fit apparaître une Minor Morris Traveller rouge foncé qu'il déclara avoir achetée au père de Michael, Dick Scales, le dimanche précédent.

Cette voiture, expliqua Lovat, était à vendre pour quatre-vingts livres. Michael et lui avaient pris le train pour monter la voir à Clacton. Ils étaient arrivés à 3 heures et avaient déjeuné dans la caravane avec Dick Scales et cette femme italienne que Lovat appelait Maria et présentait comme la belle-mère de Michael.

— Maria avait ce petit chien, expliqua-t-il, qu'elle avait ramené d'Italie dans un panier recouvert d'un linge pour le passer en douce à la douane. C'était un sale roquet hargneux et je l'ai laissé dans son coin, mais Michael n'arrêtait pas de jouer avec et de l'énerver. (Il leva les yeux sur Vetch.) Alors ce qui devait arriver arriva.

La roue de secours ayant été mise à la place du pneu crevé, Michael Scales et lui décidèrent de rentrer sur Hendon avec la voiture, mais pas par la A12 de Nunchester, qui les aurait amenés directement à l'est de Londres : ils optèrent pour la route de l'ouest jusqu'à Gosbury, puis descente plein sud jusqu'à Dunmow et Ongar, entrée à Londres par la A11, et enfin Hendon par le périphérique. Mais entre-temps, Michael s'était remis à asticoter le chien en lui fourrant un morceau de chocolat sous le nez pour le retirer au moment où il allait l'attraper. Résultat : il se fit mordre à la main gauche.

— On est partis quand même, poursuivit-il. Maria lui a fait un bandage avec un mouchoir et j'ai conseillé à Mike de voir un médecin quand on arriverait. Dick et Maria ont commencé à paniquer parce qu'elle n'avait pas déclaré le chien, soi-disant que ça pourrait leur coûter des centaines de livres d'amende s'ils se faisaient pincer. Bref, Mike a promis de ne pas aller chez le docteur ni à l'hôpital, alors pourtant que le sang commençait à traverser le mouchoir.

» On s'est mis en route, mais je me suis paumé. Il faisait nuit noire, et j'ai cru avoir manqué la route de Gosbury alors qu'en fait, j'étais bien dessus. Mike ignorait complètement qu'on n'a pas le droit d'importer des bêtes dans le pays sans les mettre en quarantaine, alors je l'ai mis au courant, et quand il a demandé pourquoi, je lui ai expliqué que c'était à cause de la rage. Ça lui a flanqué la trouille, et c'est comme ça que tout a commencé.

Ils avaient bifurqué dans ce qui devait s'avérer être la route de Greeving. À quelle heure ? Environ 8 heures moins 20, répondit Lovat. Arrivés au *Blue Boar*, Michael était allé se laver les mains et avait pris un double brandy. On les dirigea vers une station-service sur la route de Gosbury, celle-là même, réalisa Lovat, qu'ils avaient quittée une demi-heure plus tôt par erreur.

— Michael était dans tous ses états, raconta Lovat. Il avait peur d'avoir attrapé la rage et refusait d'aller à l'hôpital pour ne pas causer d'ennuis à son père. On est arrivés à la maison vers 11 heures, je ne pouvais pas dépasser le soixante-dix avec cette bagnole. Alors je l'ai garée ici et j'ai mis cette bâche par-dessus.

Et Lowfield Hall ? demanda Vetch. Ils devaient être passés deux fois devant, en arrivant à Greeving et en partant.

Pour la première fois, la voix de Lovat sembla hésiter. Il n'avait pas remarqué une seule maison sur

Greeving Lane. Bizarre, pensa Vetch en se rappelant que la ferme des Meadows, surélevée sur son terre-plein, dressait sa silhouette au-dessus du seul véritable virage que faisait la route. Mais il décida de ne pas approfondir pour l'instant, et Lovat poursuivit en expliquant qu'il n'avait réalisé que le mardi que c'était après Michael Scales et lui que courait la police. Il supplia son ami de l'accompagner à leur commissariat local, mais Michael, qui avait eu Dick Scales au téléphone, refusa. Sa blessure avait commencé à s'envenimer, sa main à enfler, et il n'était pas allé travailler depuis mercredi.

Jeudi matin, Dick Scales appela chez Mike depuis une cabine téléphonique du nord de l'Angleterre. Quand il apprit l'état dans lequel se trouvait son fils, il dit qu'il passerait en redescendant vers le sud. Il arriva à Henden à 9 heures du soir : Michael, Keith Lovat et lui restèrent debout toute la nuit pour décider de ce qu'il fallait faire. Dick voulait que Michael aille voir un docteur et prétende avoir été mordu par un chien errant, sans rien dire de la voiture ou de son passage à la caravane. Michael se montra tout à fait d'accord. Lovat, n'étant pas parvenu à leur faire comprendre qu'ils s'enfonçaient de plus en plus, qu'ils pourraient être accusés d'entrave à l'action de la police, et qu'il serait impossible de faire réparer la voiture — de l'utiliser, donc — pendant peut-être des mois, avait fini par décider d'agir seul : dès que Dick avait tourné les talons, il s'était précipité au poste de police de Hendon.

Ce récit différait quelque peu de celui que Vetch parvint finalement à tirer de Michael Scales. Ce dernier était allongé sur son lit dans une chambre miteuse, le bras enflé jusqu'au coude et strié de longues traînées rouges, et se mit à sangloter dès qu'il vit paraître Vetch et son sergent. Quand le policier le prévint qu'il était au courant de tout — la voiture, le chien peut-être enragé, leur passage au *Blue Boar* à Greeving — il ne fit aucune difficulté et avoua même quelque chose que Lovat avait manifestement dissimulé : en arrivant à Greeving, ils s'étaient arrêtés devant une grande maison tout allumée, et Lovat s'était avancé à pied dans l'allée pour demander comment rejoindre la route de Gosbury. Avant d'atteindre la porte, cependant, il s'était dégonflé, affirma Scales, à cause des vêtements qu'il portait et des taches de cambouis qu'il s'était faites en bricolant la voiture.

Après quelques tergiversations, Lovat confirma.

— Je n'ai pas frappé à la porte, dit-il. Je ne voulais pas effrayer ces gens, dans le noir et dans un coin isolé comme celui-là.

C'était peut-être vrai, après tout. Vetch n'avait jamais rencontré deux personnages aussi pusillanimes et indécis. Décrivez la maison, demanda-t-il : Lovat la vit grande avec deux hautes fenêtres de part et d'autre de la porte d'entrée, ajoutant qu'il avait *entendu de la musique* à l'intérieur tandis qu'il hésitait, dans l'allée. Quelle heure ? 8 heures moins 20, répondit Lovat. Plutôt moins le quart, rectifia Scales.

Vetch fit inculper Maria d'infraction à la loi sur la quarantaine et hospitaliser d'urgence Michael Scales où il fut mis en isolement. Que faire de Lovat ? Il n'y avait rien d'assez solide pour l'instant qui permît de les accuser du meurtre, aussi Vetch s'arrangea-t-il avec le médecin-chef pour le faire hospitaliser à son tour et placer en observation. Là, ils seraient en sûreté dans l'immédiat. Maintenant qu'il avait un peu le temps de souffler, le policier se mit à réfléchir à ce qu'il venait d'entendre sur les heures et la musique.

Quelle musique ? Le tourne-disque, la radio et la télévision des Coverdale se trouvaient tous dans le petit salon. Cette histoire de musique devait donc avoir été inventée par Lovat, encore qu'il ne semblât avoir aucune raison de mentir sur ce point. Il était probable, en fait, que Scales et lui étaient arrivés beaucoup plus tôt à Lowfield Hall et avaient tué les Coverdale. Avec quel mobile ? Ce n'était pas à Vetch de le dire, mais ils pouvaient être entrés dans le Hall pour se laver, pour demander à boire, pour utiliser le téléphone, et s'étaient peut-être heurtés à une opposition musclée de George et de son beau-fils. Tout cela cadrait et l'heure, si Lovat mentait, pouvait cadrer aussi. En tout cas, comme il se le dit dans les jours qui suivirent, c'est de certitude dont il avait besoin. Sinon, en fait de musique, c'est lui qui se ferait sonner les cloches.

Ce fut auprès des jeunes Coverdale qu'il chercha de l'aide. Audrey lui fit immédiatement part d'un détail qui l'intriguait, bien qu'il semblât sans rapport avec la découverte des auteurs du crime.

— Je n'arrive toujours pas à comprendre pourquoi ils ne regardaient pas *Don Juan*. Jacqueline n'aurait manqué ça pour rien au monde. Autant demander à un mordu de foot de rater la finale de la Coupe.

Mais le poste de télévision était dans le petit salon, alors qu'ils se trouvaient dans le grand où ils avaient pris le café à partir de 7 heures — café qui ne pouvait en aucun cas avoir été bu avant, quelle que soit la façon de jongler avec les horaires. D'un autre côté, coupable ou pas, Lovat avait affirmé avoir entendu de la musique. Le dimanche après-midi, Vetch brisa les scellés du grand salon et réexamina le théâtre du crime pour chercher des indices montrant que le poste y avait été installé. N'en trouvant aucun, il eut l'idée de vérifier l'heure à laquelle l'opéra avait commencé. Vetch aurait pu aisément se procurer le *Radio Times* de la semaine chez n'importe quel marchand de journaux, et il est encore aujourd'hui incapable de dire ce qui le poussa à soulever l'*Observer*, sur le guéridon, pour voir s'il n'y avait pas un *Radio*

Times en dessous : il y en avait un. Il l'ouvrit à la page adéquate et s'aperçut qu'elle était éclaboussée de sang. Si quelqu'un avait déjà remarqué ce détail, il n'en avait pas été avisé. Dans la marge, entre et sous les taches, il déchiffra ces notes manuscrites :

Ouverture coupée. Sûrement pas de septième ascendante dans dernière mesure de Là ci darem. *Vérifier dans enregistrement de M.*

Vetch avait suffisamment vu d'échantillons de l'écriture de Jacqueline pour comprendre que ces notes étaient de sa main. Elles avaient manifestement été prises pendant cette fameuse retransmission : elle l'avait donc bien suivie, en totalité ou en partie, et l'émission avait débuté, sans aucun doute possible, à 7 heures. Le seul expert qu'il eût sous la main — expert jusqu'à quel point, d'ailleurs, il ne savait dire, car il ne connaissait rien à la musique — était Audrey Coverdale. Il fit remettre les scellés sur la porte et resta une dizaine de minutes à réfléchir en buvant le thé qu'Eunice Parchman lui avait préparé. Il discuta avec elle et Eunice lui affirma qu'elle n'avait pas entendu de musique quand elle était rentrée à 8 heures moins 5 — ou 8 heures 5 —, que le poste de télé était toujours dans le petit salon et que c'est là qu'il se trouvait quand elle avait trouvé les corps. Pendant cette conversation, le *Radio Times* se trouvait à quelques dizaines de centimètres d'elle, dans la serviette du policier.

Audrey s'apprêtait à prendre congé, car elle devait retourner à son travail le lendemain matin. Elle confirma que les notes étaient bien de la main de Jacqueline et manqua défaillir à la vue des taches de sang, heureuse que son mari ne fût pas là pour les voir.

— Et qu'est-ce qu'elles signifient ? demanda Vetch.

— *Là ci darem* est un duo de la scène trois de l'acte un, expliqua Audrey qui aurait pu chanter toutes les arias de *Don Juan* et lui dire, à quelques minutes près, à quel moment de l'œuvre elles se situaient. Si ça vous intéresse, celui-ci est à, voyons, une quarantaine de minutes du début.

8 heures moins 20 ! Vetch n'en crut rien. Que des farfelus, ces amateurs. Le lundi matin, il envoyait son sergent à Stantwich pour acheter un enregistrement complet de l'opéra. On le passa dans la « salle des meurtres » de la mairie sur un tourne-disque emprunté. Au grand étonnement d'un Vetch consterné, *Là ci darem* intervint presque exactement au moment indiqué par Audrey, à quarante-deux minutes du début de l'ouverture. Ouverture coupée, avait écrit Jacqueline. Peut-être l'opéra tout entier avait-il subi des coupures. Vetch contacta la BBC qui lui prêta une copie de l'enregistrement qui avait été diffusé : l'opéra avait bien été coupé, mais juste de trois minutes dans les trois premières scènes du premier acte, et le *Là ci darem* avait débuté à 19 heures 39 ce soir-là. Jacqueline était donc encore vivante à 8 heures moins 20, calme, paisible, l'esprit tout entier à un opéra télévisé. Il eût été aberrant d'imaginer que ses assassins avaient déjà pénétré dans la place à cette heure-là. Et pourtant, Lovat et Scales avaient été vus au *Blue Boar* à 8 heures moins 10 par neuf témoins différents. Quelqu'un d'autre était donc entré dans Lowfield Hall après le départ de Lovat et avant 8 heures 5 — 8 heures 5, et non plus moins 5, à présent.

Vetch se pencha de nouveau sur les notes de Jacqueline, les seuls indices concrets qu'il possédât.

24

En parcourant les petites annonces du *East Anglian Daily Times*, Norman Smith tomba sur celle d'un homme qui cherchait un magnétophone d'occasion. Il n'hésita guère avant de décrocher le téléphone : les recherches de Mrs Barnstaple n'avaient pas permis de retrouver le propriétaire de l'appareil, Joan était toujours dans le coma, incapable de communiquer de quelque manière que ce fût, et il n'eut pas l'idée de le porter à la police. Ou plutôt si, l'idée lui traversa l'esprit mais il la trouva ridicule : la police avait sûrement d'autres chats à fouetter. De plus, il pourrait en tirer une cinquantaine de livres qui seraient les bienvenues, vu que ses finances étaient au plus bas et qu'il n'avait plus de voiture. Cinquante livres ajoutées à la misère qu'il toucherait de l'assurance pour sa fourgonnette, ça lui paierait peut-être tout juste une remplaçante de la même année à la vieille guimbarde verte qui venait de rendre l'âme. Il composa le numéro. L'auteur de l'annonce était un journaliste indépendant nommé John Plover qui répondit à Norman qu'il viendrait à Greeving le lendemain.

Ainsi fut fait. Non seulement il acheta tout de suite le magnétophone, mais il conduisit aussi Norman à

Stantwich, ce qui lui permit d'arriver aux heures de visite de l'hôpital.

Pendant ce temps, Vetch essayait de tirer d'autres informations des notes inscrites dans la marge du *Radio Times*. *Vérifier dans enregistrement de M.* ne semblait pas revêtir une importance particulière : il avait déjà vérifié dans deux autres enregistrements — sans se préoccuper de la septième ascendante incongrue, c'était du chinois pour lui — et rien ne semblait pouvoir déplacer cette aria ou l'avancer d'une dizaine de minutes avant son heure de passage normale. À moins que Jacqueline n'ait écrit cette note avant d'avoir entendu l'aria à la télévision, qu'elle n'ait écouté un disque de Melinda l'après-midi pour comparer ensuite avec la version diffusée. Mais ce qu'elle avait écrit indiquait exactement le contraire. De plus, il ne put trouver de disque de « Don Juan » nulle part à Lowfield Hall.

— Je ne crois pas que ma sœur ait eu de disques classiques, dit Peter Coverdale. Mais mon père lui a offert un magnétophone pour Noël.

Vetch le regarda, ébahi. Pour la première fois, il réalisa qu'enregistrement ne signifiait pas forcément disque noir.

— Mais je n'ai pas trouvé de magnétophone dans la maison, dit-il.

— Elle l'aura emporté avec elle à l'université.

La chance que cela pouvait représenter dépassait les rêves les plus optimistes de tout policier : que l'appareil de Melinda Coverdale ait été en position d'enregistrement au moment où les assassins pénétraient dans la maison, que l'heure précise de leur arrivée puisse ainsi être fixée avec précision, le son de leur voix conservé. Il refusa de se laisser aller à l'euphorie : la première chose que les tueurs avaient dû faire était de s'emparer de la bande, de la détruire, puis de se débarrasser du magnétophone lui-même. Il appela Eunice, ce témoin numéro un ô combien précieux.

— Son père le lui a offert pour Noël, je me rappelle très bien, confirma-t-elle. Il était dans sa chambre dans une sacoche en cuir, même que je passais le chiffon dessus tous les jours. Elle l'a emmené à l'université à la rentrée de janvier et elle ne l'a plus jamais rapporté ici.

Eunice ne mentait pas : elle n'avait plus revu le magnéto depuis le matin où elle avait surpris la conversation téléphonique de Melinda. Joan l'avait emporté en quittant le manoir, Joan qui, dans sa folie, restait mille fois plus perspicace qu'Eunice ne le serait jamais, cette dernière n'ayant même pas remarqué qu'elle partait avec quelque chose dans la main.

Tandis que les hommes de Vetch passaient Galwich au peigne fin et interrogeaient tous les gens que Melinda avait connus au sujet de ce magnétophone, Eunice couvrait d'un pas ferme les trois kilomètres qui la séparaient de Gallows Corner et prenait le bus pour Stantwich. Dans une chambre isolée de l'hôpital, elle trouvait Norman Smith assis à côté du lit de sa femme. Elle ne s'était même pas donné la peine de le prévenir de sa visite. Elle était venue pour la même raison que lui, parce qu'il fallait. Tout comme on va au mariage ou à l'enterrement des gens qu'on connaît, on va les voir à l'hôpital quand ils sont malades. Joan était très malade. Elle reposait sur le dos, les yeux clos, et sans le soulèvement et l'abaissement régulier des draps, on l'aurait crue morte. Eunice regarda son visage, curieuse de voir à quoi cette peau détendue comme une vieille fripe jaunâtre ressemblait sans sa couche de peinture. Une vieille fripe à laquelle Eunice n'adressa pas un mot.

— C'est bien soigné, ici, hein ? dit-elle à Norman après s'être assurée qu'il n'y avait aucune poussière sous le lit.

Peut-être crut-il qu'elle parlait de sa femme qui était aussi « bien soignée », crochée à son goutte-à-goutte, étroitement bordée sous ses draps, car il ne répondit pas. Tous deux espéraient, pour des raisons différentes, que Joan ne se réveillerait pas. Tous deux émirent, dans le bus, le vœu charitable qu'une telle existence végétative ne se prolongeât point.

En désespoir de cause, Vetch ordonna une fouille complète de Lowfield Hall, y compris de la cave depuis longtemps inutilisée. Sans résultat. Ils entreprirent alors de retourner les plates-bandes durcies par le gel.

Eunice ne savait pas ce qu'ils cherchaient et ne s'en souciait guère. Elle préparait des tasses de thé, les leur apportait, cette bonne fée des policiers. Beaucoup plus importante pour elle était la question de ses gages, ou plutôt de leur absence. George Coverdale les lui avait toujours réglés le dernier vendredi de chaque mois. Or le dernier vendredi de février, le 26, c'était demain, et Peter Coverdale n'avait jusqu'à présent manifesté aucune intention d'honorer les obligations héritées de son père. Eunice trouvait cela fort négligent de sa part. Refusant d'utiliser le téléphone, elle se rendit à pied à Cattingham et le demanda à l'*Angel*. Mais Peter était sorti. Peter, elle l'ignorait, reconduisait sa sœur à Londres, vers son mari et ses enfants.

Quand elle vit Vetch reparaître à Lowfield Hall le lendemain matin, Eunice décida d'en faire son intermédiaire. Et cet officier supérieur de Scotland Yard, ce superintendant, fut trop heureux de lui rendre service : mais bien sûr, il prendrait contact avec Peter

Coverdale aujourd'hui même et se ferait un plaisir de lui exposer le problème de miss Parchman.

— J'ai fait du gâteau au chocolat, dit Eunice. Je vous en mets une tranche, avec votre thé, hein ?

— C'est très gentil à vous, miss Parchman.

Ce ne fut pas une tranche, mais le gâteau tout entier qu'Eunice se vit contrainte de sacrifier : Vetch avait en effet convoqué une conférence de presse pour 11 heures dans le petit salon, avec trois officiers de la police du Suffolk.

— Merci, monsieur, fit-elle calmement en quittant la pièce.

Elle retourna à la cuisine se préparer son propre déjeuner. Elle était en train de l'avaler à midi pile, assise au comptoir puisqu'il n'y avait plus de table, quand le sergent de Vetch entra par la salle d'armes, suivi d'un jeune homme qu'Eunice n'avait jamais vu. Le sergent portait une grande enveloppe marron contenant un objet volumineux. Il adressa un sourire affable à Eunice et lui demanda si Mr Vetch était par là.

— Dans le petit salon, répondit-elle, sachant fort bien qui il fallait appeler « Monsieur » et qui il ne fallait pas. Il y a un tas de gens avec lui.

— Merci. Ne vous dérangez pas.

Le sergent se dirigea vers la porte et s'apprêtait à sortir dans le couloir lorsque le jeune homme s'arrêta net et regarda fixement Eunice, le visage blême, les yeux exorbités. Il tressaillit comme si elle l'avait injurié, alors qu'elle avait employé un ton tout à fait normal. Son expression lui rappela celle de Melinda trois semaines auparavant, dans cette même cuisine. Elle se sentit fort soulagée lorsque le sergent le pressa vers la sortie.

— Par ici, Mr Plover, s'il vous plaît.

Eunice lava sa vaisselle à la main et mangea sa dernière barre de chocolat — ce devait vraiment être la dernière. Elle se demanda si Vetch avait déjà approché Peter Coverdale au sujet de ses gages. Dehors, ils continuaient à retourner le jardin, sous le vent d'est et d'occasionnels tourbillons de neige. Son feuilleton préféré, le lieutenant Steve à Hollywood, ou peut-être à Malibu Beach, passait à la télévision ce soir, mais elle en profiterait bien plus si elle pouvait être sûre que son argent allait venir. Elle sortit dans le couloir et entendit de la musique.

De la musique qui venait de derrière la porte du petit salon : ils ne faisaient donc pas grand-chose d'important, là-dedans, rien qui ne pût supporter une interruption polie. Cette musique... elle la connaissait, elle l'avait déjà entendue. Chantée par son père, peut-être ? Ou à la télévision ? Non, les mots étaient étrangers, ça ne pouvait pas avoir été du répertoire de son père.

Elle levait la main pour frapper à la porte lorsqu'un cri retentit par-dessus la musique :

— Mon Dieu !

Elle ne put identifier cette voix, mais elle reconnut fort bien celle qui suivit, par contre. Une voix maintenant réduite au silence par un profond traumatisme cérébral.

— Retournez là-dedans. On a des fusils.

Puis la voix des autres, puis la sienne propre, qui se mélangeaient, qui rivalisaient avec la musique, qui l'étouffaient dans un vent de frénésie et de peur.

— Où est mon mari ?

— Dans la cuisine. Il est mort.

— Vous êtes folle ! Folle à lier ! Mon mari ! Laissez-moi aller dans la cuisine ! Giles, le téléphone... ! Non, non... Giles !

Eunice parla à Eunice par-dessus les jours.

— Vous feriez mieux de vous asseoir. Votre tour est venu.

Un ricanement de Joan.

— Je suis l'instrument du Très-Haut.

Une détonation. Une autre. Au milieu des cris et de la musique, le son mat d'un corps qui tombe. Hurlements de la fille. « Je vous en supplie ! Je vous en supplie ! » Fusils qu'on recharge. Coups de feu — les derniers. Musique. Musique. Silence.

Eunice pensa préférable de monter refaire ses valises avant que ce qui, derrière cette porte et d'une manière qu'elle ne pouvait comprendre, faisait resurgir du passé la mort des Coverdale, ne vînt la châtier. Mais son esprit fut pris d'un engourdissement soudain, et moins que jamais il se montra capable de fonctionner. Elle se dirigea vers l'escalier, confia à son corps robuste le soin de la soutenir comme il l'avait toujours soutenue. Et ce corps, qui était tout ce qu'elle possédait, lui fit cette fois défaut. Au pied des marches, à l'endroit précis où elle était restée figée sur place neuf mois plus tôt en arrivant au Hall, où elle s'était vue, éberluée, dans un immense miroir, ses jambes se dérobèrent sous elle, et Eunice Parchman s'évanouit.

Le bruit de sa chute parvint à Vetch au moment où il rassemblait tout son courage pour passer une seconde fois la bande à un auditoire de policiers au visage devenu livide, pétrifiés sur leur siège. Il sortit et la trouva allongée par terre, mais ne put se résoudre à la relever ou même à la toucher de ses mains.

25

Joan Smith est toujours clouée sur son lit d'hôpital à Stantwich, immobile, silencieuse. Son cœur et ses poumons fonctionnent grâce à une machine que les autorités médicales se demandent s'il ne serait pas plus charitable de débrancher. Son mari est à présent employé dans un bureau de poste au Pays de Galles et n'a pas jugé utile de changer de nom : il y a tellement de Smith, après tout !

Peter Coverdale donne toujours des cours d'économie politique dans le Staffordshire. Sa sœur Paula, qui ne s'est jamais remise de la mort de son père et de celle de Melinda, a dû subir trois séances d'électrochocs, ces deux dernières années. Jeffrey Mont a sombré dans l'alcool et ne déparerait pas l'institution à laquelle Joan l'avait voué lors de sa deuxième rencontre avec Eunice Parchman. Tous trois sont engagés dans une procédure sans fin, car il n'a jamais pu être établi qui, de Jacqueline ou de Giles, a précédé l'autre dans la mort. Si c'est Jacqueline, alors Giles a brièvement hérité de Lowfield Hall et la propriété doit revenir à son père, son plus proche parent. Si c'est lui, au contraire, le Hall doit passer aux héritiers naturels de George. Sinistre maison.

Jonathan Dexter, qui était si bien parti dans ses études, a obtenu son diplôme de justesse. Mais la page est tournée, à présent. Il enseigne le français dans un établissement secondaire de l'Essex, il a pratiquement oublié Melinda et fréquente sérieusement une prof de sciences de son école.

Barbara Baalham a mis au monde une fille que les parents ont appelée Anne parce que Melinda, le nom d'abord choisi par Geoff, faisait maintenant un peu morbide. Eva fait le ménage chez Mrs Jameson-Kerr pour soixante-quinze pence de l'heure. On parle toujours du massacre de la Saint-Valentin à Greeving, surtout au *Blue Boar*, les soirs d'été, quand les touristes arrivent.

Eunice Parchman a été jugée à l'Old Bailey, la cour d'assises de Londres, vu l'impossibilité de réunir un jury impartial à Bury St Edmunds. Condamnée à perpétuité, elle pourrait fort bien, en pratique, ne faire qu'une quinzaine d'années. Certains trouvent cette peine ridiculement insuffisante. Mais Eunice a quand même été bien punie. Un véritable coup de massue lui fut porté juste avant l'énoncé de la sentence, lorsque son avocat révéla à tout le monde, au juge, au procureur, aux policiers, au public, aux journalistes qui prenaient des notes dans leur cabine de presse, qu'elle ne savait ni lire ni écrire.

— Vous êtes analphabète ? s'étonna le juge Manaton. Vous ne savez vraiment pas lire ?

Devant son mutisme, il insista. Alors, rouge de honte, d'une voix tremblante, elle confirma et vit aussitôt tous ceux qui n'étaient pas des ratés ou des handicapés comme elle se précipiter sur leurs stylos.

On a tenté, en prison, de la réadapter en l'encourageant à remédier à son problème. Mais elle refuse obstinément. Il est trop tard. Trop tard pour la changer, trop tard pour éviter son malheur et celui qu'elle a causé.

Poussière, Cendres, Détritus, Dénuement, Ruine, Désespoir, Folie, Mort.

Composition réalisée par JOUVE

IMPRIMÉ EN FRANCE PAR BRODARD ET TAUPIN
La Flèche (Sarthe).
Imp. : 29710 – Edit. : 58666 - 04/2005
ISBN : 2 - 7024 - 2946 - 7
Édition : 06